大汉孝子

小孝事亲·中孝惠民·大孝报国

全尚水 著

诚孝格天
百善孝为先

讲述丁兰从割股到守墓，
从小孝到大孝，
从孝亲到报国的心路历程。

浙江工商大学出版社 杭州
ZHEJIANG GONGSHANG UNIVERSITY PRESS

图书在版编目(CIP)数据

大汉孝子 / 全尚水著. — 杭州 ：浙江工商大学出
版社，2021.7
ISBN 978-7-5178-4546-1

Ⅰ. ①大… Ⅱ. ①全… Ⅲ. ①长篇历史小说－中国－
当代 Ⅳ. ①I247.5

中国版本图书馆 CIP 数据核字(2021)第 112824 号

大汉孝子
DAHAN XIAOZI

全尚水 著

出 品 人	鲍观明
策划编辑	郑　建
责任编辑	郑　建
封面设计	浙信文化
责任印制	包建辉
出版发行	浙江工商大学出版社
	（杭州市教工路 198 号　邮政编码 310012）
	（E-mail：zjgsupress@163.com）
	（网址：http://www.zjgsupress.com）
	电话：0571－88904980,88831806（传真）
排　　版	杭州朝曦图文设计有限公司
印　　刷	杭州高腾印务有限公司
开　　本	880mm×1230mm　1/32
印　　张	9.25
字　　数	210 千
版 印 次	2021 年 7 月第 1 版　2021 年 7 月第 1 次印刷
书　　号	ISBN 978-7-5178-4546-1
定　　价	69.00 元

谨以此书
献给全天下平凡而伟大的母亲！

目录

01 燕然山兵败

汉武帝征和三年，匈奴入侵五原、酒泉，掠杀边民。两地守军出战均不敌，领兵的都尉均战死。

三月，汉武帝刘彻命贰师将军李广利率七万人出五原，与御史大夫商丘成、重合侯莽通，兵分三路，以总共十四万人的兵力再一次远征匈奴。

这，也许是汉武帝与匈奴的最后一仗。

因为，无论是武帝自身的健康状况，还是汉王朝当下的国力，以及老百姓的承受力，都已经不允许让延续了几十年的战争再继续下去。所以，上至朝廷百官下至布衣百姓，对这一仗都特别关注，希望能就此一举灭掉匈奴。

贰师将军李广利自然也这么想。这些年来，他灭大宛攻西域，得以封侯拜将。如果此仗能一举灭掉匈奴，他便可与卫青、霍去病比肩。

但是，匈奴人极难对付，他们作战时利则进，不利则退，也不羞遁走。其飘忽不定，聚散无常，奇袭和突袭是他们的惯用战法。

此前十年,李广利已多次对决匈奴,可只能说是喜忧参半,胜败均分。

苍天庇佑,此战一拉开便捷报频传。

御史大夫商丘成率领的三万汉军与匈奴三万骑兵对阵,匈奴大败。

重合侯莽通的四万骑遇上匈奴二万余骑,匈奴不战而退。

贰师将军李广利率七万大军浩浩荡荡出塞,匈奴派右大都尉和卫律,率领五千骑兵在夫羊句山峡拦截攻击汉军。李广利派遣属国胡骑二千与匈奴军接战,匈奴败退,死伤数百。李广利乘胜追击至范夫人城,匈奴四散奔逃,不敢与汉军对抗。

汉军士气正旺。

然,内忧甚于外患。

就在此时,李广利出征前与丞相刘屈氂密谋推立太子事发。正在指挥大军作战的他,得知家中妻儿被逮捕囚禁,如五雷轰顶,一时间不知所措。

李广利的掾吏胡亚夫因逃罪而在军中,他劝李广利投降匈奴。李广利未允。他认为,投降匈奴只会加速妻儿老小的死亡,不如立功赎罪,求得一线希望。

于是,李广利便以数万汉家儿郎的生命为赌注,盲目进军,以求侥幸。

他挥师北进,深入匈奴,直至郅居水,发现匈奴军队已经离去,便又派护军率领二万骑兵,渡过郅居水,继续向北挺进。途中与匈奴左贤王军队相遇,两军接战,汉军大胜,杀死匈奴左大将及众多士卒。

李广利节节获胜,但汉军长史发现他用兵有二心,认为如此不惜全军安危以求立功赎罪必然招致失败,便暗中策划将李广利扣押起来,以阻止其盲目冒险。不想,李广利觉察到了长史的策划,将其斩首,但又恐军心不稳爆发骚乱,便率军由郅居水向南撤至燕然山。

这一撤,露出了破绽。

狐鹿姑单于看出李广利有些怯战,加上汉兵往返行军近千里,人困马乏,这无疑是他发起突袭的最佳时机。于是,他亲自率领五万骑兵反扑过去,趁汉军不备,夜间在汉军营前悄悄挖掘了一条数尺深的壕沟,而后于清晨从背后向汉军发起突袭。

此时,汉军因长途跋涉,身疲神迷。除了值守的少数兵力,大部分士兵还在睡梦中。等他们发现匈奴兵冲进军营,为时已晚,只能硬着头皮冲杀出去。他们想出营列阵抵敌,却发现营前有一条深沟,进退不得。

汉军瞬间军心大乱,斗志尽失,成了砧板上的鱼肉,任凭匈奴兵砍杀……

一阵狂乱的砍杀之后,狐鹿姑单于下令收兵,在外围死死困住汉军。

李广利横刀立马,站在遍野的尸体当中。此时,他已是身心疲惫。

昨夜,他彻夜未眠。远在京都的妻儿老小被捕下狱,自己前途未卜,他在军帐中来来回回走了一夜,完全忘记了匈奴"利则进,不利则退"的作战原则和善于奇袭突袭的作战特点,甚至完全没有了两军对垒中最必要的警觉。

眼看天快亮,忽闻后方一片喊杀声,李广利如梦初醒,方才意识到匈奴兵来袭。他冲出军帐,见自己的士兵光身赤脚乱作一团，便飞身上马冲进了如洪水般涌来的匈奴军队中，昏天黑地杀了起来，所到之处匈奴兵哭爹喊娘，一片惨叫声……

也不知杀了多久，匈奴兵渐渐退去，李广利重新整编军队，发现七万汉军只剩两千。往远处一看，黑压压的匈奴骑兵像包饺子似的把他围在中间，他立马明白狐鹿姑单于要活捉自己。

"贰师将军，投降吧！"不远处，传来了狐鹿姑单于得意的喊话声。

李广利低头看了看遍地的汉军尸首，仰天长叹："……皇上，非天要灭我，而是您要灭我啊！若非皇上您抓我妻儿，分我军心，我李广利不可能被匈奴所灭！"

狐鹿姑单于清楚李广利在大汉王朝身居高位。

此时，他端坐在马背上，微笑着远远地望着李广利，似乎在欣赏眼前这个刚刚还是拼得你死我活的敌人。

"单于，杀死他。卫律告诉我，他的这身将军铠甲是汉朝皇帝所赐……"一匈奴小头目说。

"嗯？是吗?!"单于打断了小头目的话，睁大眼睛望着李广利。

其实，李广利的铠甲并非皇上所赐，而是大汉朝将军临阵指挥的鱼鳞铁甲，看上去确实十分威武。

说是铁甲，但其胸前和背后均未缀甲片，而是用坚硬的织锦制成，上有几何形彩色图案。整件甲衣前长约四尺，后长约三尺，前胸下摆呈尖角形，后背下摆呈平直状，周围留有宽边。胸部以下、背部中央及后腰等处，缀有四方形小型甲片共一百六十片，甲片用牛筋穿组，并钉有铆钉。为了保护战将的颈部和肩部，甲衣在这两个部位分别装有硬革制成的盘领和披膊。另外，还配有保护臂部的钎和保护头部的兜鍪。

鱼鳞铁甲的确不同凡响。刚才李广利冲入匈奴部队杀得天昏地暗，竟然没怎么受伤，只是保护臂部的钎被划开了一道口子。

李广利一眼看去就是一员武将，身高七尺，松针一般的络腮胡长满了脸。

狐鹿姑单于目不转睛地望着李广利，脑子里突然闪出一个念头：此等悍将，何不招来当驸马？

他策马向前十几步，继续劝降道："李将军，天意也好，人为也罢，都已经无可挽回，你的唯一出路就是投降。你不必有太多的顾虑，几十年来，投降我们的汉军将领你不是第一个，也一定不是最后一个。先有李陵、卫律，现在是你，以后还会有其他人！"

李广利沉默许久，似乎在做激烈的思想斗争……

他身后的几位士兵你一言我一语：

"我们不投降！"

"宁可战死也不投降！"

……

紧接着，两千勇士齐声高喊："坚决不降，宁死不降！"

喊声惊天动地，气撼山河。

此时，李广利的内心是矛盾的，他的脑子里不停地翻滚着：战，如何战？匈奴有数万骑兵，而自己只剩下两千残兵！绝不能再让这两千勇士白白送死，要战也要战得有意义，要死也要死得有价值……

经过一番艰难的思想斗争，李广利拿定了主意。他对狐鹿姑单于喊道："投降可以，但我有一个条件，我要来一次公平对决。我还有两千士兵，你也来两千士兵，我们做一次公平的决战。倘若我们赢了，你就放我们回去，日后再战。倘若我们输了，再降你不迟。"

"好——"狐鹿姑单于倒也爽快。

"单于，让我来收拾他们。汉人杀了我们那么多的弟兄，我要把他们碎尸万段。我保证，一个不留！"单于手下一头目主动请战，狂妄至极。

狐鹿姑单于看了一眼李广利身后那些伤痕累累的士卒，喊道："贰师将军，我也有一个条件，你我都不参战，让士兵们对决，这样更加公平。"

单于显然是担心李广利有失，他必须招降这位大汉朝的将军，为己所用。

李广利沉默应允。

此时，他自己已经决定投降。因为他十分清楚，哪怕他赢了这场对决，回去也是死罪。晚年的汉武帝多病多疑，还对巫蛊深信不疑，去年已经为巫蛊案诛杀了几万人，连皇后和太子都未能幸免，更何况他李广利这个外戚！

他之所以提出做一次公平对决，无非是想让这些誓死不降的弟兄们死得瞑目。

因为地上的尸体堆积到了无法落脚的地步，狐鹿姑单于命令部队往后撤，腾出一块地来决战。他和李广利则策马站一边观战。

狐鹿姑单于朝刚才向他请战的那个头目挥了挥手。

这头目立即抽出马刀，随着他一阵叽里呱啦的叫喊，黑压压的两千骑兵瞬间向已经没有了战马的汉军包抄过去。

眼看两千残兵就要被围歼，汉军阵营中突然接连飞出一个又一个火球，狠狠地砸向匈奴骑兵阵营，战马遇火受惊，匈奴兵乱成一片。

狐鹿姑单于惊叫："赶快下马——"

匈奴兵立即弃马举刀，扑向汉军。

李广利高喊一声："飞轮阵！"

汉军立即二十人一组，形成一百个圆阵。每个圆阵分内外两层，外层十名刀兵，内层十名戟兵。一个个圆阵犹如飞轮一般，旋转着杀向匈奴兵阵营。

两军瞬间绞缠在一起，厮杀声一片。

此时，每一个汉兵心里都非常明白，战是死，降也是死，降死不如战死。他们唯一的愿望就是在死前多杀几个匈奴兵。

抱着必死的决心，汉军越战越勇。一百个"飞轮阵"犹如一百只锋利的钢轮，搅得匈奴兵惨叫不绝。

"刀剖腹，戟推喉……刀剖腹，戟推喉……"汉军边战边齐声高喊口令。

随着喊声此起彼伏，匈奴兵一排接一排倒下，他们不是被剖出了肠子，就是被切断了喉咙。

不到两刻钟的工夫，两千匈奴兵已所剩无几，而汉军的一百个"飞轮阵"却八成还在。

见自己的士兵如被割韭菜一般倒下，狐鹿姑单于急得直冒冷汗，喊道："李广利，你这叫什么阵法，他们嘴上念的究竟是何魔咒？！"

李广利也目瞪口呆。

这是汉军一名伙夫在挑水时受到启发而发明的阵式。这名伙夫在一次挑水中与一名士兵相撞，士兵居然被撞出两丈开外。

事后伙夫细细想来,原因在于士兵受到了上下同步攻击,扁担头顶向了他的喉咙,而水桶又撞向了他的肚子,致使他无法防范。匈奴兵善于围歼,"飞轮阵"正是运用伙夫的"扁担水桶上下同步攻击"的原理,来破匈奴兵的合围。

经过短时间的操练,"飞轮阵"初步练就,但尚未在实战中运用过。今天的对决反正横竖都是死,李广利第一次把这种新阵式用在了最后的决战里,想不到竟然如此奏效。

李广利下令收兵,重新整编部队,还是一百个圆阵。

经过刚才一番激战,每个阵队都有士兵阵亡,但数量不多,并不影响重新编阵。

他举目看了看漫山遍野的尸体,许许多多弟兄都只穿着禅衣。可想而知,他们当时还没来得及披甲就成了敌人刀下的冤魂。

他又看了看眼前这些杀红了眼的士兵,清一色的赤绛色戎服,装备整齐,但面露疲惫。他们大多是昨夜值守的士兵,不然不可能活到现在。

此时,李广利最为担心的,就是匈奴人不守诺言。

"弓弩手听令……"狐鹿姑单于果然反悔,气急败坏地大吼。

吼声刚落,成千的弓弩手已经把汉军围了个水泄不通。

"单于,按约定,我们赢了,你得信守诺言,放我们回去!"李广利很清楚,单于是不会信守承诺的,但还是抱着一线希望。

狐鹿姑单于吼道:"败军之将没有权利跟我谈条件。再说了,当年你们信守诺言了吗?弓弩手听令!"

李广利早有打算,他要让弟兄们倒下之前再杀一批敌人。他朝部队一挥手,两千勇士瞬即将手上的刀戟掷向了匈奴兵,数百匈奴兵猝不及防,应声倒下。

"放——"单于发疯似的号叫。

箭,如雨一般射向已经赤手空拳的大汉勇士。

七万汉家儿郎就这样倒在了大漠,永远安息在了异地他乡。

鲜血染红了大地。

李广利长叹一声,满脸的愧疚。他下马伏地,朝汉军将士的遗体三叩首,然后上马走向匈奴部队。

"将军,你不能投降……"突然,背后传来了喊叫声。

李广利先是一怔,然后慢慢转过头去,只见军营前站着一人,手上抄着一根木棍。

一匈奴兵抽出一根箭来,正想拉弓射杀这位蹒跚走来的汉军士兵,被单于制止。

李广利下马朝士兵慢慢走去,两人在相距几步的地方收住了脚步。

"将军,你不能投降! 你是贰师将军,你是海西侯,你还是皇亲国戚,你投降匈奴有失国格!"士兵非常直接地说。

李广利抬头看了看天,一脸的无奈,满腔的悲愤。"我也不想投降,可又有什么办法呢? 七万大军如今只剩下你我两人,不降又能如何?!"

士兵说:"武将当以战死沙场为荣。"

李广利突然泪如泉涌,泣不成声:"千不该……万不该……就是皇上不该在这个时候囚禁我的妻儿……哪怕我李广利犯了不赦之罪,那也得等我打完仗再说……我在前线杀敌,他在背后治我妻儿的罪……我哪还有心思去打仗!"

士兵也泪流满面……

李广利抹了抹眼泪，端详起眼前这位士兵。

士兵看上去也就二十出头，五短身材。虽貌不出众，但面部清秀，棱角分明。他衣冠整齐，头顶平巾帻外罩武冠，但身披绛色皮甲，而非鱼鳞铁甲。

这并不奇怪。汉武帝刘彻的盐铁官营决策虽为军队武装带来了突变，铁兵器取代铜兵器、鱼鳞铁甲取代札甲已成趋势，但尚未普及。在大汉军队中，步兵披鱼鳞铁甲的比例不到半数，骑兵不足十分之一。

李广利心里十分清楚，投降了匈奴，就意味着从此与大汉朝诀别。眼前的这名士兵，无疑是他最后一个能如此近距离接触的部下，以后不会再有。

此时，他如出征前端详妻儿一般，望着这最后一名士兵，眼睛里充满了不舍。

士兵戎服外束两条腰带，一条为皮制，一条为绢制；脚穿圆头平底履，戎服上还佩有徽章。李广利慢慢向前几步，仔细看了看士兵戎服上的徽识，对士兵的身份和所属部队一目了然，只是因为戎服有些陈旧，士兵的姓名显得有些模糊……

李广利像是突然意识到什么，有些疑惑地问士兵："七万将士都已殉国，你是如何活下来的？又怎会衣冠如此整齐？"

士兵顿了顿，回道："我是一名伙头兵。这几天，营里的一些弟兄陆陆续续拉起了肚子，昨天一早我就上山采药去了。方才回来，就只见遍地的尸体……"

"伙头兵？"李广利有些惊讶，"那个发明'飞轮阵'的伙头兵，你认识吗？"

"认识。"士兵点点头，稍顿又说，"就是我。"

李广利很是感动，上前双手搭在伙头兵的肩膀上。"这一战你立了大功。刚才两千匈奴兵被'飞轮阵'打得落花流水，几乎被消灭殆尽。"李广利想了想，"……我会请求单于留你性命，你回去之后，赶快教我们的军队练习这种新阵法。当然，也请你把这里的一切如实告诉大家……"

"不，我不回去，我没有脸面见我的妻儿！"伙头兵突然打断了李广利的话。

"为什么?!"李广利很是吃惊。

伙头兵泪已成行，断断续续道："当初我报名参军……就是想成为儿子心目中的英雄……如今，七万汉家儿郎都战死沙场……我一人回去岂有脸面？我……决不苟且偷生！"

"你家孩儿多大了?!"问这话时，李广利的语气显得有些颤抖，也许这又勾起了他对妻儿的挂念。

伙头兵突然破涕为笑，笑中略带苦涩。他长叹一口气，说："再过几个月应该就生了，本想等他出生的时候，出现在他面前的是一个英雄的父亲，可现在……"

李广利被彻底震撼了，他紧紧拥抱眼前这个平日不可能见到的伙头兵，放声痛哭。

伙头兵也哭成了泪人。

将士两人好不容易止住了哭声。李广利长叹道："……这历时几十年的战争不知何时是个头。这几十年来，大汉朝连年征战，消耗了多少黄金白银，牺牲了多少的大汉勇士，又让多少的家庭妻离子散。如果只是一味地扩疆拓土而不能造福百姓，这样的战争又有多大的意义?!"

"将军，我有一个请求。"伙头兵用粗糙的手掌擦了擦挂在脸颊的眼泪。

"只要我能做到的,我都答应你。"

伙头兵一本正经地说:"我……还没亲手杀过一个敌人,我也想与匈奴兵来一场公平决斗,哪怕战败战死,也总算上过战场杀过敌。"

李广利不停地摇头:"不不不。你已经立下了大功,你发明的'飞轮阵'已经消灭了上千的敌人。遗憾的是,这是一场败仗,不然我一定会给你记功,并奏请皇上为你封赏……如今,七万将士只剩你我二人,我是回不去了,你无论如何得给我回去……"

"我意已决,请将军成全。"伙头兵态度非常坚决,又一次打断了李广利的话。

李广利顿感眼圈一阵发涩,他深情地看着伙头兵,内心感动而又惭愧。"实话告诉你,你没有一丁点赢的可能。你贸然决斗,无异于送死,不值得。再说了,你回去不可耻,因为你只是一个伙头兵。"

"没错,我只是一个伙头兵。也正因为我只是一个伙头兵,所以只要我敢与匈奴兵决斗就已经赢了,将来我在我儿心目中仍然是英雄。如果我就这么回去了,那就是一个逃兵。"

李广利坚决不答应。此时,他觉得眼前这位平日里谁都不会去多看一眼的伙头兵特别难能可贵,他不仅是一个家庭的顶梁柱,还是这场战争留下的唯一见证人。

他再一次拥抱伙头兵:"我决不答应。你与匈奴兵决斗没有意义,真的! 你必须给我回去,把这里的一切告诉大家。"

见李广利如此坚持,伙头兵似乎突然想通了。"好,将军,听您的,我不决斗了。我回去,一定把这里的一切告诉大家。"

　　李广利如释重负，满意地点了点头，然后转身朝狐鹿姑单于走去。他对单于身边的翻译说了几句，似乎在请求单于留下他这唯一的士兵。

　　狐鹿姑单于"嗯"了一声，像是答应了李广利的请求，然后一挥手，与他的将士们得意地押着大汉朝的贰师将军离去。

　　……

　　李广利就这样随着匈奴的大部队静静地走着，就像是一匹被猎人逮着的狼，完全没有了大汉将军往日的霸气。

　　也不知走了多久，月亮在不知不觉中升起，月光倾泻而下，一望无际的沙漠像是铺上了一层白皑皑的薄薄的夜霜，令人倍感凄凉。李广利仰首望天，挂在燕然山边的新月，犹如一把冰冷的弯刀高高悬着，令人不寒而栗。

　　此时，李广利又想起了已经被他远远抛在身后、永远躺在燕然山下的七万汉军将士。将士们在厮杀中发出的呼号和惨叫声不时在他耳边回响，遍野的尸体和鲜血不时在他眼前浮现。

　　大漠上空飘来了淡淡的蒙蒙的水雾，李广利感觉那一定是将士们的英魂，他们一定在寻找新的归宿，或许在寻找回家的路……

　　李广利双眼饱含泪水。驰骋疆场十多年，他第一次从内心谴责战争，第一次为那些死在异地他乡的将士感到悲哀。即便战争胜利了，他获得了千古美名，付出代价的依旧是那些最普通的士兵。即便能像卫青和霍去病那样享受荣华富贵，又怎样？国家能由此太平吗？

　　李广利自然而然地又想起了那个伙头兵，也不知道他现在怎样了，回归的路一定很艰难。其实，李广利心里是清楚的，哪怕伙头兵能活着见到皇上,也未必就能活着见到家人。倘如朝廷将之以逃兵论处,他照样性命不保。那样一来,他在他儿子心目中就成了真正的罪人,成了真正的耻辱。

李广利突然很后悔,当初不该让伙头兵回去,还不如让他与匈奴兵决斗,那样即便牺牲了也是一名勇士。伙头兵说得对,正因为他只是一个伙头兵,他敢挑战匈奴兵就已经赢了,就已经是英雄了。

月夜如白昼。几万匈奴兵走得很安静,安静得让人昏昏欲睡。

突然,有士兵策马朝单于奔来,声称后方部队受到一名汉人的侵扰。

狐鹿姑单于正想问话,后面的匈奴兵已经把人押了过来。李广利定睛一看,大吃一惊,此人竟是那个伙头兵。

李广利翻身下马,一把推开匈奴兵,朝伙头兵问道:"你……你怎么又回来了?!"

伙头兵眉头一皱,泣不成声:"将军啊……我实在是不忍心回去哪……我实在是迈不开双腿呀……你刚离开,成群结队的乌鸢就开始啄食弟兄们的尸体了……你说我能离开吗?你说我能一个人苟且偷生吗?!"

李广利顿生内疚,一个伙头兵对国家、对战友尚且如此忠心,何况自己还是一名将军!但是,他的这种内疚很快被妻儿的不幸遭遇冲得烟消云散。

他深深地吸了一口气,正想对伙头兵说什么,单于发话了:"贰师将军,看得出来,你的这个士兵对你非常忠诚,我允许你带上他一道投降。"

伙头兵咬牙切齿："我宁死不降！匈奴扰我大汉边境,杀我大汉子民……"

"不知好歹的东西!"单于恼羞成怒地大吼起来,"你想死,我成全你!"

说着,单于抽出了马刀。

"有本事下马公平决斗!"伙头兵怒目圆睁。

"单于,让我来!"一匈奴兵龇牙号叫着。

李广利与匈奴交战多年,一眼就认出这是匈奴兵的一名千长,而且是被"飞轮阵"打得大败的那名千长。可想而知,这千长是为了出那口恶气来的。

李广利不禁为自己这最后一名士兵担心起来,一个未曾摸过战刀的伙头兵,如何与一个如狼似虎的匈奴千长对决?!

李广利大声提醒伙头兵："他就是刚才被'飞轮阵'打败的那个千长!"

千长冷笑几声,从身边一名士兵手里接过一把剑,阴森森地说："我要用你们汉人的剑,为我死去的弟兄们报仇。"

话音未落,千长已挥剑朝伙头兵的腹部刺去。

李广利闭上眼睛不忍直视,只听"哧……"的一声,周围的匈奴兵发出一阵惊叫。

李广利慢慢睁开眼睛,发现伙头兵居然用手接住了千长刺来的剑,鲜血很快从他的指缝中汹涌而出。

伙头兵用尽全力,慢慢地将剑尖对准自己的腹部……又是"哧……"的一声,利剑刺进他的腹部从后背穿出。

千长一阵狂笑,笑声穿过空中的白雾,飘向大漠远方。

此时,伙头兵的双臂犹如铁钳一般死死地扣住了千长的双肩。他一字一句地说："能亲手杀死一名匈奴千长,我死而无憾!"

李广利正为伙头兵没头没脑的话感到纳闷,只见伙头兵腾出一只手,飞快地从腰间抽出了什么。

"噗……"的一声,千长一声惨叫,跪了下去。

伙头兵使劲往外一推,千长仰躺在沙漠上,口吐鲜血,只抽搐了几下,就再也没有了动弹……

单于命人把千长抬了过去,发现一截木棍深深地插进了千长的肋部,裸露在外的那头已经被火烧焦。李广利突然意识到,那是一截烧火棍。

伙头兵慢慢倒了下去。李广利迅速上前抱住他,号啕大哭:"兄弟——兄弟——我的好兄弟呀——"

冷冷的月光洒在伙头兵的脸上,使得他原本苍白的脸愈加苍白。

他用无力的目光盯着月亮,脸上露出了一丝微笑:"我……看见……我的妻儿了……"

李广利红着双眼安慰道:"兄弟……你不会有事的,你也不能走,你的妻儿还在等着你回去呢……你是一个顶天立地的英雄,你的妻儿一定会为你感到自豪,大汉朝一样会为你感到骄傲……"

伙头兵脸上露出了极其欣慰的笑……

李广利深信,此时他一定看见了他的妻子。

出征时,妻子送他到村口,她那强颜欢笑的模样,每天都在他梦里出现……

他也一定看见了他的儿子。

走出家门前,他俯在妻子的肚皮上对着腹中的儿子说:"阿翁打仗去了，保卫国家去了，你就等着阿翁凯旋吧……"

他也一定看见了他的父母。

出征前，他来到两老墓前，磕头祈福，希望保佑他平安归来。

……

伙头兵依旧盯着月亮，目光渐渐浑浊。

李广利明白这是伙头兵生命的最后时刻，他似乎突然想起什么："兄弟，你姓甚名谁？府上何处？"

伙头兵的目光慢慢离开了月亮，转向李广利。他用尽最后一丝力气："我……我叫……丁汉，河内郡……野王县人……"

面对最后一名士兵的尸体，李广利觉得自己应该做点什么，他慢慢脱下他的将军铠甲，把它穿在了丁汉身上。

"兄弟，你虽无将军之爵位，却有将军之忠勇。你受之无愧！"

02 孤墓与遗孤

野王县的一个小村落,临近收成的田野一片金色。

田野中间有一处土丘,土丘上有一座新墓,此时一名少妇正在墓前祭祀。

少妇名叫刘薰草,正值桃李年华,正是伙头兵丁汉的妻子。

一个月前,从县衙传来消息,丁汉战死沙场,而且早在一年前就已经牺牲。

此前,刘薰草也听说去年远征匈奴的部队出师不利,但那只是坊间传闻,而非官方消息,所以也就没往心里去。再说了,她知道自己的丈夫只是个伙头兵,还不至于……

但这一次,县衙的人清清楚楚地告诉她,贰师将军李广利率领的七万将士,除了李广利自己投降了匈奴,其余均已殉国,无一生还。

刘薰草无法接受这个现实,噩耗传来的那一刻,当即昏死了过去。等她醒来的时候,衙役早已离开。

丈夫究竟是怎么死的?死在哪里?刘薰草抱上未满周岁的

儿子,发疯一般地冲进了县衙。

一见县尉,刘薰草还没开口问话,就又昏死了过去。儿子倚在她的身旁撕心裂肺地哭喊。

见此情景,县尉也不禁落泪。

县尉原来也是一名士兵,曾随部队征伐匈奴,因立战功而得到嘉奖,出任野王县县尉,掌全县军事。去年征兵时,丁汉给县尉留下了特别深刻的印象。丁汉自称有一身力气,又烧得一手好菜,请求参军征伐匈奴,希望将来能成为儿子心目中的英雄。

严格来说,当时丁汉并不符合征兵条件,因为那次主要征招能征善战的勇士。但是,丁汉的质朴和真诚深深打动了县尉,县尉便以征招伙头兵的名义收下了他。

谁又能想到,贰师将军李广利率领的七万人马竟然全军覆没。从骁骑将军李广,到车骑将军卫青,再到骠骑将军霍去病,大汉王朝与匈奴交战几十年,从未发生过如此惨烈的战争。

见刘薰草孤儿寡母哭得死去活来,县尉很同情,但也很无奈。

作为一名地方小吏,他只知道七万将士殉国燕然山下,而对丁汉这样的伙头兵究竟是怎么死的、死在哪里这样的问题,他无从知晓,也没有人会去关注。

刘薰草哭喊着问他,为什么一年了才告诉她丈夫牺牲的消息。

对此,县尉也只能沉默……

汉武帝刘彻,文治武功,英明神武,可谓君临天下。然金无足赤,人无完人,其晚年也犯下了大错。"巫蛊之祸"逼死了太子和皇后,株连数万人。连年的拓边战争致使西汉国力衰微,国库空虚,经济凋敝,危机四伏。实行盐铁垄断专卖、出卖爵位、以钱赎罪等政策,虽使经济好转,但进一步导致了吏治腐败,平民不堪官府和豪强的双重压榨……直到李广利兵败燕然山,七万将士以身殉国,汉武帝才幡然醒悟,感到十分愧疚和悲伤。他为了弥补自己的过错,遂向天下发布"罪己诏",向世人表明他愧疚,燕然山兵败亦于此公之于天下。

刘薰草自然接受不了县尉的沉默,她哭喊着责问道:"……七万人丧命,七万个家庭毁灭,难不成朝廷就没有一句向老百姓交代的话?!"

县尉非常理解眼前这名弱女子此时所承受的丧夫之痛,觉得应该给她个交代。

他红着双眼,皱了皱眉头,轻声对刘薰草说:"皇上已经向天下忏悔了,你等等……"

片刻,县尉请来县丞,向刘薰草宣讼汉武帝的《轮台罪己诏》——

前有司奏,欲益民赋三十助边用,是重困老弱孤独也。而今又请遣卒田轮台。轮台西于车师千余里,前开陵侯击车师时,危须、尉犁、楼兰六国子弟在京师者皆先归,发畜食迎汉军,又自发兵,凡数万人,王各自将,共围车师,降其王。诸国兵便罢,力不能复至道上食汉军。汉军破城,食至多,然士自载不足以竟师,强者尽食畜产,赢者道死数千人。朕发酒泉驴、橐驼负食,出玉门迎军。吏卒起张掖,不甚远,然尚厮留甚众。

曩者,朕之不明,以军侯弘上书言"匈奴缚马前后足,置城下,驰言'秦人,我匄若马'"。又汉使者久留不还，故兴遣贰师将军，欲以为使者威重也。古者卿大夫与谋，参以蓍龟，不吉不行。乃者以缚马书遍视丞相、御史、二千石、诸大夫、郎为文学者，乃至郡属国都尉成忠、赵破奴等，皆以"虏自缚其马，不祥甚哉"，或以为"欲以见强，夫不足者视人有余"。

《易》之，卦得《大过》，爻在九五，匈奴困败。公车方士、太史治星望气，及太卜龟蓍，皆以为吉，匈奴必破，时不可再得也。又曰："北伐行将，于鬴山必克。"卦诸将，贰师最吉。故朕亲发贰师下鬴山，诏之必毋深入。今计谋卦兆皆反缪。重合侯得虏候者，言："闻汉军当来，匈奴使巫埋羊牛所出诸道及水上以诅军。单于遗天子马裘，常使巫祝之。缚马者，诅军事也。"又卜"汉军一将不吉"。匈奴常言："汉极大，然不能饥渴，失一狼，走千羊。"

乃者贰师败，军士死略离散，悲痛常在朕心。今请远田轮台，欲起亭隧，是扰劳天下，非所以优民也，今朕不忍闻。大鸿胪等又议，欲募囚徒送匈奴使者，明封侯之赏以报忿，五伯所弗能为也。且匈奴得汉降者，常提掖搜索，问以所闻。今边塞未正，阑出不禁，障候长吏使卒猎兽，以皮肉为利，卒苦而烽火乏，失亦上集不得，后降者来，若捕生口虏，乃知之。当今务在禁苛暴，止擅赋，力本农，修马复令，以补缺，毋乏武备而已。郡国二千石各上进畜马方略补边状，与计对。

县丞宣毕，刘薰草慢慢止住了哭声。虽然她几乎听不懂这

《罪己诏》究竟说些什么，但她相信这是真的，相信皇上在向天下忏悔。

此时，站在边上的一名佐吏上前搀扶起刘薰草母子，说："实话告诉你吧，家兄原是一名猎手，也死于这场战争。"

佐吏长长地叹了一口气，又说："皇上乃天子，天人合一。他受命于天，秉承天意做事。七万汉家儿郎为国捐躯，这是天意。何况，皇上已下《罪己诏》，你我还是多节哀，让逝者安息吧……"

县尉听着佐吏安慰刘薰草的话，内心感慨万千："皇上真乃英明，罢黜百家独尊儒术，如此教化出来的百姓是多么的善良。"他也想安慰刘薰草几句，但还没等他开口，刘薰草就已经抱起孩子快步离开了县衙。

望着这孤儿寡母渐渐远去的背影，县尉心情很是复杂。毕竟，丁汉是他征的兵。

人死不能复生。

刘薰草回到家里，拿了锄头和锸子，抱上儿子，就往田间的山丘去了。虽然她不清楚丈夫丁汉究竟身在何处，但她不想让他成为一个孤魂野鬼。她要给丈夫修一座衣冠冢，给他一个灵魂的去处，她相信他的灵魂一定能找回来。

其实，几天前的夜里，刘薰草已经感觉到丁汉回来了。朦朦胧胧中，她真真切切地感觉到丁汉在拍她的肩膀，像是要叫醒她，又像是担心他们母子俩着凉，回来给他们盖被子。

整整一个月时间，刘薰草一锄一锄、一尺一尺地往下挖。她已经不记得自己的双手磨出了多少血泡，也不知道自己掉了多少的眼泪。

她一个弱女子就这么孤单地干着。不是左邻右舍冷淡，也不是亲戚朋友无情,而是刘薰草执意要自己亲手来修这座墓穴,她说只有她自己才清楚丈夫丁汉的喜好和习惯。

一个十余尺长、五六尺宽的竖穴土坑出现了。

刘薰草知晓丁汉喜欢看日出,所以墓穴朝向了东方。她也知晓丈夫爱干净,所以她又在墓穴的底部一块一块地铺上了青砖……出征前,丁汉对刘薰草说,等凯旋的那一天,他一定佩着青铜剑归来。所以,刘薰草特意在墓穴边上挖了一个七尺来长、两尺来宽的耳室,用于置放青铜剑。

刘薰草把丁汉的遗物一件一件擦洗得干干净净,整整齐齐地放进了墓穴。每一件遗物,都让她仿佛看见丈夫的身影,都能勾起她对往事的回忆。

刘薰草还特意制作了一批明器,有泥质灰陶和红胎釉陶,有陶鼎、陶盒、陶壶、陶钫等仿铜陶礼器,也有陶罐、陶缶、陶仓、陶灶等日常生活明器。

在诸多的器物中,有一面手掌般大小的圆形铜镜,镜铭“见日之光,天下大明”。表面看,这一铜镜与一般的铜镜没什么区别,但它却是老百姓眼里的神物。在阳光照射下,此镜反射的投影中会奇迹般地显现铜镜背面的图案和铭文。因为这种铜镜有着幻术般的效应,所以也叫“见日之光”透光镜。

刘薰草是在几天前从一老者手里得到此镜的。老者有感于她对丈夫的深情,便以镜相赠。据老者说,神镜来自一个很远的地方,它能给人带来吉祥。

在把铜镜放进墓穴之前,刘薰草用镜子照了照自己的脸,心里默默说道:“汉,为了让你永远记得我,我把我的容颜留在镜子里。‘见日之光,天下大明’,这面铜镜可以让你随时随地见到我,你还可以用它来照亮回归的路……"

说着，刘薰草痛哭不已。她最后在墓穴的耳室里放进了几枚五铢币、一柄祖传青铜剑，还有一册《孝经》。丁汉出征时曾对刘薰草说，等他凯旋，儿子出生，他要教儿子读的第一册书就是《孝经》。

大概是过于想念丈夫，不到半个月，刘薰草带上祭品，抱着儿子，便又来到墓前祭祀。

说是祭祀，其实刘薰草带给丁汉的只有一个饼和几颗枣子，还有就是从亲戚那儿借来的半壶清酒。

丁汉从军后的这一年，刘薰草有孕在身，全靠亲戚和邻舍的帮忙才勉强种下几分地，怎奈又遇干旱天气，收成微薄，母子俩只能勉强度日。

刘薰草把已经熟睡的儿子放在墓边上，腾出手来摆放祭品。她将饼和枣子放入盘子，又从酒壶里倒出半碗清酒，在盘子边放上一双木箸，然后从怀里摸出一面铜镜，对着日光取火，点燃香火。

见儿子睡得正香，刘薰草顾自对着坟墓说起话来："丁汉……你真是我的前世冤家，你就这么狠心扔下我们母子俩……有时候想想，你真傻，你做什么不好，偏偏要去当兵充英雄……不过，我理解你，你读过书。我喜欢的也正是你这副傻劲……今天，你就先将就着吃个饼，等收了今年的新粮，我就给你做饵去……"

刘薰草正说着，躺在墓边熟睡的儿子突然大声哭了起来。她赶紧上前抱起儿子，不由得惊叫一声，儿子稚嫩的脸上竟然趴着一只大蝗虫。

刘薰草三两下拨去儿子脸上的蝗虫，又四下看了看，发现几十只蝗虫正在蚕食坟墓四周的草木。她瞬间感到头皮一阵发麻，莫非蝗灾又要来了？正疑惑着，一阵令人毛骨悚然的沙沙声如暴雨般袭来，金色的田野旋即变成一片赤地。

  ……

03 泪别故土

深夜，县尉独自一人在家来回踱步。

近段时间，他有些精神恍惚。

上过血拼的战场，见过太多的杀戮，见过太多的生离死别，以至于年届而立，还是孤身一人。

不是县尉不想成家，而是担心有朝一日再上战场就再也回不来了。就像丁汉那样，扔下孤儿寡母……

对丁汉的死，县尉感到特别愧疚。这些年，他征了不少的兵，战死沙场的也不计其数，但从来没有像丁汉那样让他感到不安。

前些天，县尉特意给刘薰草母子俩送了点粮食和钱过去，心里总算是好受些。可就在这个时候，那该死的蝗虫又来了，密密麻麻的蝗群席卷了大汉朝的大部分郡县，所经之处，百姓颗粒无收。

那天，县尉正在野外操练，忽地遮天蔽日，蝗虫成群结队朝他扑了过来，如同匈奴骑兵射来的箭雨，他赶紧下令士兵匍匐在地。

蝗群擦着他的背脊掠过，可等他抬起头来的时候，遍野的庄稼片叶不留,颗粒无存。

打从大汉朝建立起,蝗灾每隔八九年就来一次,而且每一次蝗灾都伴随着旱灾。眼下本来已是收成的季节,眨眼间却成了天下无粮。

老百姓别无他法,又开始了新一轮的逃荒,灾民如洪水般涌向长安城。

县尉奉命阻止灾民涌向京都,可人到亡命时,哪还会听你官府的话? 灾民们举着打狗棍如蝗群一般朝他扑了过来……

逃荒就逃荒吧,反正也不是第一次了。县尉只能任凭老百姓奔着长安而去。可问题是,刘薰草孤儿寡母能往哪儿逃?

县尉又一次来到刘薰草所在的那个小山村,村民十室九空,刘薰草母子也已不知去向。

刘薰草背着孩子,夹杂在涌向长安城的人流当中。

其实,在蝗灾来临之前,她家的米缸就已经见底了。如果不是县尉给她送了点粮食和钱过去,他们娘俩早就乞讨去了。

在逃往长安之前,刘薰草也曾想前去跟县尉打个招呼,毕竟人家在这关键时刻给了她救济,但是这种想法只在刘薰草脑子里一闪而过。在她看来,如今自己已是一个寡妇,人家县尉还是单身,专程上门道别恐有不妥。不能因为自己而给人家招来闲言碎语,耽误人家大好前程。

刘薰草如同置身于洪流之中,不由自主地往前走。一路上,树皮、草根、野果,但凡能下咽的东西都吃了。

刘薰草摸了摸缠在腰间包袱里仅剩的那点干饭,脸上露出了踏实的笑容。这干饭就是前些天县尉送给她的。

因为缺少营养,奶水不足,这一路上孩子的一日两餐主要靠的就是这干饭,用水泡开即可食用。

刘薰草担心生水泡饭吃坏了孩子,就先把冰冷的泡饭一口一口含在自己嘴里,含温了,再像乌鸦喂雏一般,一口一口喂给怀里的孩子。

刘薰草心里合计着,仅剩的这点干饭应付孩子的吃喝应该没有问题,只要到了长安,朝廷就会开仓赈粮。

一路上,刘薰草除了担心襁褓中的孩子,也对京都长安充满了向往。她的这种向往,其实也是同行许多灾民的期待。毕竟,对于普通百姓,这辈子能一睹京都风貌无疑是件幸事,所以灾民们每天除了挖草根、扒树皮填饱肚子,也幻想着到了长安城能一饱眼福。

一道逃荒的几百号灾民七嘴八舌,但怎么也说不清长安城的模样。

"长安城肯定不是你们说的那样。"灾民中有一年轻人不轻不重地说。

这时,有人才突然想起身边有个读过书的年轻人,于是便你一言我一语地问道:

"读书人,那长安城又是啥模样?"

"快说来听听,也好让大伙充充饥!"

……

读书人很是纯朴厚重,以至于显得有些卑躬折节。他似乎想说点什么,但又没说出来,神情迟疑,还有些吞吐。

这不能怪他。因为汉武帝喜儒不重儒,很大程度上影响了知识分子的意趣与性格。

县令不请士,郡守不迎师,群卿不揖客,将相不俛眉。大汉朝的知识分子多半在农村半耕半读,他们如同乡村农民那样纯朴和谦退,不再像战国时期的知识分子,作客于王公大臣门下,衣冠乘车带剑闲游天下。

见众人充满了期待,读书人犹豫了一会儿,轻声说:"即便到了京城,也未必进得了城门。"

"进不了城门? 这……那……"众人疑惑中带着不悦。

"好吧,那我就把我知道的讲给你们听,权当给大家画饼充饥。"

读书人打开了话匣子:

"长安城城垣,自汉惠帝元年开始兴建,前后差不多用了五年。城垣周回六十里,城高三丈五尺,四周各开三座城门。南面有杜门、安门、西安门,西面有章门、直门、雍门,北面有横门、洛门、利门,东面有东都门、清明门、霸门。每座城门都有重兵把守,四面有河渠环绕。起初,长安城的宫殿群不到全城的一半大小,百姓居宅占了相当大的一部分。后来,当今皇上大兴土木,在未央宫北面增修高祖时草创的北宫,并新建桂宫、明光宫等,从此宫殿群占去了长安城的大部分空间,百姓居宅只剩下很小的一部分。但即便如此,还是有'八街九陌',一百六十里。尤其是北面横门的东西两侧,有九个市在交易,人潮车流密集得让你无暇回顾,男男女女奔向成百上千的店铺……"

"不了不了,还是说说其他的吧,比如后宫什么的,听说那儿有佳丽三千!"灾民中一单身汉一脸苦涩地打断了读书人的话。

周围的一圈男人窃笑着,但又都不约而同地把目光转向了读书人。此时他们虽然个个饿着肚子,但眼神里都不失亮光。

读书人虽已二十出头,但也还是单身,他红着脸笑了笑,说:

"既然你们都如此着急，那我就……"

顿了顿，读书人接着说："……后宫有掖庭、椒房，这是后妃居住的地方。合欢、增成、安处、常宁、茝若、椒风、披香、发越、兰林、蕙草，以及鸳鸯与飞翔，这些殿阁都住着妃嫔媵嫱。她们身着红罗衣裙，长袖飘拂，绮带缤纷，容华映人，婀娜多姿，妩媚妖娆……"

"算了算了。"男人们正听得热血沸腾，那单身汉又突然叫停，"还是不听这个了吧，听得心烦意乱！"

这时灾民中有人问："我听说……长安城最大的宫室不是未央宫，而是一个叫什么建章宫的宫苑，这可是皇上求甘露的地方？"

读书人突然愣在那儿……

他有难言之隐，因为建章宫是汉武帝求见神仙，以图长生不老的地方。

因受方士哄骗，晚年的汉武帝在建章宫内建造神明台。神明台高达五十丈，上有铜铸仙人，仙人双手捧着铜盘。汉武帝试图以此求得甘露。

传说中的甘露乃天降"神灵之精"，是一种延年益寿的"圣药"，"其凝如脂，其甘如饴"，吃了能使"不寿者八百岁"，又称为"天酒""神浆"。

其实，所谓"甘露"，不过是早晚温差太大所形成的露霜罢了。

如果只是"露霜"，倒也不至于让读书人如此紧张。问题是，不久前有一位生活在野王县深山里的老农告诉他，所谓"甘露"其实是一种蚜虫的排泄物。

老农的这一说法着实把读书人吓得不轻，这要是让皇上知道了，没准又得像"巫蛊之祸"那样诛杀几万人。

或是因为情绪过于紧张，读书人脑子里想着，嘴上也不觉自语："甘露，实乃虫之尿也。"

"你说啥？甘露是虫的尿液？"灾民们惊讶不已，齐声问道。

读书人一阵慌乱，赶紧改口："不不不……甘露乃琼浆玉液也！"

读书人正琢磨着怎么换个话题，一直在后边静静听着的刘薰草突然上前问道："到了长安，我能进上林苑看看吗？"

读书人转过头去，见一年轻女子抱着孩子吃力地赶路，顿生怜悯之心："妹子……上林苑可不是一般的地方，那里圈养了许多的野兽，你一个弱女子进去……"

刘薰草相貌清丽，性格温良，还有些腼腆。一听读书人这话，她瞬间满脸泛红，立马又退到了读书人的身后，不再作声。

这些日子，刘薰草思念丈夫之情与日俱增，她几乎每天都在回忆丁汉生前与她的点点滴滴。她清晰地记得，丁汉曾经对她提起过上林苑这个地方，说他出征匈奴之前将在这里进行战前练兵。所以，刚才读书人一提到上林苑，又勾起了她对丈夫的思念。

刘薰草寸步不离地跟在读书人的身后，继续默默地听着读书人的介绍。

上林苑本是秦朝设在渭河南岸的苑囿，经汉武帝大幅度扩展之后，环绕围墙四百多里，占地之广空前绝后。苑内山林沼泽连绵，平原丘陵不断，名木异草丛生。三十六所离宫别馆星罗棋布，关中灞、浐、泾、渭、沣、滈、涝、潏"八水"贯穿其中……上林苑最大的特点就是珍禽异兽遍布，光是来自他国的飞禽走兽就有九真的麒麟、大宛的骏马、黄支国的犀牛、条支国的大鸟……它们有的跨越昆仑高峰,有的横渡大海狂澜,还有的跋涉万里来我大汉。汉武帝耗巨资建上林苑,除了展示游乐之壮观,更重要的是炫耀武力于上林,借以示威于戎狄,既显神威又练兵。

读书人滔滔不绝。

灾民中的那位单身汉似乎有些不服气,问道:"你只是个乡野书生,怎么像个朝廷大臣似的,无所不知?!"

在这单身汉面前,读书人倒也不谦虚,回道:"读书之人,足不出户便可通晓古今,遍知天下。"

然后他又风趣地对单身汉说:"你我虽然同为单身,但你关心的是后宫的那点事,而我最向往的是长安城内的两座楼阁,一名天禄,二名石渠。那里珍藏着无数的典籍秘书,还有元老旧臣及名儒师傅在那儿讲解儒家的六艺,考核经传的同异。"

"行百里者半于九十。"读书人的无所不晓,让灾民们熬过了逃荒路上最为艰难的最后几天。他们拖着疲惫不堪的身体,在无限的憧憬和向往中渐渐靠近京都长安。

与其他灾民一样,刘薰草一边不停地赶路,一边细细地听着读书人的介绍。

起初,刘薰草与大多数灾民一样,只当消遣,以缓解逃荒路上的艰辛与饥饿。但是,读书人的无所不知让她心生敬仰。"足不出户便可通晓古今,遍知天下。"刘薰草突然萌生了一个从来没有过的念头——再苦再累也要把孩儿培养成一个读书人。

又是一个夜幕降临。不同的是,这个夜晚路上的行人不仅没有减少,反而逐渐多了起来,还不时有骑着战马的官兵来回穿梭。

刘薰草往前看去,视野突然间变得开阔,远处隐隐约约还出现了火把的亮光。

"到京城啦——到京城啦——"灾民中有人兴奋地高呼。

众人旋即朝长安城飞奔而去……

刘薰草一介女子,怀里还抱着孩子,自然赶不上他们的脚步,被远远地落在了后面。

读书人跑出几百步又折了回来,慢条斯理地对刘薰草说:"那些人……可以共苦,难以同甘。"

刘薰草偷偷瞄了读书人一眼,内心满是感激。

读书人陪着刘薰草大约走了半个时辰,忽见前方有数百人拥簇在一起,便把刘薰草母子安顿在一块空旷的地方,自个儿伸长着脖子拼命往人堆里挤。

这是官府的一个施粥点。朝廷已开仓赈灾。

刘薰草和读书人好不容易领来粥食填了肚子,正想找个地方落脚,这才发现,长安城已经被四面八方涌来的灾民包裹得严严实实。

虽然汉武帝已经下诏减免赋税,派遣官员赶赴各地赈灾,令大臣们降低衣着和三餐档次,以示体恤灾民,但灾民们都没有离去的意思。

读书人安排好刘薰草母子,便动身去周边寻找一片安静之所过夜。

他往城外的郊野走去,发现许许多多的灾民已经在路边的山坡上挖洞栖身,不少洞穴前都燃起了火堆,一眼望去,漫山遍野烟雾袅袅。

读书人走了好长的一段路,发现不远处有一株大树,他疾步向前,期望能在大树下找到一片地儿度过今夜。可当他走近一看,已有几十名男女老幼横躺在树荫底下,边上一堆篝火正熊熊燃烧。

借着火光，读书人发现这些人个个衣衫褴褛，头发蓬乱，面黄肌瘦，手脚覆盖着一层厚厚的污垢，但看上去却个个神情自得。有几个还在专注地摆弄着手上的那支竹箫，丝毫不见灾民的模样。

一打听，这些人都说自己姓伍。读书人这才意识过来，他们就是传说中的"天下第一丐帮"——伍家门。

当年伍子胥为报家仇闯过昭关，到了吴都已是身无分文，无奈只能在街市上吹箫行乞。从此，天下就有了一个自称伍家门的丐帮，他们供伍子胥为祖师爷，靠演奏乐器行乞，是真正的"叫花子"。

"你们就是伍家门？"读书人还是想问个明白。

一名年长的乞丐朝读书人看了看，说："有什么需要帮助的吗？伍家门向来行侠仗义，有恩报恩，有仇报仇。"

"既是丐帮，又为何不在长安城内，而居栖野外？"读书人又问。

老乞丐又看了看读书人，一副漫不经心的样子："灾民聚集，又逢夏秋，长安城内很快将暴发瘟疫。我看你面善，方实话相告，信不信由你。"

说着，老乞丐顾自悠闲地吹起箫来。

04 祸不单行

　　刘薰草第一回出远门，不敢乱走，就抱着孩子坐在那儿一动不动。

　　夜幕下，她远远地看见一座高耸入云的宫殿。按读书人的说法，那可能就是建章宫。如果是建章宫，也应该就是上林苑，应该就是丈夫丁汉战前练兵之地。

　　刘薰草估计读书人一时半会儿还回不来，她在地上做了个记号，便抱着孩子往宫殿那边走去。

　　她实在太想念丈夫丁汉了。自从得知丁汉战死的消息，她总喜欢在他生前去过的地方走走看看，寻找亲人的身影，缓解思念之情。

　　刘薰草一打听，得知矗立在她眼前的果然就是建章宫，蜿蜒起伏的围墙内就是上林苑。

　　这可是丈夫出征匈奴前停留的最后一个地方！

　　刘薰草一时间百感交集，声泪俱下。

　　"丁汉……"刘薰草哽咽着，"……该死的蝗虫又来了……家里一粒米都没有了……我们母子俩只能到长安来……如果你在天有灵，就保佑我们渡过这一关吧……"

刘薰草看了看怀里的孩子，情绪渐渐平静下来。她仰望着建章宫，心里默默地说："丁汉……看看，这就是我们的孩儿，接下来，我们母子俩恐怕要靠乞讨度日了。不过你放心，只要有一口吃的，我就不会让我们的孩儿饿着。"

说到这里，刘薰草脸上露出了淡淡的笑。"丁汉……你曾经说过，你要自己教孩儿读书，教孩儿读《孝经》，可我觉得这还不够……在来长安的路上，我做了一个决定，一个我们从来不敢想的决定……我决定将来送孩儿上蒙学，甚至送他上官学，让他成为一个读书人。"

"不怕你笑话……"刘薰草微笑中略带几分怯羞，"我还想让孩儿当官，让他成为一个利国利民的官。"

"但是……"愁容又回到了刘薰草脸上，"眼下的长安是无法落脚了，这么多的灾民，官粮只能救济一时，你说我们母子俩该上哪儿去……"

刘薰草正说着，突然传来一阵哄闹声。

她转过头去，顿时惊呆了。夜幕下，人流如洪水般涌来，嗡嗡声中不断有人发出惊呼。

刘薰草很快意识到出了问题，正想往回走，可人流已经阻断了她回去的路。

"姊姊，出什么事了？"刘薰草拉住一个从眼前奔逃而过的妇人。

妇人停下脚步，一脸的惊恐："出事了，长安城内发瘟疫了，赶快逃，不逃就走不了了！"

刘薰草脑子里嗡的一声,顾不上多想,抱着孩子加入了奔逃的人流。

此时,读书人已经在返回的路上。

刚才,他听了老乞丐的话,一阵头皮发麻,拔腿就往回走。

瘟疫很快暴发?他虽然觉得这可能只是老乞丐的一种预感,但不无道理。这么热的天气,这么多的人……

读书人曾经听说,乞丐的命局里没有官星、财星、妻星、子星,但他们却有看星相的本领。他们长年累月风餐露宿,对自然界的冷暖凶吉特别敏感。

读书人加快了脚步,他突然意识到自己不该把刘薰草母子俩留在那儿。

"快跑——快跑哪——"

上百人横冲着朝读书人这边奔来。

读书人赶紧避让。

"还不快跑?瘟疫来了!"有人朝他喊了一句。

读书人顿时感到一阵晕眩……他定了定神,突然间明白过来。老乞丐应该早就发现了什么,所以才会带着他的弟兄们早早撤出长安城。乞丐们集聚的那个小山冈,风向朝的是城里。他们选择躺在大樟树下,是因为樟树能防虫杀菌……

读书人不敢再迟疑,逆着人流跌跌撞撞地回到原地,可刘薰草母子已不知去向。

读书人正想呼喊刘薰草,这才发现自己并不知晓她的姓名。

读书人后悔不已,本想逃难路上结个伴儿,却因自己的一时疏忽,从此天各一方。

……

刘薰草迷迷糊糊醒来，发现自己竟然躺在一张榻上。

她想翻身起来，这才发现自己像是一团烂泥，全身无力。她转头看了看身边，不见自己的孩儿，正想喊叫，这时一老妇端着一碗汤食缓缓来到榻前。

刘薰草感觉像在梦里一般，一时弄不清是怎么回事。

"妹子……你都昏睡一天一夜了。昨日下午，我家良人在山上发现了你们母子俩，想必是饿昏了……"老妇人说。

刘薰草这才慢慢回想起来。

逃离长安城不久，众人都担心对方染上了瘟疫，于是就各奔东西。

她不清楚自己该往哪儿走，但她相信有水的地方就会有人家，于是就沿着溪流一路奔逃……

奶水越来越少，怀里的孩儿越来越没了精神。刘薰草意识到，再这样下去恐怕母子俩都将饿死在路上。

那一日，刘薰草来到一座小山下。因连日奔波，长途跋涉，此时的她已是精疲力竭。

路人告诉她，这里已是弘农郡上雒县境，翻过小山便是村落。她用尽最后一点力气，沿着羊肠小道爬上山顶，山下果然有一村子。

刘薰草欣喜若狂，但她实在走不动了。

她只好蹲下身子，怀抱孩儿，沿着陡峭的山路慢慢地往山下挪步。好不容易挪到了半山腰，她只觉得眼前一黑，便昏死了过去。

老妇人蹙着眉头，说："好在……你母子俩命大。听我家良人说，幸好你的一只手护住了孩儿，不然，山腰下就是一条深沟……

放心吧，孩儿有我家良人在照顾，在外面睡得正香呢。"

刘薰草万分感激，欲起身答谢，被老妇制止。

喝了汤食，刘薰草顿时感觉全身暖烘烘的，神志也清醒了许多。

老妇人一副欣慰的样子，说道："我们郝家，祖上就有行善的传统。到我孩儿这一代，郝家在这村子已历经五代一百多年了，世代行善。不瞒你说，你是我这个月接济的第四个人，都是逃荒的……蒙祖上阴德，我与我家良人一共生了八个孩儿，四男四女。"

刘薰草往门外看了看，表情有些疑惑。

老妇人像是看出了刘薰草的心思，长叹道："都出去了，家里就剩我老两口……这蝗灾哪，逼得老百姓背井离乡，四处乞讨为生。孩儿们把家里仅剩的那点粮食留给了我们，他们自己举家逃荒去了。"

"去了哪里？"刘薰草着急地说，"长安不能去呀，人太多，都发瘟疫了，我们母子俩还没进长安城就又逃出来了！"

老妇人不慌不忙地说："都往南方去了，那边靠海，不干旱，也无蝗灾。等挺过今冬，孩儿们再回家种地，不然都得饿死。你们母子俩先在我这儿待几天，孩儿们留下的粮食足够我老两口挺过今冬，你就放心养好身子再走。"

刘薰草眼眶里噙满了泪水，感激道："您和大伯是我们母子俩的救命恩人，救命之恩永世难忘。"

遇难得贵人，此乃天赐。贵人的可贵之处在于帮助你度过劫难，但生活的路还得靠自己走下去。

数日后，刘薰草千恩万谢，告别恩人，继续她的逃荒生活。

她牢牢记住了郝家村这个村名,也问来了恩人的姓名,期望有朝一日报答救命之恩。

出了村口,刘薰草又回过身去,仔仔细细地把村子看了个遍。

村子形似盆状,四面环山,山山相连,松柏翠绿。村前双峰相向,势如龙首。双峰之间又有一座圆形小山,一眼望去好似双龙戏珠。村子中央有一土坎,状如莲花,村里人称之为"莲花台"。

刘薰草把眼前的一切深深地印在了脑海里。她记住了老妇人的交代,大步往南方走去。

是日傍晚,刘薰草拖着沉重的脚步来到又一个小山村。

村子也就二十几户人家,或是蝗灾之故,与许许多多的村庄一样,村民十室九空,门锁连壁。

刘薰草抱着孩子来到村里唯一的双层楼房前。房屋四周围着厚厚的土墙,土墙里面就是院子。

此时,院门正虚掩着。刘薰草抚门而入,却不见人。

刘薰草站在院子中央,感觉这是一户家境殷实的人家。房屋的下层用木柱架空,除了用作伙房、仓库,还有就是用来圈养牲畜。

刘薰草正有些纳闷,从楼上下来一位四十出头的妇女。

妇女很善良,也很懂得人情世故。她一眼就看出刘薰草是乞讨的,便赶紧端来一碗水。

"先喝口水……我家良人和孩儿们都还在山上挖野菜,这年头,谁家都空了。"

刘薰草赶紧答谢,正想开口借宿,妇人又去伙房端来一小碗豆粥,笑盈盈地说:"先喂给孩子……他们应该很快就回来,回来就煮野菜。不嫌弃的话,今晚就住下吧。"

又遇好人了。

刘薰草低下头,泪水吧嗒吧嗒就来了。

妇人叹道:"唉……这年头,也不知谁造的孽。你看,这村子就剩我一家人了,都逃荒去了……夏粮是绝收了,好在我们家有劳力,想想还是不去逃荒了,留在村子里,一边抓紧种些秋冬作物,一边从山上挖些野菜果腹……"

不多时,男主人带着两个儿子回来了。男主人驮了一大捆的柴禾,两个儿子左右肩都挂了满篓的野菜。

对刘薰草母子的到来,男主人和两个儿子并未感到突兀,因为这是他们家常有的事。

这一夜,刘薰草加入了这个家庭,就如家庭成员一般,一道在伙房围着案几席地而坐,吃着野菜,聊着家常。

女主人告诉她,这里属内史辖治的槐里县。刘薰草这才得知自己走错了方向,辗转又回长安去了。

闲聊中,刘薰草获悉这是一户董姓人家,世代以孝为尊,便也放下心来。

当得知刘薰草是个寡妇时,女主人看了一眼大儿子,若有所思。

见大儿子涨红着脸,闷声低头喝着野菜汤,女主人鼓了鼓勇气,对刘薰草说:"我家长子忠厚老实,勤劳俭朴,虽已到了弱冠之年,但尚无妻室……"

刘薰草当然听懂了女主人的意思,一脸羞涩地回道:"多谢姊姊抬爱,我……"

女主人一听刘薰草称自己为姊姊,心里自然也就明白了。刘薰草这是在婉拒她。

刘薰草倒也不是嫌弃人家什么，只是她根本就没有想过自己的将来。自从得知丁汉战死沙场，她想得最多的就是儿子的将来。

正尴尬着，"砰"的一声巨响，院门被人踹开。

一家人还没晃过神来，院子里传来一声吼叫："想活命……就把吃的、花的拿出来！"

"不好，打劫！"男主人带着两个儿子跑出伙房，"这日头还没下山呢，你们竟敢……"

男主人的话音还没落下，十几个土匪一拥而上，把刀架在了他们父子三人的脖子上。

女主人吓得瑟瑟发抖，深一脚浅一脚地走到土匪跟前，扑通一声跪在地上。"大爷大爷……我们是穷苦人家，哪来的钱哪。如果大爷不嫌弃，锅里还有一碗野菜汤……"

"没钱？没钱能有这样的小楼吗？！你说你是穷人家，谁会相信？全村的人都逃荒去了，就你家还吃香喝辣的！"为首的土匪吼道。

女主人赶紧辩解："大爷大爷……房子是祖上留下的……我们家是不是吃香喝辣，大爷你进去看看锅里就明白了，那可全是野菜哪！"

土匪头子嘿嘿笑了两声，然后走向男主人。"谋财不害命，害命不谋财。只要你拿出钱来，我绝不伤害你们。但是，倘若你让我空手而归，那我也只能成全你们了，反正死在我刀下的冤魂已经不止你一个！"

说着，土匪头子把刀尖对准了男主人的胸口。

"一群乌龟王八蛋！"此时，刘薰草突然从伙房里冲了出来。

其实,就在土匪冲进门来的一刹那,刘薰草就已经决定要与主人家共存亡。刚才,她一直关注着院子里的动静,见土匪头子真要动刀了,她放下怀里熟睡的孩子,不顾一切地冲了出来。

土匪头子似乎被镇住了。

他怎么也想不到,这穷乡僻壤竟然藏着如此眉清目秀的年轻女子。

"也好……也好……劫财不成,那就劫色。只要你从我,从我这些兄弟,我就放过你们……"土匪头子像是突然改变了主意,怪声怪气地对刘薰草说。

"只要你放过他们,我可以……死!"刘薰草一脸的刚烈。

土匪头子"哐当"一声扔掉了手里的大刀,淫笑着朝刘薰草逼去。

就在土匪头子伸出魔爪的那一刻,刘薰草发疯般地吼道:"有能耐上战场去……打匈奴去……"

凄厉的喊叫声在山谷中回响……

05 险遇丈夫袍泽

野王县县尉一路快马加鞭奔往长安，估计再有半天工夫就可以抵达京城。

自从蝗灾暴发，刘薰草母子俩不知去向，县尉内心始终惴惴不安。丁汉战死本已让他深感内疚，如今蝗灾又逼得人家妻儿亡命天涯。

县尉深知，除了他，没有人会去关心刘薰草母子的生死。如今天下无粮，他们很可能饿死在逃荒的路上，多年前饿殍遍野的惨象又浮现在他眼前……

经过一番激烈痛苦的思想斗争，县尉向县令道出了他想找回刘薰草母子的打算。

县令一开始感到很是惊讶，旋即又对县尉的想法表示理解。

这些天，县令多少也看出一点来，县尉的内心是有愧于丁汉的，尤其是蝗灾暴发而刘薰草母子不知所终，县尉就成了热锅上的蚂蚁。

其实，不要说县尉，就连他这个县令，对丁汉一家也同样心存愧疚。燕然山之战，七万将士阵亡，举国震惊。或许是因为打了败仗，也或许是因为国库空虚，朝廷的抚恤金迟迟没有下拨。如今人家孤儿寡母亡命天涯，如果再不出手相助，必定饿死他乡。

县令估摸着，反正皇上已经下了《罪己诏》，短期内应该不会有战事，真有战事，也还有县丞和佐吏在。于是，县令便答应了县尉的请求，并允许他以进京安抚灾民之名，求得沿路政衙的支持和帮助。

当然，县尉也不是贸贸然提出请求的，因为他十分清楚县令的为人。县令是野王县本地人，在此任职已有二十余年。放下政绩不说，就说他体恤百姓疾苦这一点，上上下下无不公认。蝗灾暴发后，他立马下令开仓赈灾，只可惜杯水车薪。

县尉千恩万谢，飞马而去。一路上他已经记不清换了多少匹马了。

眼看京城在即，县尉反而越是心急。因为他想尽快找到刘薰草母子，带他们回去，用自己的俸禄供养他们。

突然，前方一队人马挡住了去路。

"来人快快下马——"一军吏朝县尉大声喊话。

县尉赶紧勒缰，一个侧身跃下马来。"军爷，这是为何？"

这一路上，县尉虽然是以安抚灾民的名义赴京，但为方便起见，他还是做了一番装扮，换上了普通百姓的短衣长裤。

军吏瞟了一眼县尉，不由分说："少废话，回去！"

县尉也瞟了一眼军吏，见就是个队率级别的小军吏，便说："我千里迢迢而来，你说回去就回去？！"

小军吏一听不舒服了，这哪是老百姓说话的口气，吼道："来人，拿下！"

两名士兵立马朝县尉逼了过去。

县尉岂能服气，一个旋风腿，两名士兵瞬间倒地。

小军吏见状，噌地抽出挂在腰间的马刀，喊道："都给我上，胆敢抗令，格杀勿论！"

小军吏的话音刚落，二十几名士兵噌噌噌地全上了兵器，个个红着双眼朝县尉包抄了过去。

县尉感觉事态有些不妙，往后退了几步。

倒不是他怕这二十几个士兵，而是担心把事情闹大了不好收场。

眼见士兵们渐渐收紧包围圈，县尉有意提高嗓音，喊道："拳脚不认人哪，要是伤着各位军爷请多担待啊。"

士兵们笑作一团，有两个还捂着肚子蹲在地上大笑不止。

县尉继续高喊："像你们这般年纪，我已经两次上战场了。我还连杀过两名匈奴千长。"

县尉故意拉开嗓门，为的是引来这里的最高长官。以他的经验判断，像眼前这样的关卡，至少得有一位军侯领兵镇守。

不想，县尉的高喊声非但没能引来这里的最高长官，反倒把那个小军吏和二十几个士兵全都笑翻在地。

士兵的嘲笑彻底激怒了县尉，他闪电般地伸出两只铁钳般的手，一把抓起笑得缩成一团的两个士兵，然后高高举过头顶……

小军吏和其他士兵见状，如野狼发现了猎物一般，瞬即从地上翻滚而起。

"这真的是……人不可貌相，就这么个身材敦矮的布衣，竟然会有如此大的力气。"小军吏自言自语。

两名士兵被县尉举在头顶嗷嗷乱叫，其他士兵虽然个个手握兵器,却都不敢向前,只能围着县尉打转。

正如县尉所料,带兵镇守关卡的最高长官确实是一位军侯,此时他就在几十步外的军帐中。

对小军吏这边发生的一切,军侯都看在眼里,只不过他认为还没到他出手的时候。在他看来,一个国家,必须保持国人的血性;而作为朝廷,则不能随意扼杀国民的血性。只有一个有血性的民族才能屹立于世界民族之林;只有一个有血性的国家才能攘外安内。燕然山兵败,说到底还是民族的血性出了问题,大敌当前搞内讧,无异于自寻死路!

见自己的士兵被一个来历不明的布衣百姓打得落花流水,军侯有一种受辱之感。

"是该出手的时候了……"军侯自言自语地走出军帐。

他若无其事地从地上捡起一块小石子,轻轻一扬手,石子如箭一般朝县尉飞去,不偏不倚正好射中县尉的丹田。县尉丹田之气瞬间被打散,不得不松手放下两名士兵。

"大人,在下野王县县尉李报。"县尉拱手作揖,向军侯自报家门,并递上府衙的通关文牒。

"县尉?!"军侯内心一震,伸手接过文牒,一脸疑惑地看着李报。

军侯发现,眼前这壮汉虽然一副平民装扮,头顶乱发,脚踏草鞋,身着短衣长裤,但声如洪钟,一听就是从丹田运气。古铜色的国字脸上颧骨肌肉隆起,身材敦实却腰背挺直……

军侯又打量起李报的双手:手掌粗大厚实,手背关节骨骨峰间有自然气囊,这是长年累月运气至此的缘故……

这是一个武功深厚之人! 军侯惊诧之余又生疑问:一个小县

尉何以有如此的武功？

军侯便问："你说你打过匈奴，此话当真？"

县尉点点头。

"你说你连杀两名匈奴千长，此话也当真？"

县尉又点点头。

军侯眉头紧锁，像是在脑海里搜寻着什么……

"你就是花豹！"军侯突然兴奋地叫起来。

"大人，您又如何知晓？！"李报同样惊讶。

军侯笑了笑，一副钦佩的表情："你说你曾经连杀两名匈奴千长，我估摸着你很可能与我一同打过匈奴。那个时候我只是一名队率，听说兄弟部队有一名什长连杀了两名匈奴千长，当时我就记下了你的外号——花豹！"

袍泽久别重逢，县尉很是激动，一时间也不知说什么好。

军侯问道："大人此行来京作甚？"

县尉把事情的前前后后一五一十地告诉了军侯，请求他行个方便，放自己进入长安城寻找刘薰草母子。

县尉的重情重义深深打动了军侯，军侯也把实情告诉了县尉。近段时间，大量灾民涌入长安，长安城引发瘟疫。为了避免大面积传染，朝廷下令封锁了京城。

县尉面露难色。

军侯在京人脉甚广，很快就摸清了灾民的情况。聚集在长安城内的灾民主要来自京畿地区的七个郡，他们是蝗灾暴发后最先来到长安的一批灾民。之后尽管还有京畿地区以外的灾民陆陆续续涌向长安，但考虑到京都的治安管理压力，朝廷并未让他们入城，而是把他们安顿在了城外。这些在城外的灾民听说城内瘟疫暴发,一哄而散,各奔东西,据说大多往南方逃难去了。

县尉感谢再三,辞别军侯,挥鞭南下……

一路上,县尉几乎没看到什么人。只是在一天傍晚,当他策马经过一个小山村时,隐隐约约听到了女子的呼叫声,那声音像是呼救……

县尉条件反射地勒住了马缰,可等他停下马来,却再也听不到那声音了。

县尉哪里知晓,那正是刘薰草在呼救。距他仅有数百步之遥的那个小山村,正是刘薰草母子借宿的村庄。

话说刘薰草发疯般地喊出那句话之后,便跌坐在了地上。她闭上双眼,任凭泪水肆虐……为了救下这一家子,她已经不顾自己的生死。

她惊恐地蜷缩着身子,打算任由宰割。

但,惊恐的一幕并没有发生。

刘薰草忐忑着睁开眼睛,发现土匪头子竟然瞪着大眼待在那儿,像是被谁点了穴。

刘薰草满脸狐疑。

连土匪头子自己的那些小喽啰也弄不清怎么回事。

"头儿,快点……兄弟们都还等着呢!"一小土匪似乎有些耐不住。

"闭嘴,待着!"土匪头子朝小土匪白了一眼,"待我先问个明白再说。"

土匪头子看了刘薰草半晌,问道:"你……刚才喊什么? 有能耐上战场去,打匈奴去……你这是什么意思?!"

刘薰草一时间也被土匪头子弄蒙了,难道这土匪良心未泯?

于是,便没好气地说:"欺负我一个弱女子算什么好汉?有本事上战场打匈奴去。"

土匪头子一脸惊讶:"你一个弱女子跟匈奴有啥关系?"

"我家良人就战死在燕然山。"

"什么?!哪年的事?!!他……姓甚名谁?!!!"土匪头子瞪大了双眼。

"他叫丁汉……也就一年前的事。"

"丁汉?是一名……从军伙夫?!"

刘薰草突然感觉一股热血往上涌,她瞬即从地上爬起来:"是的是的是的。你……你又如何知晓?"

土匪头子愣了愣:"你先回答我的问题,他是哪里人?"

"河内郡野王县人。"

"在哪儿打的仗?"

"燕然山。"

"人呢?"

"死了!"

"怎么死的?"

"不晓得。"

"那你又怎么会在这儿?"

"逃荒,路过此地,借宿于此。"

土匪头子扑通一声跪在刘薰草面前,号啕大哭……

哭完一阵,他一把扯开衣襟,右胸露出了两块大伤疤。

"嫂子,你看,这就是被匈奴兵的弓弩射的。"

土匪头子情不自禁,袒胸露乳,这让刘薰草感到有几分羞怯。她低头不语。

土匪头子就这么跪着，哭道："……嫂子，我也是一名从军伙夫，与丁汉同属一个军营……我目睹了燕然山之战，我们遭到了匈奴的偷袭……"

一小土匪看了一眼刘薰草，对土匪头子喊道："头儿，我们这是在打劫，你叨叨那干啥？你是不是中美人计了？"

"闭嘴！"土匪头子呵斥道，"把他们都放了！"

刘薰草也扑通一声跪在了土匪头子面前，泪如泉涌，哽咽道："那……那你告诉我……丁汉他……他是怎么死的……死在哪里……有没有……留下什么话？"

刘薰草满脸的期待。

土匪头子泣不成声，一个劲地摇头："我不知道……"

稳了稳情绪，他断断续续地说："那几天，军营里的一些弟兄大概是因水土不服，都拉了肚子……丁汉兄懂一点用药，头天一大早就上山采药去了。也许是因为走远了，当晚丁汉兄并没有回到营地。我与伙房的其他几个兄弟就先睡了……睡梦中，我们被厮杀声惊醒，兄弟几个赶紧跑出帐外，看见的就是遍地的尸体……周围是黑压压的一片，全是匈奴的骑兵部队。兄弟几个顾不上披甲，操起武器便冲了出去……迎面一阵箭雨，我就什么都不知道了……"

"那……那你又是怎么回来的？"刘薰草含泪问道。

这时，土匪头子已慢慢平复了情绪。"我是被乌鸢啄醒的……朦朦胧胧，我感觉有什么东西在撕咬我的脊背，我奋力翻过身来，只见遍野的乌鸢正在不停地啄食弟兄们的尸体。我忍着剧痛，驱赶乌鸢，看看是否还有兄弟活着……"

"可曾找到丁汉？"刘薰草着急地问。

"没有……"土匪头子摇了摇头,"说实话,尸体个个血肉模糊,根本无法辨认。何况,我醒来的时候,月亮已经挂在半空,我只能借着朦胧的月光找人。"

刘薰草掩面而泣:"那就是说,丁汉还有活着的可能?!"

"嫂子……不可能了。"土匪头子叹了口气,"……要是还活着,早该回来了。"

刘薰草沉默片刻,有些疑惑地问道:"那……那你又怎么干起打劫这等事?"

土匪头子低下了头,犹豫着说:"被……被逼的。死里逃生之后,我一路乞讨回来……回到家就把燕然山的战事报告给了当地府衙,可官府却说我造谣生非,说大汉王朝的军队怎么着也不可能全军覆没。我就这样被抓捕入狱!直至皇上下了《罪己诏》,我才得以释放……我本来就单身一人,无家可归,不想又遇蝗灾,只能……不怕嫂子见笑,今天还是我头一回打劫!"

刘薰草这才注意到,这些个土匪看起来凶神恶煞,可他们的脚却在不停地哆嗦。

"嫂子!"土匪头子像是突然想起什么,"听丁汉兄讲,他出征前嫂子已经怀了孩儿,丁兄还给他起了名。"

刘薰草一惊,不停地点头:"嗯嗯嗯……什么名?快说快说!"

土匪头子似乎一时间记不起来,挠了好一阵子的头皮。"丁……丁……丁……"

"丁什么,快说快说!"刘薰草急切地问。

土匪头子突然一拍脑门,兴奋道:"对对对……丁丁……丁兰!对,丁兰!没错!丁汉兄说了,此名较为中性,无论男女都用得上。丁汉兄还说了,兰花寓意高洁、典雅、爱国和坚贞不渝,有花中君子之美称，寄望他的孩儿将来成为人中君子。"

"丁兰……丁兰……丁兰……"刘薰草高兴极了，她一遍一遍轻轻地喊着这个崭新的名儿，深深感受到了身在战场的丈夫对她们母子俩无尽的牵挂。

她快步跑进伙房抱起儿子，说："孩儿……阿翁给你起名了，你就叫丁兰！丁兰!! 孩儿，你听懂阿母的话了吗?!"

土匪头子也很激动，对着自己的那些小喽啰喊道："快快快……弟兄们，快把你们身上的钱都拿出来……都都都……都给我侄子留着……"

一小土匪一时间接受不了，皱着眉头说："头儿……打劫不成也就算了，还搭上本钱，这这这……这究竟算哪门子土匪嘛！"

土匪头子似乎也觉得有些说不过去："那……那每人身上留个五铢，其余都拿出来。既然当不了土匪，那就不当了。刚才看你们一个个浑身发抖的样子，我就知道这土匪是当不成了，天生不是那块料。弟兄们还是自食其力去吧，人家孤儿寡母都能活下来，何况我们一人吃饱全家不饿！"

小土匪们虽然有些不乐意，但也都把自个儿身上的钱往刘薰草怀里塞。

女主人站在一边发愣，一家人大眼瞪小眼，像在做梦一般。原本他们也就想做点善事，留这孤儿寡母过上一夜，不想，这落难之人反而救下了他们董家的性命。

土匪头子带着他的一帮小喽啰出了院子的门，突然又回头喊了一声刘薰草："嫂子……"

刘薰草这才想起还没问人家的姓名。她怀里揣着一大把钱，抱着丁兰快步跑了出去。

"我叫刘薰草,兄弟姓甚名谁?"

"我叫大壮,小丁汉兄两岁。平时四邻都喊我小名,嫂子您就喊我大壮吧,又大又壮,挺好记的。"大壮红着眼,强忍着泪水。

刘薰草抓起一把钱往大壮怀里塞去,哽咽着说:"大壮兄弟,谢了……我不能要你这么多钱……"

"嫂子……怎么说我还活着,比起战死在燕然山下的那些兄弟,钱算什么!再说了,嫂子您接下来的路还很长,总得有个接济。"

大壮想了想,又说:"有句话……不知当讲不当讲。"

"兄弟,但说无妨。"

"我听说,我们伙房的另一个袍泽也死里逃生,半年前已经回到家。平时他与丁汉兄走得最近。不过嫂子,那样的可能几乎没有。只不过……不告诉你,我这心里又过不去。"

刘薰草含泪点头:"感谢兄弟们倾囊相助。只要有一线希望,我就不会放弃。哪怕走遍天涯,我也要知道我家良人是怎么死的。大壮兄弟,千山万水我不怕,请你告诉我,丁汉的这位袍泽家住何处。"

……

06 奈何又一次擦肩

寒暑易节,整整两年。

刘薰草带着丁兰一路向南乞讨,来到了南郡中庐县。

这天晌午,她路过荆山脚下,忽然被一石洞吸引住了。

这是一个庞大的石洞,石洞的深度高度都有几十尺,宽度少说也有近百尺。

时值烈日当空,刘薰草想着是不是要进去歇个脚,乘会儿凉。她把丁兰从背上放下,可又觉得这人生地不熟的。

刘薰草正犹豫着,洞里出来一位老者,步伐轻盈似神仙驾雾。

刘薰草吓了一跳。还没等她晃过神来,老者先说话了:"日头太大,别晒坏孩儿,进来喝口水吧。"

老者面色红润,脸颊丰满,显得一脸慈祥。高耸的发髻、雪白的山羊胡,给人以睿智之感。

刘薰草有些不放心,正欲推辞,可丁兰已经蹒跚着脚步往石洞里走去。

刘薰草跟着老者走进石洞,洞内宛如仙境。洞顶甘泉喷涌如柱,洞下水池清澈见底,池上峭壁凌空。环顾四周,洞穴幽深,溪水潆洄。刘薰草转身往洞口望去,有一山包隔河相望,河岸松柏葱郁,山包似有神灵。

或是见刘薰草神色疑惑,老者解释说:"这是我祖先留下的住所,我们卞家几十代人已经在这里守了几百年。"

刘薰草懵懵懂懂地点了点头。因为她不知道眼前这老者是谁,更不清楚这卞家有何来历。

刘薰草手里端着一碗水,眼睛不时地打量四周,见洞里就老者一人,便问:"敢问先生,膝下子孙……"

老者顿时面露悲戚,但话语间又带有几分自豪:"我卞家世代忠良。吾儿在攻打大宛时为国捐躯,两个孙子也在戍边……"

"打仗?"刘薰草很是震惊,"我家良人也是战死沙场,不过他打的是匈奴。"

老者似乎并不感到意外,因为对他这个家族来说,打仗实在是太平常了。

大概是因为有了同样的话题,老者对刘薰草讲起了他的家世。

老者的祖先叫卞和,春秋时期楚国人,是一名琢玉巧匠。几百年前的一天,卞和在此石洞得到一块璞玉……

说着,老者指了指石壁上一处一尺见方的石穴,告诉刘薰草:"此乃我家老祖得玉之处。老祖未把璞玉留给自己,而是把它献给了楚王。"

"那可曾得到楚王奖赏?"刘薰草问。

老者一边叹气一边摇头。

原来,卞和把璞玉献给了楚厉王,可王宫里的玉工却说那只是一块石头，卞和因此背上了欺君之罪，被刜去了左脚。厉王死，武王即位，卞和再次捧着璞玉去见楚武王，而玉工仍然说那只是一块石头，卞和再犯欺君之罪，又被刜去了右脚。直至楚文王登基，卞和抱着璞玉在荆山脚下痛哭了三天三夜，眼泪流干，而后流血，血泪浸湿了宝玉……

说到这里，老者悲愤道："妹子可知我家老祖因何而泣？"

刘薰草摇了摇头："我乃一妇人，不敢妄测！"

"老祖曰：臣非悲刖，宝玉而题之以石，贞士而名之为诳，此吾所以悲也！"

楚文王获悉此情，震惊不已。他命人剖开卞和抱在怀里的璞玉，果为稀世之宝，由此命名为和氏璧。

朝代更迭，和氏璧辗转历朝帝王之手。

直至秦始皇统一六国，遂命工匠将和氏璧雕琢成传国玉玺，刻上了"受命于天，既寿永昌"的玺文。

老者一声长叹，感慨道："和氏璧既未让秦始皇'受命于天'，亦未使其'既寿永昌'。秦朝末年，子婴持和氏璧向汉高祖刘邦请降，从此玉玺归汉。传国玉玺第一次履行了它'传国'的使命。"

刘薰草听得心惊肉跳。玉匠献玉却被施以刖刑，宝玉被当成了石头，忠贞之人被当成了欺君之徒，楚王可恨，楚王手下的玉工更可恨。要是那糊涂的玉工还在世，施以刖刑的应该是他，因为他才是真正犯了欺君之罪的人。

刘薰草在为卞家祖先的不幸感到愤愤不平的同时，又不免感到有些奇怪，既然这山洞是卞家的伤心地，那其子孙又为何世代相守？

老者似乎看出了刘薰草的心思："楚文王封我家老祖为大夫，

老祖不受。宝玉面世，其愿足矣……而对我卞家子孙而言，老祖他留下的不仅仅是一块宝玉，更重要的是忠与孝。老祖生前告诫卞家子孙——为人忠孝为先，小孝事亲，中孝惠民，大孝报国。直至今日，我卞家子孙前赴后继，驰骋沙场为国捐躯已有几十人。"

老者顿了顿，话语间充满了悲壮："如今，只留下我老叟独守这山洞了……我坚守在这里，守的不仅仅是祖业，更多的是祖训，忠与孝的祖训。"

老者的话让刘薰草很是感动，可如今卞家只剩下两个从戎戍边的孙儿，她不禁为老者后继无人担心起来："公已年老，儿已捐躯，何不唤孙归来？"

老者淡淡一笑："卞家无后继，自有后来人。"

刘薰草虽未读过书，但曾经跟丁汉识过一些字。她万万没有想到，一个"孝"字居然蕴藏如此深奥的道理，一个"忠"字居然能使一个家族几百年世代相守。此时的刘薰草，虽然嘴上难于表达，但她的内心已经深深感受到了眼前这位老者的家国情怀。

她突然觉得，丈夫丁汉战死沙场很是值得。用老者的话说，那是大孝！

刘薰草看着独自在一旁玩耍的丁兰，若有所思。

老者对刘薰草讲完他的家世，这才发现自己还不清楚眼前这位陌生女子姓甚名谁，上哪儿去，便也询问起刘薰草的身世。

刘薰草对老者已深信不疑。她把事情的前前后后对老者细说了一遍，并向老者探问，此地离中庐县一个叫"木谷"的地方还有多远，她要去那里寻找一个人。

老者一听就明白了。他这一生都花在了寻找玉矿上，对中庐县及其周边的山山水水十分熟悉。刘薰草所说的"木谷"就在七里山一带,但那是一片山野,方圆数十里渺无人烟。

老者实情相告。

刘薰草大失所望。这一路她们母子俩整整走了两年!

失望之余,刘薰草再一次回想两年前大壮对她说的话。她清晰记得,对丁汉那位袍泽的家乡,大壮也不是十分清楚,他只大概记得是一个叫"木谷"或是"木山"的地方。

"请问先生,那……是不是还有一个叫'木山'的地方?"刘薰草心有不甘地问道。

老者捋了捋胡须,回道:"木山?有所耳闻,但距此不下千里。"

又是一个千里之遥!刘薰草内心一惊。

片刻犹豫之后,刘薰草坚定地对老者说:"区区千里,不足为惧。相比卞家世代相守,千里之途又何足挂齿!"

老者看着眼前这位身体并不强壮的女子,又看了看还只能蹒跚走路的丁兰,不禁为之动容。

为了圆刘薰草的心愿,老者亲自陪她去了一趟七里山的木谷,但见——

其山峰峦秀丽,流水潺湲,林木茂蔚,葱倩如画。其谷幽邃清虚,峦嶂屏列,溪水环流……确如老者说的那样,这里方圆数十里渺无人烟。

刘薰草又一次踏上南下的路,往木山而去……

老者送走刘薰草和丁兰,内心总有几分不安。此去木山有千里之遥,不说别的,光是一路的雨淋日晒对她们母子俩而言就是一个巨大的考验。

在老者看来,刘薰草乃是奇女子。自大汉朝开国以来,死于疆场的男子多如牛毛,却少有女子对自己的男人如此钟情,如此坚贞不渝。

是日,老者坐在洞前,看着刘薰草母子离去的方向沉思。忽闻一阵马蹄声,一匹快马裹着风尘飞奔而来。

老者甚是奇怪。自从汉武帝下了《罪己诏》,他已经许久没有听到这样的马蹄声了。

武帝时期,攘夷拓土,国威远扬,东并朝鲜,南吞百越,西征大宛,北破匈奴,开创了汉武盛世。尤其是以军事手段代替带有屈辱性质的和亲政策,不仅将匈奴王庭赶至漠北,也让朝野上下扬眉吐气。

然而,穷兵黩武在为大汉民族赢得声誉的同时,也耗尽了从高祖到文景二朝帝国多年积累的财富和民力。到了武帝末年,大汉朝已是国库空虚,民乱四起。因为迷信盛行,还酿成了巫蛊之祸,冤杀了太子刘据。风烛残年的汉武帝虽最终醒悟,痛下《罪己诏》,恢复了前朝的与民生息政策,但这种补救终究还是需要时间。几个月前,一世英名的汉武帝在郁郁寡欢中崩于五柞宫。

急促的马蹄声越来越近……

莫非汉武帝驾崩再度引发战事?难不成匈奴又扰我边塞?因为子孙从戎戍边的缘故,老者对那样急促的马蹄声有些条件反射。

不一会儿工夫,快马便到了老者的山洞前。

来人是一壮汉,他一勒缰绳,马匹发出一声长嘶。

"壮士往何处去?请下马喝水!"老者上前招呼。

在过去,一有战事,老者就会在洞前给来往传递信报的士兵送水。

壮士翻身下马,恭恭敬敬地向老者行礼答谢之后,便随老者进洞饮水去了。

壮士牛饮一阵,便问:"请问长者,此处离木谷尚有多远?"

"木谷?!"老者好生奇怪,"壮士前去木谷为何?"

壮士犹豫着,似有难言之处。"去……探一个亲戚。"

"亲戚?!"老者更觉奇怪了,那荒山野岭何来亲戚?

老者思量着,内心不停地打着问号。"敢问壮士这亲戚姓甚名谁?"

"这……"壮士没想到老者会问得这么细,一时语塞。

"壮士,木谷乃是荒山野岭,不曾有人居住,壮士恐怕是找错地方了。"老者实话相告。

壮士一脸茫然,满怀的希望顷刻间被掏空。

壮士正是野王县县尉李报。确切地说,此时他已经不再是什么县尉了,而是一介平民。

两年前,李报根据长安城外镇守关卡的那位军侯提供的情况,挥鞭南下寻找刘薰草母子,可辗转数月还是不见母子俩的踪影,无奈之下只得折返野王县,继续当他的县尉。

可不知为什么,李报从此食不香夜难寐。渐渐地,他发现自己对刘薰草不仅仅是同情,而是起了爱慕之心。

李报本就孤身一人,经过一番激烈的思想斗争,他不顾亲友的极力反对,毅然辞去了野王县县尉的职务,变卖了田地家产,走上了寻爱之路。

两年来,李报走遍京兆地区及其附近郡县,不放过任何一个刘薰草母子可能去的地方……但茫茫人海,始终不见刘薰草母子的踪迹。

就在他心灰意冷之时,却无意中得到疑似刘薰草母子的消息。一路人告诉他,有一对母子往中庐县木谷而去,为的是寻找其夫的一个袍泽。根据路人的描述,李报断定那就是刘薰草母子俩。

李报欣喜若狂,一片苦心总算没有白费,便日夜兼程赶往中庐县。

眼看中庐县越来越近,李报的心也越来越激动,一路快马加鞭,不觉已来到荆山脚下。他饥渴难耐,正想找个地方讨口水喝,远远看见老者这边的山洞,便策马过来,顺便也问个路。

想不到这一问,原本满心的欢喜立马成空。

李报呆若木鸡,一时间不知所措。

突然间,他意识到一个问题:会不会是因为自己话语支吾,待人不诚,致使老者不肯实情相告?若对老者和盘托出,又该如何开口?你一个男人如此千里追寻一个寡妇……

此时,老者内心也在嘀咕:这壮汉说话支支吾吾,似有难言之隐,其中必有蹊跷。自己在此生活了几十年,从未听说有人要去木谷探亲访友的。

想到这里,老者蓦地想起了刘薰草,便更加警觉起来。一个要去木谷寻友,一个要去木谷探亲,这两者之间会不会有什么关系?

难不成这壮汉是刘薰草的夫君?应该不是!刘薰草分明告诉他,其夫丁汉两年前就已经战死在燕然山下。那是她的兄弟?更不可能!刘薰草分明告诉他,她家未曾有兄弟姊妹。那是她的亲戚朋友?也不可能!既然是亲戚朋友,那又何必吞吞吐吐?

思来想去,老者决定无论如何也要保护好刘薰草母子的安全。

"敢问壮士府上何处？所从何事？"

"实话相告,在下乃河内郡野王县县尉,不过……"李报想把事情的原委告诉老者,但话到嘴边又咽了回去。

"野王县……县尉?"老者心里立马咯噔起来。刘薰草也是河内野王人,莫非她犯了啥事,这县尉是追捕她来的?

老者仔细观察起李报来,发现此人脸黑如铜,臂粗如腿,说起话来令整个山洞嗡嗡作响,心里就更不踏实了。他决定无论如何也不能对这壮汉透露刘薰草母子的行踪!

与刘薰草一样,李报还是坚持去了一趟木谷。不用说,结果自然是失望而归。

或许是上天的安排,李报又一次与刘薰草擦肩而过。

07 从木谷到木山

武陵郡零阳县有一座山,名曰"官亭山"。

此山高耸入云,山上村落星罗棋布,栖居在山间树丛的山民足有上千人。

是日,雪后初晴,漫山遍野银装素裹,阵阵寒风刺人心脾。但是,蜿蜒起伏的山间小道上,却留着一串串大大小小的脚印,因为这一天,正是书馆开学的日子,一大早孩儿们便在阿翁阿母的陪同下从四面八方赶来上学。

其实,这里的山民生活并不宽裕,但他们十分尊儒崇文。他们讲究耕读传家,羡慕书香门第,信奉"男归书馆,女归绣房",所以山下很早就有了书馆,家家户户都送孩儿们上学。直至秦末汉初,秦始皇焚书坑儒,加之秦汉交替连年战乱,山下书馆关闭,弟子学业荒废。

官亭山原本叫"木山"。有那么一年,山民们觉得这山名与他们尊儒崇文的文化氛围相悖,于是便家家出钱、户户出力,在通往山下的路口建了一座亭子,名曰"官亭",由此"木山"自然也就成了"官亭山"。

其实,建官亭也好,改山名也罢,山民们无非是期盼从这山里走出几位鸿儒硕学。

可偏偏事与愿违,自从建了官亭,改了山名,官亭山非但没有出现鸿儒硕学,山民们反而为争水大动干戈,每年都有那么几回"龙虎斗"。

直至汉武帝年间,"罢黜百家,独尊儒术"的政策出台,教育被提高到了"治国之本"的地位,由此官学有了很大的发展。但是,官学大多设在中央,不仅路途遥远、名额有限,而且主要是培养皇族和贵胄子弟,很难满足老百姓的读书需求。汉武帝对此虽心知肚明,但由于他穷兵黩武,耗尽积蓄,国库空虚,根本无法兴办更多的官学。

汉昭帝即位,沿袭武帝后期的休养生息政策,从而使私学迅速兴起。更重要的是,私学学习和教学经历渐渐成为选仕、做官的重要依据,一些出身社会下层的"英俊"之士,纷纷得到入仕机会,一改以往大官僚和大富豪子嗣垄断官位的格局。

在这样的大背景下,官亭山的山民再也坐不住了,他们的"鸿儒硕学之愿"不再渺茫,于是一如当年建官亭那样,家家出钱、户户出力,很快就建起了一家新的书馆,还请来了一位年轻博学的书师,期望自家子孙有朝一日入仕。

这一天是开学日,按规矩,弟子不得直接进入书馆,得先在书馆门前排队集合。

于是,一百多个孩子只能顶着刀子一般的山风整整齐齐地列队于书馆前。年龄稍小的只有七八岁,稍大的也就十五六岁。

望子成龙的家长们自然也不想破了规矩,他们一圈一圈地围在书馆前,面对肆虐的寒风,嘴里不停地发出咻咻声……

太阳终于爬上山来,积雪开始融化,气温反而下降。

或因不堪寒风肆虐,有家长开始嘟哝:"这哪是上学嘛……比上刀山还……"

"是啊是啊……都快站一个时辰了……"几位家长打着寒战应和着。

"书师……他会不会是睡着了?"有家长提出疑问。

此话刚出,胆子大一点的几位家长便蹑手蹑脚上前,把脸贴在窗缝上,踮着脚尖、歪着嘴往里看了看,然后回到原位,悄悄地摇了摇头:"没睡……在埋头看书。"

"看书? 会不会是过于专心,他忘了书馆外面还有几百号人在挨冻哪?"

这家长的话音刚落,大人小孩便一窝蜂往书馆拥去。

一个腿脚麻利的孩子刚刚推开书馆的门,却见书师已经高高举着一把戒尺,神情严肃地站在了门口,吓得孩子们又一齐退了回去。

书师拉长着脸:"为师之所以选择在今日开学,就是想告诉诸位弟子及家长,要想成为鸿儒硕学,就得经过无数个寒冬腊月……一个时辰的寒风都受不了,又何以苦读十年寒窗!"

尽管被寒风吹得瑟瑟发抖,家长们还是一个个不停地作揖点头。

他们之所以对书师如此敬重,除了心中都有一个望子成龙的宏愿,还有就是因为这书师能到官亭山任教,纯属机缘巧合,可遇而不可求。

当初书馆建成之后,紧接着就是请书师。但是,经过上百年的荒废，山民中已经没有了读书人，最多的也就认识家传的那几个字。

山民们一致提出去山外请书师，可家有二斗粮不做孩子王。书师社会地位低下，收入微薄，难以养家糊口，只要衣食不愁和稍有出路的人，都不愿当书师。

就在山民们发愁之时，有一读书人逃荒来到了官亭山。这读书人不仅念过乡塾，而且进过经馆，是经馆的著录弟子。

山民们喜出望外，他们虽然都没有正儿八经读过书，但还是知晓这经馆著录弟子的分量。

大汉朝私学分为低、中、高三个不同层次。"书馆"为蒙学教育，"乡塾"为一般经书学习，"经馆"为专经教育。

书馆是典型的基础教育。教学内容以识字、习字为主，兼习算学。书馆所用"字书"，合秦代《仓颉》《爰历》《博学》三篇为一本，统称《仓颉篇》。

乡塾是中等教育。它有时直接与书馆相连，是启蒙教育的自然延伸；有时又与经馆的专经研习相联系，作为专经教育的预备或过渡，主要教学《孝经》《论语》，一方面为专经研习做准备，另一方面也巩固书馆的识字成果。

经馆是高等教育，又称"精舍"或"精庐"。虽然也属私学，但程度较高的可以与官办的"太学"相比。经馆的教师多为学问高深的学者或当时的名士硕儒。他们或亦仕亦教，或退而致仕后闭门授业，或终生隐逸山泽间聚徒授经。大汉朝的经馆通常只有一名经师主持，但弟子却有成千上万。如此众多的弟子，自然不可能个个面授，因此，经馆的学生常分著录弟子与及门弟子两种。所谓"著录弟子"，即在名儒学者门下著其名，不必亲来受业，所以著录弟子能多至万人。"及门弟子"或称"授业弟子",是直接从师受教,往往有数百千人,其中许多人是私学大师的高足,直接聆听大师的教诲,甚至与大师一起辩论经义,商讨学术。

逃荒来到官亭山的这位读书人,年方而立,却已是经馆的著录弟子,这在读书人中并不多见。山民们自然如获至宝,便极力挽留他来做书馆的书师,把书馆的里里外外都交给了他。

这读书人果然出手不凡,一来书馆便挥笔题下馆名——"养正书馆"。

此时,一家长望着高高悬挂在书馆门梁上的名匾,自言自语:"羊蒸书馆,这是啥意思……"

书师笑了笑,说:"养正书馆,意为涵养正道。说白了,就是从童年开始,就要施以正确的教育……"

书师正说着,几个冻得脸色发青的家长拉扯着自家孩儿便想进入书馆,又被书师挡了回去。

"养正,从今日开始,从孩儿们开始。"书师还是一脸的严肃,"今天是开学日,不得擅入书馆,首先得行开学礼……"

书师讲的"开学礼"就是指"正衣冠""行拜师礼""净手净心"和"朱砂开智"等开学仪式。

也不管山民们听不听得懂,书师义正词严:"礼仪之始,在于正容体、齐颜色、顺辞令。因此,今日开学的第一课,即正衣冠。先正衣冠,后明事理……"

显然,书师首先要让弟子们做到仪容整洁。

这些山里的孩子很快一一站立,整整齐齐排好了队伍。书师缓步上前,逐个察看,不时伸手替孩子们整理衣领和发髻,恭立片刻后,才领着他的弟子进入书馆。

步入书馆之后,就要举行拜师礼了。弟子们首先叩拜至圣先师孔子神位,他们个个双膝跪地,九叩首。然后才是拜夫子,三叩首。

这时,不知哪位家长轻声喊道:"孩儿,叩头得有声响,越响将来就越有出息!"

大概孩子们都听到了这话,小脑袋像公鸡啄米似的不停地往地上磕,书馆里立马爆出一阵咕咚声。

见孩儿们个个卖力地磕头,阿翁阿母们脸上露出了灿烂的笑容。

"嘿嘿嘿……咱家倒芋头就这声响……"一家长咧着嘴笑道。

"呸呸呸!你家孩儿才是芋头呢!"另外几位家长大概觉得此话不吉利,对着那家长一阵白眼。

书师也觉得那家长所言不妥,但话都说出来了,还能如何?他沉思片刻,笑了笑:"无妨无妨。距我大汉万里之外,也有一至圣先师,名曰释迦牟尼,其曰'种瓜得瓜,种豆得豆',瓜和豆都是成果。刚才那位家长说得也没错,我的这些弟子将来必有成果。"

自从张骞出使西域,佛教渐渐传入中国,书师对"种瓜得瓜,种豆得豆"这句佛教语虽然只是一知半解,却也解了眼前的尴尬。

那位家长又咧着嘴笑道:"……我就说嘛,倒芋头有啥不好,如果将来官亭山的孩儿们真如咱家倒芋头那样有声有色,那就都成才喽!"

"哎呀……怎么都忘了!"一妇人突然喊了一声,便拎上沉甸甸的一篮子食物,恭恭敬敬地献给书师。

这就是"六礼束脩",即弟子拜师的六种礼物。芹菜寓意业精于勤,莲子寓意苦心教育,红豆寓意红运高照,红枣寓意早早高中,桂圆寓意功德圆满,干瘦肉条用来表达弟子拜师的心意。

家长们争先恐后地送上礼物。

有几位家长低头退缩在后,个个面露尴尬,因为他们的篮子里缺少干瘦肉条。没有肉条,就形不成"六礼束脩"。"束脩"就是指十条干瘦肉,这是六礼中最重要的礼物,也是实质意义上的学费,而其余五种都只是象征意义的礼物。

"孔子曰,自行束脩以上,吾未尝无诲焉。"书师见状,一边引用孔子的话,一边微笑着朝那几位家长走去,"无妨无妨,先让孩儿上学!"

显然,书师是想告诉这些家长,"六礼束脩"并不是他定的规矩,早在孔子授业时就已经有此先例。孔子说,只要主动给他十条干肉作为见面礼物的,他从没有不给予教诲的。

当然,书师心里也很明白,像官亭山这样的地方,山民们并不是家家都能一次拿出十条干肉,为此他已经不做数量上的要求。

几位家长欲言又止,很是为难……

其实,书师也有些为难。大汉朝的学期有三月制、八月制和十二月制,为了让孩子们有更多的时间读书,山民们自个儿商定,就把书馆的学期定成了十二月制。这样一来,书馆必须在正月启学,岁暮罢馆。书师得常年教书,他的吃穿就得全靠山民来供给。

书师微笑着拉过一名孩子的手,说:"来,接下去我们开始净手净心。"

说着,书师领着孩子们来到一个已经盛满了水的木盆前,自己做起了示范。

他轻轻地把手放入水中,正反各洗一次,然后擦干,寓意净手净心，去杂存精，期望孩子们在日后的学习中专心致志，心无旁骛。

洗了手，净了心，孩子们又整整齐齐排好了队。

书师手持蘸有朱砂的毛笔，逐个在孩子们的眉心点上一颗如"痣"的红点。

这就是开学仪式中的"朱砂开智"，也称"朱砂启智"，是开学仪式的最后一道礼仪。因"痣"与"智"谐音，意寓开启智慧，目明心亮，期望孩子们在日后的学习中一点即通。

看见自己的孩儿入学，家长们脸上都露出了少有的喜悦。

书师为最后一个孩子点了朱砂开了智，说："从今以后，我就是你们的夫子，你们就是我的弟子……"

书师的话还没说完，只听"砰"的一声，书馆大门被猛然撞开，一个衣衫褴褛的人倒在了地上。

08 官亭遇恩师

书馆开学,却来了个不速之客,书师和家长们都围了过去。

"这是谁? 哪个寨的?"书师一边蹲下察看,一边问道。

山民们个个摇头,都表示不认识。

"啊……我认得。"一山民突然喊叫,"她就是住在山脚下山洞里的那个妇人。大概半个月前来到官亭山,还带着一个男孩,听说是来找亲戚的。因为没找到人,自个儿就住进了山洞。"

书师赶紧端来了一碗热水,众人七手八脚给她一口一口喂下。

不一会儿,妇人渐渐缓过神来。她举起一只手指向门外,张着嘴巴,好久才说出一句话:"救救我儿……"

这时,众人突然反应过来。书师立马带上十几个家长赶往山下。

在离书馆大约五里路的一块巨石下,书师及众人找到了那个山洞。山洞也就半间房大小,此时一男孩正蜷缩着身子侧卧在地上,一动不动。男孩身下铺垫着一层厚厚的枯叶,身上盖着几件破败不堪的衣物。

　　书师赶紧伸手探了探男孩的额头,叫了声不好,便立马把男孩翻过身来。

　　一位年纪稍长的山民像是有些经验,他看了一眼男孩便说:"赶快让开!"

　　男孩翻白着眼球,意识已经模糊。这是身体高烧又遇寒风侵袭所致,病情十分危急。这位山民立即伏下身去,一手托住男孩的后脑勺,一手用拇指使劲掐住男孩的人中,男孩总算苏醒过来。

　　……

　　时至深夜,书馆东舍的一间房里,油灯的亮光昏暗而飘忽。一张简易的木榻上,男孩正沉睡着。

　　刚刚过去的一天,热心的山民和书师放下书馆里的孩儿们,想方设法救下了这个陌生的男孩,并决定暂时把他们母子俩留在书馆,先给他们一个栖身之所。

　　此时,母亲正端坐在榻前,轻轻地用她的掌心抚着男孩的额头,脸上露出深深的愧疚。

　　而书师正在书馆南舍的一间房里慢慢踱步,一边踱步,一边不时地朝东舍那边探望,一副心神不宁的样子。

　　他在这里踱来踱去已经快半个时辰了,内心似乎一直在犹豫着什么……突然,他耸了耸肩,像是鼓起了很大的勇气,快步朝东舍走去,叩响了他们母子俩的房门。

　　"妹子,孩儿好些了吗?"书师侧耳贴在门上,轻轻地问道。

　　"哦,是夫子吗? 好多了好多了!"房内传来了回音。

　　书师战战兢兢地进了房间,径直来到榻前,用手背探了探沉睡中男孩的额头,轻声说道:"烧是退去了……"

转身时，他用余光滑过男孩母亲的脸，突然觉得此人似曾相识。

其实，当上午第一眼见到男孩的母亲时，书师便有一种说不出的感觉。也正因为如此，这一天来他总是心神不宁。

会不会是在哪儿见过？书师在脑子里快速地搜索着，但就是找不到一丁点的记忆碎片。

"夫子，请坐！"男孩的母亲非常客气地给书师让座。

这时，书师却突然间感到有些尴尬，因为他发现，刚才一时心急，自己竟忘了更衣，身着直裾袍便过来了，而且还未系腰带。

直裾袍虽然正直端方，却不能作为正式礼服，外面得配穿曲裾深衣。

"无妨无妨……"男孩的母亲似乎也觉得有些不妥，但还是礼貌地为书师解了尴尬。

书师生笑着在一块草垫上跪坐下来，眼神里却有几分恍惚——因为经过一番梳洗打扮，男孩母亲虽已徐娘半老，但与上午的那位流浪妇相比，已是判若两人。

上午，当善良的官亭山山民把这对流浪母子暂时安顿在书馆后，便纷纷给母子俩送来了衣服。

此时，男孩母亲身着曲裾深衣，衣裾层层缠绕至臀部，使她柔美身材尽显，尤其是曲裾下摆呈现的喇叭花样式，行不露足，更使她风韵无限。

书师不敢直视男孩母亲姣好的身材，因为他明白，曲裾深衣的巧妙设计，最初并不是为了示美，而是为了掩丑。因为汉人衣冠没有连裆的罩裤，下摆缠绕既起到保护作用，也更加合乎礼节。

书师不由自主地低头看了看自己宽松的直裾袍，虽然衣裾过膝,但此时却难以遮丑,便赶紧起身回屋裹了一件曲裾深衣过来。与男孩母亲身着的曲裾不同的是,书师的男式曲裾下摆宽大,不像女子曲裾通身紧窄。

书师提了提衣衫,放心地在草垫上盘坐下来。"敢问妹子从何而来? 所为何事?"

"回书师,娸由中庐县而来。到此官亭山,为的是寻找我家良人昔日的一位袍泽。"

"妹子姓甚名谁? 府上何处?"

"娸名叫刘薰草,良人丁汉,孩儿丁兰,河内郡野王县人。征和三年,我家良人为驱赶匈奴,战死在燕然山下。"

"野王县?"书师瞪大眼睛,面露惊讶。

见书师如此惊讶,刘薰草反问道:"莫非……夫子去过野王?"

书师没有直接回答刘薰草的问题,但他似乎想起了什么,突然间显得有些兴奋。

"那……征和四年的那次蝗灾,妹子可曾从野王县逃往京都长安? 在长安城外,妹子是否与一位老乡走失?"

刘薰草仔细看了看书师,脸上瞬间泛起了一片红云……

"我……"书师再也坐不住了,刘薰草脸上的那片红云,让他彻底肯定了自己的判断。当年刘薰草问他上林苑是怎么个样子的时候,她的脸上也同样泛起了这样一片红云,如同朝霞一般的羞涩……她给书师的印象太深了。

书师站起身来,上前一把抓过刘薰草的双手,激动不已。

"夫子不可,夫子不可……今日救命之恩,他日定当回报,但……"刘薰草有些惊慌失措。

书师激动得语无伦次:"非……非也……非也……鄙人乃读

书之人，岂敢……"

冷静片刻之后，书师又问："我就是当年与你一道逃荒前往长安的那个读书人，你可记得?!"

"读书人? 就是逃荒路上给我们讲皇宫里的……那些事的……那个读书人?!"刘薰草似乎也记起了什么，反问道。

书师一把将刘薰草揽在怀里，刘薰草本能地挣扎着，突然间抽泣起来。

漂泊在外整整八年，孤儿寡母行程万里，雨淋日晒，雪雨风霜，尝尽人间苦楚。委屈、辛酸、彷徨、恐惧，顷刻间如洪水般发泄出来……刘薰草依偎在书师的怀里，泪如泉涌。

八年了，无论是书师还是刘薰草，都是第一次他乡遇故知，两人不禁沉溺于喜悦与激动之中……

"阿母，男女授受不亲，礼也。"不知什么时候，丁兰已经醒来。

刘薰草如触电一般挣脱了书师的拥抱。

书师一时间不知如何是好，只得红着脸站在那儿，嘴上支吾着："……令儿读过书? ……如何懂得……男女……授受不亲?"

刘薰草一脸尴尬，双手不停地相互搓弄着："没有没有……孩儿从未上过学……只是当年我家良人读过书……娸也跟着学了一点……一路上就讲给孩儿听了……"

"阿母，此人是谁? 是阿翁的袍泽吗?"丁兰又问。

"不不……不……不是，他是这里书馆的书师。"

丁兰说话天真无邪，倒也为书师解了尴尬。他又问道："妹子可曾找到尊夫的那位袍泽?"

"没……没……还没……"刘薰草还是心慌意乱。她端来一碗水，一边给丁兰喂着，一边回答。

书师想了想："据传,燕然山之战乃全军覆没,尊夫又何来袍泽生还?"

刘薰草叹了口气,回答说："从死人堆里爬回来的。当年离开长安不久,我就遇上了丁汉的另一位袍泽。据他说,官亭山的这位袍泽曾与丁汉同在一个军营,而且同为伙头兵。妖……很想知道我家良人究竟是怎么死的,死前有没有留下什么话,所以就找到这儿来了。"

"官亭山地处偏僻,妹子又是如何找来的,谅一路吃了不少的苦?"

"从中庐县到官亭山,我们母子俩走了四五年。如果没有佛缘,或许还真找不到这儿来。"

"佛缘?"书师感到很是奇怪。佛教刚刚传入大汉,不想她一介妇人却已知晓。

"是的……这一路漂泊,我们母子俩全靠佛祖保佑!"刘薰草为自己能够走到今天感到十分欣慰。

说起刘薰草母子的佛缘,还得回到半年前。

那天傍晚,刘薰草带着丁兰赶路。

为能尽快到达木山,刘薰草想在天黑之前穿过一条峡谷,再找村庄歇息过夜。不想母子两人还没走出峡谷,天便黑下来了。

山风穿谷而过,呜呜作响。峡谷两边峰岩林立,面目狰狞恐怖。

"阿母,我怕——"丁兰突然紧紧抱住刘薰草。

多年的风餐露宿,使刘薰草练就了一身的胆。借着夜幕仅有的那点亮光,刘薰草在路边的一块巨石下坐了下来,打算就在这里过夜。

她伸手摸了摸随身的包袱，面露愁容，因为包袱里仅剩一点前些天讨来的干饭。她把丁兰安顿在岩石边上，交代一番之后，便自个儿下溪谷取水去了。

刘薰草取回水，正想坐下歇一口气，丁兰拉了拉她的衣角，轻声说：“阿母，山上草丛里有两个大大的萤火虫。”

“傻孩儿，现在还没有入夏，哪来的萤火虫？”

丁兰指着山上说：“阿母，你看，真的有两个大大的萤火虫。”

刘薰草蹲下身子，沿着丁兰的指向望去，不禁倒吸了一口冷气。草丛里，两个大如拇指的“萤火虫”一动不动，正发出阴森可怕的绿光……

狼！

是狼眼发出的绿光！

这是刘薰草做出的第一判断。

她强作镇静，轻轻地对丁兰说：“兰儿，你别动。”然后快速地从包袱里取出两块取火石。

黑夜中，取火石在不断的碰撞和摩擦中发出阵阵闪光，喀喀喀的声音在峡谷里阵阵回响……

也不知是取火石的碰撞声吓退了野狼，还是取火石的闪光令野狼望而却步，草丛里的两束绿光不见了……

刘薰草一阵窒息般的激动，从心底里感谢这两块取火石，感谢当年董家村的那一家子。

当年逃荒路过董家村，刘薰草险遇土匪，却意外救下了收留她过夜的一家四口。这户人家感激万分，无以为报，临别前便以取火石相赠，想不到在这里派上了用场。

但刘薰草明白，野狼今夜决不会如此轻易放过他们母子俩，一定还躲藏在某个角落。

丁汉生前曾经对她说过，狼是最成功的捕食者，耐力极好，为了获取猎物常常不惜跟踪几十里，而且每次攻击前都会先去了解对手，然后锁定捕杀猎物的最佳时机和地点。

怎么办？怎么办？怎么办？绝不能就此坐以待毙！

刘薰草突然意识到自己躲在岩石下只有死路一条，她抱起丁兰，钻出岩洞，一边用取火石猛力击打岩体，一边慢慢往岩体后边退去。

还好，岩石的背面呈斜坡状，刘薰草让丁兰挽着她的脖子，母子俩总算爬上了岩顶。

接着，刘薰草又让丁兰趴在岩背上，闭上双眼。她自己则两脚一前一后地半蹲着，目不转睛地盯着岩石对面草丛里的动静，而她的身后，就是深达数丈的溪谷。

刘薰草感觉双脚在微微颤抖……她抬头看了看天，乌云遮月，她只能依稀看见山体的轮廓。

突然，一阵令人毛骨悚然的嚎叫，吓得刘薰草差点后翻。丁兰大哭不已。

果不其然，野狼没有走。或是为了欺骗刘薰草，它只是狡猾地把头埋进了草丛，闭上了眼睛。

刘薰草故伎重演。随着喀喀喀的阵阵响声，取火石又发出了闪闪的亮光……

或许野狼发现刘薰草母子两人已经没有其他的什么能耐，干脆站了起来。刘薰草奋力将一块取火石扔向野狼，野狼动也不动。再扔，野狼还是不动……

就在刘薰草手足无措时，只听嗖的一声，野狼飞身扑了过来。

刘薰草惊呼着扑在丁兰的背上，本能地护着孩儿。她只感觉到一阵呼呼声朝脊梁袭来，紧接着便听到一声哀号……噗——野狼飞身掉下了溪谷，重重地摔在乱石堆里，再也没有了动静……

劫后余生。刘薰草把丁兰紧紧地搂在怀里，母子两人抱头痛哭。此时，她又想起了丈夫丁汉，如若不是丁汉生前告诫，今天他们母子俩已经葬身狼腹。

想到这些，刘薰草痛哭不已。哭声在峡谷中回响，惊天地泣鬼神……

也不知过了多久，刘薰草似乎听见有人在喊她："是谁人在哭哪？"

刘薰草抬起头，月亮渐渐钻出云层。明净的月光下，山道上快步走来一人。

刘薰草顿时心头一热，母子俩又匍匐着从岩石上慢慢退着走下来。

来者是一老翁，一副仙风道骨的模样。他家就住在离此几百步远的山道边，刚才他听到了刘薰草母子俩的哭声，便循声而来。

这一夜，刘薰草母子就在老翁家里歇息。老翁无儿无女，家舍简陋，但墙上挂着的一幅版画引起了刘薰草的注意，版画上刻着九人像，人人一脸福相。

"此乃公之祖上？"刘薰草问老翁。

老翁一脸虔诚地说："非也非也，此乃东方三圣、华严三圣和西方三圣！"

刘薰草自然不解："是不是就像至圣先师孔子那样的人？"

"非也非也，他们都是众生之上的圣者，他们是佛！"老翁竖起拇指对着墙上的版画说。

"何为佛?"刘薰草又问。

老翁沉思片刻,说:"佛道高深,三言两语道不清。简而言之,佛是超越众生的,他们都是为普度众生而来。比如,刚才你们母子俩遭遇野狼而安然无恙,就是因为得到了佛的庇佑。"

"佛能看到我们母子?"刘薰草非常惊讶。

老翁对着版画合掌闭目,微微躬身,说道:"芸芸众生,佛无所不及!"

刘薰草很是感动,她领着丁兰来到版画前,母子下跪,行三拜!

拜毕,刘薰草又问老翁:"何以永得佛之庇佑?"

老翁微微颔首,说:"行善事,种善果,众善奉行,诸恶不为。种下善因,终得善果!"

次日临别前,老翁还特意对刘薰草说:"你们母子俩皆有佛缘,佛会给你们指引。该往前时就往前,该止步时就止步。"

刘薰草牢牢记住了老翁的话,坚定地朝前走去。版画上的佛像也深深地铭刻在了她的脑子里。

这一天,刘薰草来到一处山脚下,抬头发现高耸入云的山峰形状奇特,景色迷人。山体身卧西天,脸向东方,雾沉山麓,云移峰飞,犹如老翁版画上的西天阿弥陀佛,而山腰间的天然奇石又如观世音菩萨。

此时,刘薰草油然想起当初老翁交代的话,她停下脚步,一番打听,方知眼前这座大山名曰官亭山,也就是她要找的"木山"。

母子两人欣喜若狂……

然而,刘薰草寻遍木山各村寨,却丝毫不见丈夫那位袍泽的踪影。

她万念俱灰。携子漂泊整八年,徒步苦行上万里,得到的结果竟是一场空。

刘薰草在山脚下哭了三天。

泪干了,还得面对现实,面对生活,面对前面的路。

但她不知接下来该往哪儿去。往前走,去哪儿? 往回走,还能找回家吗? 母子俩就这样住进了山洞,暂时安下身来。

听完刘薰草的讲述,书师若有所思,喃喃自语:"该往前时就往前,该止步时就止步。你们就这么凭着感觉找到了官亭山?"

刘薰草点点头:"嗯……说来奇怪,因为临行前忘记问老翁的姓名,我们母子俩走了一程又折返回去,结果就再也找不到老翁那茅草屋了。当时我心里就琢磨,老翁会不会就是佛的化身?"

说到这里,刘薰草似乎突然想起什么:"那夫子您……又是如何来此官亭山的?"

书师长叹一声,很是感慨。

八年前的那个晚上,书师与刘薰草在长安城外走散之后,便混杂在逃难的人流中不停地往前走。

蝗虫肆虐,瘟疫暴发,虽然谁都不清楚自己该往哪儿去,但谁都不敢停下脚步。大概是因为书师读过书,能识字认路,其中一个难民便拖着他一道来此投奔亲戚。

为谋生计,一路上书师一边赶路,一边给一些地方的私塾上课,就在几个月前才来到官亭山。

书师原本也只是想找一个暂时的栖身之所,不想却在官亭山留了下来。当然,留住他的并不是这里美丽的风景和宜人的气候,而是官亭山尊儒崇文的人文环境。

听了书师的一番讲述,刘薰草眼神里有些茫然,她想说什么,但又没说出口。

书师大概也看出了刘薰草的心思,温雅地说:"这里的山民很善良,我们都商量好了,若不嫌弃,妹子亦可留下,帮我做些书馆里的杂事,丁兰则可在书馆里读书。"

对于眼下的刘薰草母子来说,这无疑是最好的安排,但此时的刘薰草心里似乎愈加迷茫……离开故乡这么些年,也不知家里怎样了。虽然老家也就两间陋屋、几亩薄地,但金屋银屋不如自家的草屋。让刘薰草最为揪心的是,丁汉是一个很爱干净的人,自己在外漂泊八年,他的墓地必定杂草丛生。

"感谢夫子和山民们的好意。不过,既然找不到丁汉的袍泽,我还是想回野王去,那里毕竟是我的家。"刘薰草说。

书师来回踱步,沉思片刻,说:"……尊夫的这位袍泽很可能就在官亭山上,只不过他不愿露面罢了。虽然他是从死人堆里爬回来的,但毕竟打了败仗,不是什么光彩的事。一旦露面,没准还得背个逃兵的罪名。"

刘薰草点了点头,叹了口气:"随缘吧……"

"随缘?"书师似乎不甚了了,"此话怎讲?"

刘薰草淡淡一笑,虔诚道:"随缘,乃佛语。佛应众生之缘而施教化。古往今来,一生无缘者众。无缘何为?自修,于是成功!无缘时自度,有缘时利众生,绝不强求。人随缘,莫强求。如若强求,必生烦恼。故,纵然利生之事,也得看缘分,信奉'随缘而不攀缘'。随缘,心必清净、平等,生智慧而不生烦恼;攀缘,心不清净、不平等,生烦恼而不生智慧。"

书师一阵目瞪口呆……

他怎么也不敢相信,一个未曾读书的妇人,经过那么短暂的点化，竟然懂得如此深奥的道理。

书师毕竟是经馆著录弟子，他很快运用"随缘"这一佛语所蕴含的道理说服刘薰草。

"人随缘，莫强求。妹子不远万里来此官亭山，便是缘。既是缘，则惜之，既来之，则安之，又何必往返万里回野王？再说，如今妹子已为人之母，也该为孩儿着想了。"

刘薰草一时无语。

09 愤离官亭山

世事难料。

刘薰草本以为可在官亭山安下身来,从此结束颠沛流离的生活。不想三年之后,母子俩又重新过上了漂泊的日子。

半个月前,丁兰犯了书馆的规矩,遭到书师严罚。

书师罚他在孔子神位前下跪。或是因为下跪的时间过长,最后丁兰竟起不了身,数日不能站立。

刘薰草一气之下便离开了官亭山。

三年前,刘薰草觉得书师的建议十分在理,确实应该为丁兰的前程着想,不能再让他居无定所,四处漂泊,母子俩便跟着书师留在了书馆。

三年来,刘薰草一心扑在书馆里,把书馆打理得井井有条。可是,丁兰却让她和书师操碎了心。

如果是读不好书倒也无妨,反正是平民子弟。可丁兰又不是那种"扶不上墙的烂泥",他不仅聪明伶俐,而且十分好学,学业成绩也很好,尤其是记忆力超乎常人。

养正书馆的教学以识字、习字为主，兼算学和伦理道德行为的基本训练。采用的习字教材为《仓颉篇》，这是一部集秦代留下的《仓颉》《爱历》《博学》三种识字课本为一体的字书。丁兰只用几个月的时间就完成了其中五百四十一个字的读背写。书馆所有课程的学习丁兰只用了一年多的时间就完成了。

丁兰的聪慧好学让书师甚是高兴，于是他便提前授予丁兰乡塾的课程，口授《孝经》《论语》《尚书》等儒家经典，让丁兰提前接受一般经书教育。这样，一方面可以巩固前一阶段的识字习字成果，另一方面也为进一步的专经研习做好准备。

对于丁兰，书师寄予了很高的期望。

在他看来，丁兰的心智超乎常人，是一块难得的上好的材料，他决心好好雕琢，使之成玉。而且书师心里也已经有了他的计划，他想通过一般经书教育这个阶段的学习，先让丁兰略通经书大意，并在学习经书中学会做人，完善品德，称孝乡里，再保举到高层次的中央太学，最终让丁兰成为卓然独立、力压群芳的学者。

哪怕丁兰最终成不了学者，但只要完成了一般经书教育，就可以到社会上去谋职，这对于丁兰这样的家境来说，也不失为一条上好的出路。

丁兰凭着超常的记忆，很快完成了《孝经》《论语》《尚书》等一般经书的诵读记背。

家贫无书，书师就想方设法借书给丁兰学习，丁兰一见辄能诵忆。

养正书馆出了个天才，这让官亭山的山民感到很兴奋。虽然大家心里都明白丁兰是个外来户，只是暂时寄居在官亭山，但山民们都说是官亭山风水的缘故。

书师在为丁兰感到自豪的同时，内心却又隐忧重重，因为丁兰虽聪明好学，但生性顽劣，经常惹事，尤其爱搞恶作剧。

是从小在外漂泊之故，还是刘薰草溺爱之故？书师一直在寻找个中原因，他甚至怀疑是他的教育出了问题。一直沿袭下来的一般经书教育，只要求学生对经书粗知文义，不要求有精深的理解，会不会是因为丁兰对经书的一知半解而……

书师不敢再往下想，甚至有些害怕。他心里非常明白，如果不加以德育，丁兰很可能会成为一个有才无德的人，这其中的利害书师自然知晓。

有才有德者，其善多为大善，谓之高尚。无德无才者，其恶多为小恶，谓之猥琐。有德无才者，其善多为小善，谓之平庸。有才无德者，其恶多为大恶，谓之邪恶。

书师不由得想起了战国时期的战将吴起。

吴起求学于儒家大师曾申，却因在母亲去世时不回家吊丧，被注重孝道的老师逐出。于是，求官若渴的他便横下一条心在鲁国从军，悉心攻读兵法，并在齐军前来攻伐时拜见鲁君献策请缨。鲁国人见他岳父家是齐国名门，不愿重用，吴起便斩下妻子首级，换来鲁君封他为将，统领军队……由此留下了骂名。

但是，几乎所有人都承认，包括书师自己也不得不佩服，吴起确实是一个军事天才，弱小的鲁军经他训练统领，竟一战击败素称强大的齐国。不过，作为孔子同乡的鲁人却不齿于吴起之德行，擢升他的鲁君看见此人如此心狠手辣也深感惊悸，不久便把他辞退。吴起转投魏国，被正准备变法求强的魏文侯起用。

吴起在魏二十六年，曾与诸侯大战七十六，全胜六十四，同时又辟土四面，拓地千里。任魏西河守将时，一再以少量兵力击败庞大的秦军，占据了黄河以西七百里之地，使原来强大的秦国一度岌岌可危，而魏国变成了战国头强。魏文侯死，武侯即位，吴起又不受信任，转而投奔楚国，被楚悼王任为相，仅一年时间便创造了南平百越、北并陈蔡、却三晋、西伐秦的显赫战绩。

吴起这个外来户一步登天，又提出种种变法措施，终招致楚国众多贵族的嫉恨。悼王刚死，那些大家贵族便招呼弓箭手围住前去致祭的吴起。尽管吴起临危显智谋，趴在了神圣不可侵犯的故王遗体上，期冀弓箭手放过他，孰料乱箭还是如雨点般射来，吴起身中数箭，倒地而亡。楚肃王继位后，严格按照楚国的法律"以兵器触及王身者，夷三族"，挨个追查当初箭射楚悼王尸体者，共找到七十余家，全部满门抄斩，吴起家族自然不可幸免。

在书师看来，以春秋战国的孙武、吴起两位著名兵家相比，著述孙胜于吴，武功吴过于孙，但后人却尊孙武而轻吴起，正是因为德重于才。纵观千年的统军征战经验，军界公认仁、信、智、勇、严齐备，方具名将之风。吴起身为将帅，若只讲权谋而鄙视道义，虽可得功利于一时，但从长远看必然毒化社会风气和败坏军人武德。吴起在史册上留下了令后人赞叹的武功，但他为争功名不择手段，应视为古代兵家遗产中的糟粕。司马迁在《史记》中对吴起的结论可谓一语中的，那便是——"以刻暴少恩亡其躯，悲夫！"

正因为书师意识到德育的重要性，所以丁兰虽学业优秀，却常常遭到他严苛的体罚。书师这么做，自然是期望丁兰补上德育这一课。

书师对丁兰的严厉体罚，作为母亲的刘薰草看在眼里痛在心里。这么多年，刘薰草自己对丁兰舍不得打一下，甚至舍不得骂一句，她总感觉丁汉的在天之灵一直在看着他们母子俩。丁汉生前对她百依百顺,她相信他对儿子更是会疼爱有加。

但是,为了丁兰的前途,为了丁兰有朝一日成为有用之才,对书师的责罚,平时刘薰草都忍着,实在忍不住时,就趁着深夜暗自流泪。

当然,刘薰草也承认,丁兰确实过于顽皮。她自己就目睹过丁兰对书师的一次恶作剧。

那天,丁兰趁她晾晒衣服时,偷偷在书师的衣服下摆写了个"剑"字。刘薰草自然不知其意,便一再追问,方知丁兰这是在骂书师下贱。书师虽然工作辛苦,收入微薄,地位低下,但在学生和家长面前还得保持尊严,维持斯文。结果可想而知,丁兰又一次遭到书师严厉的体罚。

这些年,丁兰因为爱搞恶作剧而被书师罚立、罚跪、打手心、笞臀已经是家常便饭。

其实,书师心里多少有些明白,丁兰对他如此搞恶作剧是有原因的。

自从当年逃荒路上相识,书师就喜欢上了刘薰草,可谓一见钟情。刘薰草面相清澈,心地善良,言行举止无不透出一位贤妻良母的气质。打那以后,书师尽管四处漂泊,但心里一直装着刘薰草。三年前,当刘薰草来到官亭山,两人再次相遇,书师总觉得这是上天赐予的姻缘。

三年来,书师与刘薰草朝暮相处,感情日深,他曾多次向刘薰草示爱,可刘薰草始终不让书师碰她一根毫毛。少年丁兰虽对男女之情懵懵懂懂,但或是来自保护母亲的天性,对书师有些反感。

那是一个皓月当空的夜晚,皎洁的月光覆盖了整座官亭山。

书馆门口,书师与刘薰草对着月亮静静地站着。趁着丁兰已经入睡,书师想再一次对刘薰草表明心迹。

"书馆如同一个大家庭,这里里外外杂七杂八的,多亏有你,不然我一个人还真打点不过来。"书师极其礼貌地对刘薰草说。

"夫子客气了。丁兰跟着我天南地北地漂了八年,如今能在官亭山落脚,还能进书馆读书,全是仰仗夫子,不然……"

"不说这个了。"见刘薰草有些伤感,书师没等刘薰草把话说完就接了过去,"聊些我们大人的事吧。"

"大人的事?"刘薰草故作糊涂。

其实刘薰草心里是明白的,她十分清楚书师今夜找她聊什么,而且她原本也想找个机会对书师说个明白,只是她一个女人家不便主动开口而已。

见刘薰草装糊涂,书师话到嘴边又咽了回去,显得有些尴尬。

"是不是为了丁兰的事?我这孩儿让夫子您太操心了!"刘薰草还是一副若无其事的样子。

"不不不……不是不是……"书师欲言还休。

月光下,刘薰草见书师满脸窘迫,内心不禁窃笑:一个满腹诗书风度翩翩的男儿,竟然会在她一个小女子面前如此胆怯。

这又不由得让她想起了丈夫丁汉,丁汉生前也是如此,尤其是在那种不该脸红的时候,他总是那么不知所措。但刘薰草心里很明白,恰恰是丁汉的那种不知所措,让她倍感这个男人的可爱:一个能扳倒一头牛的男人,在她一个弱女子面前居然会是那样乖巧。

"那……究竟是什么事?"刘薰草似乎想在这样的感觉里多停留一会儿。

"我……我……我想成个家。"书师终于鼓足勇气说出了他想说的话。

刘薰草还是继续装糊涂，毕竟人家并没有说清楚要跟谁成家。"好啊——好事！不知夫子相中了官亭山哪位女子？不妨直说，妹子给您说媒去！"

"哎——呀呀——"书师气得直跺脚，"妹子你是真糊涂还是假糊涂？自从当年长安城外走失，我的心就已经被妹子你占据了……如今你我已朝夕相处三年，我……"

情急之下，书师一股脑儿把深藏在内心的话全倒了出来。

面对书师的倾诉，刘薰草沉默了。但她知道，她今天应该把话说明白，以免耽误人家前程。

坦白说，刘薰草也想重新成个家，天下哪个女子不想有个依靠？对于书师，刘薰草也有好感，尤其是书师身上那种文人特有的细腻与谦逊，让她感到特别踏实。那种满腹经纶的气质，给人感觉他就是整个世界。

然而，也不知道是刘薰草太在乎丁汉了，还是丁汉的在天之灵至今不肯放下她，反正在她心里丁汉一天都没有离开过，不，是一刻也未曾离开！

"除了丁汉，我不再嫁。"刘薰草望着天上的月亮，"抚养好兰儿，把他培养成才，这是我刘薰草今生唯一要做的事。"

书师一脸的失望，他看了看刘薰草，然后仰头望月，面色凝重。"是我……不如丁汉吗？"

刘薰草轻轻地摇了摇头："我从来就没有把你与丁汉去做比较。你不懂女人，更不懂像我这样的女人，我们从来不会把自己的男人与别的男人去做比较，我们永远生活在感觉里。"

"难道……我给你的感觉不好？"书师淡淡地问。

刘薰草还是摇摇头："当然不是。"

"那又为何?"书师一副刨根问底儿的样子。

刘薰草叹了口气,微微笑了笑,说:"我对夫子的感觉很好,而且很感激。但是,对您的这种感觉和对丁汉的那种感觉是不同的。对您是对一个友人的感觉,而对丁汉,是我一个女子对一个能让自己托付终身之人的感觉。"

书师也长长地叹了一口气,一时无语。他终于明白,自己虽满腹才华,但在刘薰草心里,还是不能与丁汉相提并论。

书师近乎心灰意冷,他怎么也想不通,一个伙夫在一位貌美如花的女子心目中竟有如此重的分量。

"是什么让你对丁汉爱得如此刻骨铭心?"书师把目光移到了刘薰草的脸上。

书师炙热的目光让刘薰草感到脸上一阵一阵的灼热,她本能地避开书师的眼光,往边上挪动了几步。

"在我心里,男人不能只为自己活着,丁汉就是这样的一个男人。"刘薰草深情地望着月亮。

很多时候,刘薰草思念丁汉了,都会这样对着天空,望着月亮。她相信,月亮一定会把她心里想说的话告诉丁汉。

书师听得有些懵懂,一个伙夫不为自己活着还为谁活着?

大概是看到书师表情有些茫然,刘薰草说:"丁汉虽然只是一个伙夫,但他同时是我的良人,是孩儿的父亲,还是大汉的子民。他本来可以不去参军,但是他去了,为了家,为了国,死得轰轰烈烈。燕然山之战虽然全军覆灭,但却打出了大汉朝的民族气节,所有的将士都战斗到生命的最后一刻。"

"只可惜……三军统帅李广利投降了匈奴。"书师叹道。

刘薰草也叹了一口气："如果不是皇上囚禁了李将军的家小，相信他也会战斗到生命的最后一刻，抑或这场战争根本就不会输，至少不会全军覆没。"

书师总算明白了，刘薰草是一个崇尚英雄的女人，她需要的是一个具有英雄气节的男人。

书师终于找到了他与丁汉在刘薰草心目中的差距，他多想这个时候就上战场去，遗憾的是……自己手无缚鸡之力。

"难不成……你就为丁汉守寡一辈子？难不成……你就甘愿如此白费青春？"书师一脸无奈地问。

"我没有守寡，丁汉每天都在陪着我。我也没有浪费青春，我每天都向着自己的目标靠近。"刘薰草似乎很满足。

书师一脸的惊诧："丁汉每天都……"

刘薰草没有作声，只是朝书师点了点头。

这时，一阵山风吹过，草木哗哗作响，树丛里似有小生命在跑动。

书师一番左顾右盼，显得有些害怕。

刘薰草掩着衣袖一阵窃笑："夫子莫怕。我的意思是，丁汉每天都在我心里。我每天都能感受到我的兰儿在渐渐成长，又何来白费青春？"

书师似乎想做最后的努力，说："如果我把丁兰培养成才，你会嫁给我吗？"

刘薰草生怕伤着了书师，只好轻轻地摇了摇头。

书师朝刘薰草轻轻地点了点头，显然，他不想放弃。

……

又到一天放学的时候，弟子们陆续离开书馆回家。

书师有个习惯，每天这个时候，他都会站在书馆门口目送弟子们一一离去。

远远地，书师看见丁兰腰挎一柄木剑，站在官亭中间。在他面前，是十几个刚刚放学打算回家的同学。

"大家想不想听故事？"丁兰傲气十足地问。

同学们一边回答一边不停地点头。

"知道'汉初三杰'是谁吗？"

同学们把头摇得像拨浪鼓似的。

丁兰一副自得的模样，大声说："告诉你们，韩信、张良、萧何，合称为'汉初三杰'。"

接着丁兰又问："这三杰里面，谁最传奇晓得吗？"

"我知道，阿翁对我说过。"一小胖墩回答，"最传奇的就是'心寒'。"

丁兰哈哈大笑，说："你阿翁说错了，不是'心寒'，是韩信！"

"'心寒''寒心'不一回事儿吗？"小胖墩一脸无辜。

同学们一阵大笑……

丁兰一愣，心想这小胖墩说的也不无道理，韩信的结局确实让人有点心寒。

书师站在远处频频点头。几天前的一个晚上，他刚对丁兰讲过"汉初三杰"的故事。

"韩信是我们大汉朝一位杰出的军事家……"丁兰给同学们讲起了韩信的故事。

韩信年少时，贫困无以为生，便在河边钓鱼为食，得到洗衣妇的接济。在淮阴，时有杀猪为业的少年，颇为无赖，常以欺侮弱者为乐。他们看不起韩信，认为韩信是个脓包，便时常寻他开心。

一日，韩信佩剑行走街上，被这帮无赖看见，他们便上前把韩信团团围住。有无赖指着韩信的鼻尖说："你何能佩剑？"韩信见来者气势汹汹，连忙婉转分辩。可那厮根本不听解释，一个满脸横肉的家伙刁蛮地说："好哇！真是个大英雄！如果你不怕死，就马上拔出你的佩剑杀死我！怕死嘛……嘿嘿，你就从我的裤裆下面爬过去，来啊！"

韩信怒目瞪着无赖，脸上红一阵白一阵，但他强压怒火，弯下腰去，服服帖帖地从那无赖的裤裆下爬了过去。围观众人虽然很气愤，但又都为韩信甘受凌辱感到可耻。

韩信从那无赖的裤裆下爬出来，整了整衣冠，大摇大摆地往前走去。可一回到家，他又感觉万箭穿心，自责不已。从此，他发愤图强，终成一代名将、大汉开国元勋。

小同学们听了韩信的故事，个个义愤填膺。

"换成是我，死也不受胯下之辱！"

"换成是我，跟那厮拼了！"

……

就在同学们七嘴八舌的时候，丁兰高声喊道："不受辱就受死！能受胯下之辱，方能成为名将！"

书师远远看着，内心甚是高兴："孺子可教矣！"

可接下来的一幕让书师惊呆了。

丁兰两腿叉开,对同学们喊道:"看在同门的面子上,我给你们一个当将军的机会。将来想当将军的,就从我的胯下钻过去!"

小同学们一时不明就里,一个接着一个从丁兰胯下钻过……

"小小年纪,竟如此刁钻。为师不教,罪孽大矣!"书师气呼呼地冲上前去,一把将丁兰揪了回来,责令他在孔子神位前长跪。

10 托子投江

小山丘上飘来一阵悠扬的箫声……

刘薰草牵着丁兰的手,加快脚步循声来到山丘下。

自从离开官亭山,母子俩凭着感觉走了数月,也不知眼前到了什么地方,刘薰草正想找人问路。

山丘不高,也就两百余尺,但刘薰草母子还是好不容易才登上山顶。

山顶有一间茅草屋,茅屋边上,一位满头银发的老者正在面江吹箫。

又是一位老人!

刘薰草的内心顿时有一种说不出的滋味。

这些年漂泊在外,从北向南,一路上遇到的多半是老人。武帝常年征战带来的人口消耗,不知何时才能恢复。

刘薰草母子在离老者还有几十步的地方收住了脚步,不想老者已经转过身来。他虽然背对刘薰草,却似乎已经察觉到几十步之外的动静。

刘薰草有些不好意思，她朝老者笑了笑，点了点头，然后轻手轻脚地走了过去。

老者径直走进茅屋。不一会儿，他一手拎着茶壶，一手捧着两只大碗从茅屋里出来。

刘薰草母子如牛饮一般喝了两大碗的水，连连道谢。看天色不早，便赶紧问路："请问长者这是何地？我们母子俩从武陵郡官亭山而来，辗转已有数月……"

老者一脸茫然，因为刘薰草讲的是楚话，而这一带的人说的是吴语。

这时，丁兰向前一步，他朝老者恭恭敬敬地行了个礼，然后重复了一遍刘薰草的话。

老者很快听懂了，便问刘薰草："令郎懂得雅言，他读过书？"

刘薰草似懂非懂，微笑着点了点头。

这一路上，刘薰草还真的全靠丁兰。经过官亭山三年的学习，丁兰在日常言语交流上已经完全不成问题，这让他们母子俩少走了许多冤枉路。

"此乃丹扬郡丹阳县。请问你们母子前往何处？"老者问道。

"鄙人乃河内郡野王县人，在外讨生多年，今欲归去。"丁兰一副大人的口吻。

刘薰草看了看远方，又看了看老者。这一路上，她想了很多，最后还是决定回到故乡野王县去。

"河内郡？"老者甚是惊讶，"此去河内路途遥远，尔等如何归去？"

丁兰看了看母亲，对老者作揖说："鄙人本从河内而来，既可来之，何不可往也？"

大概是看见丁兰一副人小鬼大的样子,老者笑呵呵地点了点头:"今日天色已晚,若不嫌弃,不妨先行住下,明日一早再行赶路。"

丁兰把老者的话对母亲重复了一遍。刘薰草正为此发愁,便答应了下来。

刘薰草见茅屋周边堆满了竹管,脸上有些疑惑。

丁兰似乎看出了母亲的心思,便问:"敢问长者,如此多的竹管,所为何用?"

老者捋了捋银须,说:"这还得从这座山说起。这山名叫鼓吹山,别看它只有两百余尺高,却是远近闻名。"

"你们看。"老者把刘薰草和丁兰领到江边,"这山濒临长江,峻崖绝壁。从江中望去,山形颇似头枕江流、身卧江畔的大猫,故又俗称猫子山。"

"就因为它形似大猫而闻名于世?"丁兰奇怪地问。

"当然不是。"老者笑了笑,对丁兰说,"你刚才不是问我那么多的竹管所作何用吗? 我告诉你,鼓吹山盛产竹子,所产之竹体圆节疏,专供宫廷做箫管之用。"

丁兰挠了挠头,自言自语道:"这满地的竹管居然是贡品?"

老者微微颔首:"正是。此地竹箫异于众处。听其巨音,若慈父之畜子;其妙声,若孝子之事父;其仁声,则若凯风纷披。有人还把鼓吹山的箫管之乐比作龙吟和凤曲……"

"当年楚汉相争之际,项王夜闻汉军四面皆楚歌,可是此箫之作?"丁兰打断了老者的话。

老者面露悲色:"四面楚歌之境不在此,但此处却有项王的故事。楚歌亦无鼓吹箫声,可虞姬生前却酷爱此箫。"

说着，老者指着远处江中的一座山，问丁兰："此山形似何物？"

"此山……山势两峰夹峙，酷似马鞍！"丁兰极目远眺，激动地说。

"对！"老者也有些激动，"此山名为马鞍山。相传楚汉相争时，楚霸王项羽被困垓下，四面楚歌，败退至和县乌江，便请渔人将心爱的坐骑乌骓马渡至对岸，后自觉无颜见江东父老，自刎而亡。乌骓马思恋主人，长嘶不已，翻滚自戕，马鞍落地化为一山。山左有一平坡，名曰马滚坡……"

说到这里，老者突然停止了说话，黯然泪下。

"长者何以落泪？莫非您是项王或虞姬的族人？"丁兰轻声问道。

老者摇摇头，似有难言之隐，长叹道："朝代更迭，王侯厮杀，血流成河，横尸遍野……这些都随它去。只是苦了黎民百姓哪……战争让多少人妻离子散、家破人亡。"

老者指着鼓吹山正对的一座山，说："那叫望夫山。相传在春秋战国时期，这里附近的一个村庄住着一位少妇，因为边关战事频繁，丈夫出征远方。几年后，战事平息，各地出征的士卒都乘坐插着黄旗的官船相继返乡，可在返乡的士卒里，唯独不见这位少妇的夫君。此后，少妇每天早晨起来就爬上此山山顶，遥望着来往于长江的官船，盼望着夫君的归来。日复一日，年复一年，少妇只见冬去春来，就是不见夫君归来，最后化身为石。后人感于少妇的痴情和贞节，尊之为'望夫女'，并在山顶临江处的那块人形岩石上凿刻了'望夫石'三个字，以示纪念。"

老者顿了顿："其实，望夫女不只是这位少妇。远的不说，就说秦汉以来这一百多年吧,有多少男子远征未归,又有多少女子在盼夫中死去,我的太祖母就是其中一位!"

听了望夫山的故事,丁兰想起了自己未曾谋面的父亲,他望着老者,说:"何以让亲人骨肉不再分离?"

"彻底消灭侵略者!"老者很是激动。

……

鼓吹山的秋夜格外宁静,夜空繁星点点,江水缓缓东流。

老者早已进入梦乡,可刘薰草和丁兰似乎都难以入睡,母子俩并肩坐在鼓吹山山顶的一块石头上,默默无语。

"兰儿,在想什么?"刘薰草亲昵地搂着丁兰的肩膀。

丁兰托着下巴,静静地看着江面。"阿母,阿翁何时才能归来?"

自从丁兰懂事起,刘薰草就告诉他,他的父亲丁汉远征匈奴,打了胜仗就能回来。

"都这么多年了,阿翁还是杳无音信,他……会不会也陷入四面楚歌,回不来了?"丁兰望着母亲,稚嫩的眼神里充满了忧虑。

"兰儿……不会的,等你长大了,成才了,阿翁就回来了。"刘薰草强颜欢笑。

刘薰草心里很明白,是马鞍山和望夫山的故事勾起了丁兰对父亲的思念。

其实,刘薰草自己又何尝不是如此?当丁兰把望夫山的故事复述给她听的时候,她几乎肝肠寸断,自己不就是另一个"望夫女"吗?

十多年的念夫之痛只有刘薰草自己才清楚。如果没有丁兰,她早已随夫而去。

"兰儿,如果有一天,阿母不在世了,你打算怎么办?"不知怎的,刘薰草突然这样问丁兰。

"不会的,阿母会一辈子跟我在一起!"丁兰条件反射地说。他沉思一会儿,又道:"到那个时候,兰儿早已成人,或已子孙满堂。"

"我说的是现在!"刘薰草深情地望着丁兰。

"现在?现在阿母不是好好的吗?"丁兰睁大眼睛说。

"我说的是如果!"刘薰草微微一笑,笑容里带着惆怅。

丁兰又是一阵沉思,天真地说:"那……那我就不走了,就留在这儿每天看望夫山……还有,每天跟着长者读书。刚才我都看见了,长者这里有好多的书,《诗》《书》《礼》《乐》《易》《春秋》《孝经》《论语》《尚书》,还有《孙子兵法》十三篇。"

刘薰草没再作声,只是紧紧地把丁兰搂在怀里。

……

趁着丁兰已经入睡,刘薰草踏着夜色,登上了足有几十丈高的望夫山。

对着望夫石,刘薰草顿时百感交集,泪眼模糊,长跪不起。

她朝望夫石深深地叩首三下,又围着望夫石慢慢地转了一圈,然后敞怀紧紧地拥抱望夫石。

"姊姊,妹妹刘薰草看你来了……你我姊妹虽然相隔数百年,却是同病相怜……如今,姊姊你早已化身为石,摆脱了思念夫君之苦,而妹妹我还苟活人间……妹妹不知该往何处去……"刘薰草泣诉着。

刚刚,刘薰草做出了一个惊人的决定——离开丁兰。

从官亭山一路而来,她为丁兰的将来想了很多。

丁兰聪慧过人,这让她很是自豪,但丁兰的顽劣又让她很是内疚。在她看来,如此聪明的孩儿却顽劣成性,作为母亲的她有着不可推卸的责任,是她的溺爱害了丁兰。而对丁兰的这种溺爱她又无法改变……

刘薰草也曾想把丁兰交给官亭山的书师去调教,但是她又接受不了书师那种近乎残酷的体罚。今天,鼓吹山这位满腹学识的老者让她有了一种从未有过的信任。

看得出来,老者十分喜欢丁兰,而且特别善于循循善诱。就在今天共用餔食的时候,他对丁兰的一番考问,刘薰草是看在眼里喜在心里。

老者问:"今有圆材埋于壁中,不知大小。以锯锯之,深一寸,锯道长一尺,问径几何?"

一开始,丁兰还是跟往常一样,顽皮地回答道:"此等问题实在无聊透顶,把墙推倒不就得了!"

可老者却微笑着说:"墙倒了,房何在?房倒了,人何在?"

丁兰学过算学,他略作思考,答曰:"材径二尺六寸。"

老者问他为何。

答曰:"半锯道自乘,如深寸而一,以深寸增之,即材径。"

老者哈哈大笑,直夸丁兰聪慧。

老者的慈祥与善诱,给刘薰草一个感觉:丁兰遇上老者乃上天的安排。

刘薰草抱着望夫石诉说一番之后,转身面对长江。

"丁汉……兰儿已长大,今日妾身把他托付给鼓吹山的这位高人,谅您也看到了……这十余年来,妾身对您日思夜想,却不能像姊姊那样化身为石,今夜我将化作江水随您而去。"

说完,刘薰草纵身一跳,如一片秋叶,落入滔滔江水。

望夫石的摩崖石刻,隐于荒榛蔓草之中,面对如斯远去的大江,见证着沧海桑田的变换。

男儿远征,生死未卜,重逢之日杳杳。留守的孤儿寡母,无依无靠地苟活于艰难困苦之中。千里之外,征人的遗骨早已湮没于黄沙蔓草,却依然是爱人在梦中的思念!

11 重逢杏花邨

沛郡丰县的龙雾桥边有一家武馆,名叫"李氏手搏馆"。武馆规模不小,看其门庭,至少可容上百人。

大汉朝为对付北方匈奴人,大力提倡民间习武。居则习民以射法,出则教民以应敌,民间尚武之风顿起,从而使起于先秦的武术"手搏"得到迅速发展。

汉人称手搏为卞(抃),习武时十分注重力量锻炼,"翘关""扛鼎"之法在民间流行。西楚霸王项羽便是"力能扛鼎"的大英雄。

"李氏手搏馆"传授的是大洪拳,传说是上古伏羲遗之,尧王则之,老子继之,有"诸艺之源"之称。

手搏馆的拳师姓李。与一般拳师不同的是,他不仅功法、套路及绝技了得,还有一套全面系统的大洪拳理论,弟子既可现学,也可自学。正因为如此,李氏手搏馆很受当地百姓青睐,开馆不到两年,弟子已有数百人。

平日的李氏手搏馆热闹非凡,可不知怎的,今日却显得特别冷清。都快晌午了,只见拳师独自一人在擦拭器械。

距手搏馆只有几百步的街市，人头攒动，熙熙攘攘。

原来，这天正是丰县传统节日伏羊节的首日，拳师早早就给弟子们放了假。

伏羊节从每年的初伏之日开始，至伏末结束。节日期间美味佳肴尽现，羊肉汤、烤全羊、萧何羊腿、帝王粥、翻手烧饼、油炸知了、五香狗肉、五香驴肉等极具特色。

伏羊一碗汤，不用神医开药方。羊肉汤的香味飘进了手搏馆，馋得拳师也想前去赶个热闹。他正想放下手中的活儿，突然一队官兵堵住了手搏馆的大门，屋前屋后很快被围了个水泄不通。

拳师感到有些突然，但并不慌张，毕竟他见过一些场面。当年匈奴兵如蝗虫一般扑来，他也未曾退缩。

他伸着脖子往门外看了看，发现远处的几个路口都已经布满了岗。

"请问军爷，你们这……是不是搞错了？"

拳师一眼就认出带头的那个是县尉，他有些迟疑地放下手中的器械，迎了出去。

"搞错了？你以为我们是市井无赖吗?!"

县尉说着上前推了一把拳师。不想这一推，拳师纹丝不动，他自己却踉跄着倒退了好几步。

"果然名不虚传，大洪拳的内功果真了得。不过，今天哪怕你长了翅膀也休想飞出这手搏馆半步。"县尉冷笑两声，又说，"我们就是趁着今日你的那些弟子都放了假，才来抓捕你的。"

拳师还是以礼相待，笑着说道："县尉大人，我没有丝毫得罪大人的意思，只是想问个明白。"

"好吧,那我就把话儿说个亮堂。有人举报你聚众习武,图谋造反,你该当何罪!"

拳师朝天作揖,从容答道:"民间习武乃朝廷所倡,并非草民妄为。再说,草民在此传授武艺已经不是一两天了,向来本本分分,何罪之有?"

"少废话,给我拿下!"

随着县尉的一声吼叫,在他身后的四个士兵立马冲向前来,伸手想架住拳师。

拳师双手朝外一揽,两名士兵刚刚伸过的手即被拳师紧紧地夹在了腋下,只见拳师轻轻往上一提,接着便是一声脆响,两士兵的手瞬间被震断,跪地惨叫不止。

"给我上家伙!"县尉一边往后退,一边歇斯底里地喊道。

"大人,请不要逼我!"拳师厉声道。

站在县尉身后的另两名士兵挥着长矛刺向拳师的胸部。拳师伸出铁爪一般的手,直接抓住两支刺过来的长矛,迅速往下一按,哐当两声,矛头当即折断。

紧接着又是一声闷响,两士兵瞬即倒地,不再动弹。原来,拳师已闪电般将两只矛头深深地插进了对方的脖子,士兵顿时血流如注。

"县尉大人,请不要再逼我!"拳师再一次发出警告。

县尉犹豫片刻,说:"那我告诉你,我等乃奉命行事!"

拳师愣了愣,似乎猛然想起什么。他一脚踢开县尉,直接钻进了包围圈,拳、掌、肘、膀并用,所到之处,官兵号叫着成排倒下,横七竖八。

也就眨眼的工夫,拳师便摆脱了官兵的包围,来到龙雾桥头。

"弓弩手……"

县尉话音刚落,箭如雨点一般地飞向拳师。

拳师赶紧闪身,一个倒挂金钩,挂在了桥栏上,然后又是一个空翻,轻轻地落在了桥下。

"高祖皇帝,对不住了……"拳师对着龙雾桥自言自语。

龙雾桥是传说中汉高祖刘邦的出生地,桥形犹如龙环,气势非凡。因桥北为一片大泽,水天一色苍苍茫茫,雾气腾腾萦绕桥面,近观如白龙戏水,远看似青龙腾飞。

据传,当年高祖母亲在此桥下避雨,高祖父亲前去接应,眼看即将到达,突然天空电闪雷鸣,桥上雾气腾腾。朦朦胧胧中,见一青一白两条蛟龙在桥的上空缠绕,此时正在桥下避雨的刘母忽有异感。此后十月,刘母生下一男孩,曰季,这就是刘邦。从此,人们便称此桥为龙雾桥。

龙雾桥极有灵气。丰县每遇旱年,百姓都会来此祈雨。蛟龙显灵,大雨滂沱。

在拳师眼里,龙雾桥是一个极其神圣的地方,刚才自己在桥上腾跳,感觉有些冒犯,于是便对桥道个不是。

拳师正嘟哝着,官兵们又嘶喊着如黄蜂般扑来。拳师心里很清楚,若是官兵们赤手空拳,他相信自己还能应付。但是面对眼前密密麻麻的长短兵器,他明白自己撑不了多久。

"天要灭我也——"拳师闭上双眼仰天长叹,似乎等着束手就擒。

就在此时,一阵大风吹来……拳师睁开眼睛,只见白茫茫一片,顿时惊愕不已。

桥面上,官兵乱成一团。因为白雾茫茫,看不清对方,官兵相互碰撞，只听一片叫喊声和兵器碰撞声。

"见鬼了……见鬼了……见鬼了……"

"怎么大白天突然起雾，莫非出了妖怪……"

"黑雾起妖，白雾来仙，这是汉高祖显灵！"

县尉似乎恍然大悟，大声喊道："大家都站在原地不要动。"然后又自语："难道真的是高祖显灵？这龙雾桥可是高祖的出生地！"

"大人，我就说了，这拳师确实本本分分的，怎会造反呢？一定是县令大人搞错了，冤枉了好人，开罪了高祖的神灵！"

此话一出，原本一片嘈杂的桥面立马安静下来，接着便是一阵叮叮当当的声响，官兵们纷纷扔掉手中的兵器，落荒而逃……

拳师如释重负，但他明白在这里已经待不下去了。

今天虽然事出突然，但他基本可以肯定是因为前不久的一次偶然事件。

那天，他在丰县衙门前偶遇这里的县令，便多看了一眼，结果发现此人竟是他当年的一个袍泽。

他乡遇故知本应高兴才是，问题在于，他的这位袍泽是当年的一名逃兵。既然是逃兵，又怎么可能当县令呢？拳师正想脱身，县令也发现了拳师，他招呼拳师到他面前，似乎想看个究竟。县令见了拳师，先是一脸的尴尬，但又很快装作不曾相识，事情就这么过去了。

县令这是想杀人灭口！

刚刚官兵包围手搏馆时，拳师的脑子里曾闪过这个想法。刚才桥面上官兵们的对话，让他肯定了自己的判断。

拳师感到庆幸，庆幸弟子们都放了假，不然一定会有一场恶斗,弄不好血流成河,那样的话必然会连累众弟子。

拳师突然感觉后肩一阵疼痛,这才发现自己在刚才突围时受了伤,他伸手摸了摸伤口,感觉没什么大碍,便一刻不停地往丰县东面逃去。

也不知跑了多久,拳师不知不觉来到了一片树林。他停下脚步,环顾四野,发现自己已经来到了杏花邨。

杏花邨景色如画,远近闻名。这里杏林遍布山冈,林间酒肆罗布,酒帘高悬。

数月前,拳师曾经陪同友人来过这里,那时恰逢杏花盛开,漫山遍野如诗如画。又逢新雨过后,杏花娇艳欲滴,令人心醉。

拳师虽是一个练武之人,却酷爱杏花。每年的花季都会来杏花邨几次,次次景象不一。

拳师发现杏花有变色的特点,含苞待放时,朵朵艳红。随着花瓣的伸展,色彩由浓渐淡。而到谢落时,则如白雪一片。正所谓"白非真白,红不若红,红白相衬,天工之作"。

大概是因为杏花邨实在太美,许多人就关心起它的由来:是先有杏花,还是先有酒舍?

一说先有酒舍。持此说法的人说,多年前有人在此做酒,种下了第一株杏树,日久成林。

一说先有杏林。持此说法的人说,不知何时,天空飘来一粒杏木的种子,由此便有了杏林,后人便在杏林中建了酒舍。

但不管谁先谁后,直到今日,杏花邨已有酒舍九十九家,家家酒舍的庭前、墙隅、路旁、水边都长满了杏树,山坡、水畔连片成林。

拳师回头看了看,感觉已经甩开了官兵,便朝杏林深处走去。

眼前是一块巨石，石面上深深刻着三个字——"谢恩石"。

拳师自然明白，谢恩石谢的是皇恩。

杏花邨虽不知于何年形成，但杏花邨的酒舍能有今天的规模，确实也就近十年的事，可以说，没有汉昭帝就没有这里的酒舍。

十年前，年幼的汉昭帝刘弗陵面对因武帝时期长期对外征战带来的种种压力，欲对武帝时期的政策进行改革。但是，要对数十年形成的强大的政策惯性踩急刹车，汉昭帝不敢，老成持重的托孤大臣霍光也不敢。

但是，"不敢"并不等于"不能"。霍光想了个办法，让民间力量来推动政治改革。他以汉昭帝的名义召集天下"贤良文学"之士六十余人进京，就武帝时期的各项政策，特别是盐铁专卖制度，与御史大夫桑弘羊进行宫廷辩论，以辩论结果决定大汉朝的未来经济政策走向。

这是一次极其另类的会议，秦汉以来从没有如此高规格的公开、坦诚、火药味十足却又精彩纷呈的国策会议。更出奇的是，汉昭帝竟然没有事先定调，也没有任何的暗示或偏袒，在长达半年的激烈争论中，操盘手霍光始终一言不发。

这是一场虎狼之战，是六十匹狼与一只巨虎的恶战。

战势出现了一边倒。在长达半年的辩论中，六十多名饱学之士火力全开，一致要求废除专卖制度，息兵休养。而朝廷官员绝大多数一言不发，连丞相田千秋也基本上以调停人的姿态出场，毫无存在感。只有御史大夫桑弘羊主张坚持现行国策，支持他的人少得可怜，仅有他的一位助手，还有丞相府的一位长史。

桑弘羊几乎是以一己之力对抗整个儒家集团，是真正的"舌战群儒"。争论内容也逐渐由表及里,深入政治、经济、文化、军事思想层面,可以说是从先秦时期就开始的法家对儒家学说最后一次全面系统的大论战。

这场精彩而疲劳的论战从二月一直持续到七月,整整吵了半年。"贤良文学"之士似乎掌握着优越的道德感,引经据典,口若悬河,但一涉及具体的吃喝拉撒等实务操作,就"王顾左右而言他",直到最后也没吵出个结果。桑弘羊任凭对方车轮大战,舌灿莲花,屹立不倒。

七月的一天,辩论终于结束,御史大夫桑弘羊面对群儒丝毫未落下风,然而迫于巨大的舆论压力,最后他主动提议罢除酒类专卖和部分地区的铁器专卖,其他法令一如既往。

"贤良文学"之士万万没想到,桑弘羊这块硬骨头会是如此难啃,而对国家经济政策的改弦更张,也远非他们从书中读到的那么简单。

拳师在谢恩石前站了好一会儿,内心颇有感慨。

酒类专卖罢除十年,民间酒业得以迅速扩张,不仅让那些文人墨客有了吟诗作赋的好去处,也使得像他这样的练武之人得以借酒抒怀。

杏花邨中央有一条南北通道,这是酒舍云集之区。拳师慢慢地走了过去,见艳阳照于酒旗,牧童歌于牛背,顿感轻松,便想找个地方歇脚。

不远处,一小伙子正坐在酒舍门前看书,拳师整了整有些凌乱的衣裳,小心翼翼地上前探问。

小伙子见拳师手臂沾有血迹,虽然有些吃惊,但还是把客人引进酒舍。

"阿母，来客人了。"小伙子对着屋内喊了一声。

内屋走出一中年妇女，拳师定眼一看，顿时目瞪口呆。

这不就是自己寻寻觅觅的那个人吗？尽管已经时隔二十年，拳师还是一眼认出了对方。

中年妇女似乎也认出了拳师，呆在了那儿……

"还记得我吗？我就是……"拳师问。

此时，中年妇女已是满眼泪水，哽咽道："嗯嗯嗯……记得……当然记得……您就是野王县县尉，平时老百姓都喊您'花豹'……当年还接济过我们母子俩……我怎能忘记！"

拳师也热泪盈眶，激动地说："我……我姓李，叫李报……'花豹'是当年在战场上袍泽们给我起的绰号。"

中年妇女便是刘薰草，小伙子就是丁兰。

当年，刘薰草在望夫石前触景生情，跳进了滚滚长江。好在山下乃舟楫避风之所，很快便被船夫所救。

鼓吹山上的那位老者是一位义士，得知刘薰草母子俩的遭遇后，便利用自己的人脉关系把他们安顿在了一个叫鹅肫荡口的地方。

鹅肫荡口虽离鼓吹山不远，但与鼓吹山却属不同的郡县。这个地属会稽郡无锡县的江南水乡，南挽南青荡，北连蔡湾荡，西接苏舍荡，河网密布，纵横交错。

大概是源于吴文化的谦让美德，在鹅肫荡口一带，礼让、孝义之风代代相传，早早就设有义仓、义田，用以赈灾扶贫，接济族人。刘薰草母子就在义仓里做事，一干就是八年。

在义仓做事虽然生活无忧，但随着自己年事渐长，刘薰草的思乡之情也与日俱增，回乡念头再起。就在几个月前，鼓吹山的老者最终通过商船把刘薰草母子俩送到了丰县,这里离她的家乡野王县已经不远。

先有徐州后有轩,唯有丰县不纪年。丰县不仅历史悠久,而且是汉高祖刘邦的家乡。作为"千古龙飞地,一代帝王乡",这里的经济自然比较发达,刘薰草母子便决定暂时留此谋生。

"县尉大人,您……是如何来到此地的?"刘薰草拭去挂在两颊的眼泪,问道。

拳师摇了摇头,深深地叹了口气,说:"二十年前的那场蝗灾,当我得知你们孤儿寡母逃荒而去,我便追了出来……我辗转京都周围诸郡,都没能找到你们……直至两年前,我才来到丰县,绝望之中我便驻扎下来,在龙雾桥边开了一家手搏馆谋生……"

"龙雾桥?"刘薰草很是惊讶,"我们东家就住在距龙雾桥不远的丁家庄。我们母子俩帮他在这儿打理酒舍。"

……

"抓住他。"

"别让他跑了。"

"县令大人重重有赏!"

不知何时,杏花林中冒出了一队官兵,他们喊着朝刘薰草这边奔来。

拳师立马明白自己被跟踪了。他上前紧紧抓住刘薰草的手。

"阿草……"这是拳师第一次如此称呼自己心爱的女人。

见这么多的官兵,刘薰草不免有些紧张,丁兰则躲在刘薰草身后。

"阿草……我遇见小人了,这小人正是当今丰县县令……不久前,我发现他居然是当年的一个逃兵。"

眼看官兵越来越近,李报一把推开刘薰草,说:"我不能连累你们。见了官兵,就说不认识我。"

刘薰草一把抓住李报的衣襟,望着他充满沧桑的脸,泪眼模糊地说:"如果是连累的话,我愿意被连累。"

官兵们嘶喊着包抄了过来。

突然,地动山摇……

12 地裂

官亭山，养正书馆。

书师正在为弟子们上课，忽闻书馆后山传来石头滚落的声音，便赶紧出去察看，果有一块碗口大小的石块落在了墙根。书师看看没什么大碍，便转身回去上课。可刚转过身，又隐隐听到树丛中似有碎石滚动的声音，于是又停下脚步，却见十几只老鼠从树丛中慌乱窜出……

书师愣了一下，似乎感觉到了什么。

地裂？！

书师虽然未曾经历地裂，但听说过有关地裂的传闻，也在书上看到过关于地裂的少量记载。据记载，炎帝生息、周室肇基之地——岐山，就发生过大地裂。地裂时，西周泾河、渭河、洛河三川枯竭，岐山崩塌。据祖辈传说，地裂前出现山石滚落，山鼠逃窜。

"弟子们，有谁知晓何为地裂？"书师回到教室脱口问道。

弟子们面面相觑。

"要是丁兰在,他一定知道。"书师自言自语。

其实,丁兰能否回答这个问题并不重要,重要的是书师告诉弟子们,他想念丁兰了。

丁兰离开书馆已经八年,书师一直没有忘记他,而且随着时光一天一天的流逝,他愈加思念丁兰。

当然,令书师忘不了的还有刘薰草,这是他唯一一见钟情的女人。尽管书师心里明白,刘薰草很可能为丁汉守贞一辈子,但他还是不想忘记刘薰草。其实,也忘不了。

书师来到书馆门前的空坪上,静静地站在那三棵橘子树前。这是他与刘薰草母子离别前一道种下的三棵橘树。八年了,他几乎每天都要在这橘树前默默地站上一阵子,他太想念他们母子了……

其实,想念刘薰草母子的不仅仅是书师,还有丁兰的同门和官亭山的山民。这些年每年的秋季,三棵橘树总是结满了果子,书师就用橘子来奖励学习成绩优异的弟子,这也使丁兰成了同门的学习榜样。

书师手扶橘树望着挂满枝头的青橘,油然想起屈原的名篇《橘颂》。这首托物言志的咏物诗,表面看歌颂的是橘树,实际上却是诗人对自己的理想和人格的表白,借以表达诗人追求美好品质和理想的坚定意志。

屈原之所以会寄橘言志,源于橘树的奇特习性。橘生淮南则为橘,生于淮北则为枳。橘树只有生长于南土,才能结出甘美的果实,倘要将它迁徙北地,就只能结出又苦又涩的枳实了。在深爱故国乡土的屈原看来,橘树这种"受命不迁,生南国兮"的秉性,正可与他矢志不渝的爱国情志相通,所以在他遭谗被疏、赋闲郢都期间，即以南国的橘树作为砥砺志节的榜样，深情地写下了这首咏物名作。

书师不觉默念起来："后皇嘉树，橘徕服兮。受命不迁，生南国兮。深固难徙，更壹志兮……"一树坚挺的绿橘，突然升立在广袤的天地之间，它深深扎根于"南国"之土，任凭什么力量也无法使之迁徙。

"嗟尔幼志，有以异兮……原岁并谢，与长友兮……"

它年岁虽少，却已抱定了"独立不迁"的坚定志向；纵然面临百花"并谢"的岁暮，它也依然郁郁葱葱，决不肯向凛寒屈服。

书师默念到此，戛然而止。他由此联想到丁兰，丁兰聪慧而顽执，会不会正如橘树一般有这种独立不迁的性格？

想到这里，书师愈加思念刘薰草和丁兰。他第一次意识到自己对不起丁兰。

他长长地叹了一口气，抬头仰望天空：要是天上的白云也能知晓他的心思，也能为他传递思念之情，那该有多好！

突然，一阵剧烈的晃动，书师一个趔趄，身体瞬间失去了平衡。他本能地抱住一株橘树，只见远处青山冒烟，巨石翻滚，飞尘漫天。书师只感觉眼前一黑，便什么都不知道了。

不知过了多久，书师感觉全身疼得像散了架，他非常清楚地意识到，发生地裂了！他睁开眼睛，什么都看不见，眼前一片漆黑。

难不成自己已经进了阴曹地府？

书师狠狠地捏了一把大腿，没有！自己还真真实实地活着！

那自己又身在何处？书师伸手摸到了一段树干，感觉很是熟悉。

对，没错，这就是书馆门前的那棵橘树！而且是正对书馆门口的那一棵！这八年，自己几乎每天都要抚摸一遍这树干，对它比自己的手臂还熟悉！

书师继续往周围探摸着，密密麻麻的，都是被压倒的树木。他总算明白过来，正是这些树木为他支撑起了生命的空间！

可如果就这么待着，很快就会缺氧。书师就像一条蚯蚓，慢慢地刨开夹杂在树枝间的泥土、碎石和杂物，碰到了大石块，他就换个方向。他清楚自己的手已经被划开了无数道口子，但他也明白自己不能停下来。

就这样，书师不停地刨着。慢慢地，一丝日光透了进来，书师喜出望外，大声喊叫一阵，却不得一丝回音，外面如死一般的寂静。书师奋力往外推开了一块石头，阳光倾泻而入，他本能地把脸部贴在泥面，避开强光的刺激，然后慢慢抬起头来，手脚并用地爬了出去。

书师颤巍巍地站着环视一周，感觉像是跌进了另一个世界。原本四面的青山不再葱绿，而是满山遍野的黄土碎石；通往山下的那个沟壑，转眼间已被填平。

突然，书师隐隐听到山下有孩子们的哭声，书师叫了声"不好"，便跌跌撞撞地往山下奔去。

不幸中之大幸。山体的坍塌，致使书馆往山下滑动了数十步，一百多名弟子只是受了轻伤，并无生命危险。

书师抬头望去，高耸入云的阿弥陀佛峰在地裂中竟岿然不动，观音石也依然屹立在山腰间。

书师瞬间冒出一身冷汗，要是山石坍塌下来，后果不堪设想。

百余名弟子幸存了下来，但书馆却毁于地裂。

这次地裂，是大汉朝建立以来的第一遭。四十九郡国同日地裂，山崩水出，城郭毁坏，死人无数。

书师随着大量的灾民往东部沿海地区迁徙，从山地迁往平原地区。

还是像二十年前的那场蝗灾一样，书师背着行囊夹杂在人流当中。不同的是，二十年前他往西走，逃往京都长安；而今他往东行，逃往海边，逃往会稽郡一个叫钱唐的地方。

也不知道人们从哪儿得来的消息，说那个叫钱唐的地方没有高山，人们就生活在海滩的一个大池塘边上。此次大汉朝四十九郡国都发生了地裂，可钱唐那个地方也就池塘里的水晃荡了几下，人们打了几个趔趄之后便又都爬了起来。

书师感觉今天的包袱特别沉重。这也难怪，二十年前他才二十出头，虽然身背沉重的干粮，却依然健步如飞。而今，他已是不惑之年，面对如此的长途跋涉自然有些力不从心。

岁月不饶人哪！

实在累得不行了，书师停下了前行的脚步，独自一人在路边的石块上坐了下来。他摸了摸包袱里沉甸甸的干瘦肉条，这是弟子们当初交给他的学费，已所剩不多。虽然书馆在地裂中变了形，几近坍塌，但仅有的几束干瘦肉条还是牢牢地系在房梁上。这次离开官亭山逃难，他什么都没带，就带了点干饭，还有就是这干瘦肉条。虽然心底里他更在乎他的那些书，但对于逃难之人来说，果腹还是第一位的，尤其是这干瘦肉条，在这个时候甚至比黄金还珍贵。

书师又想起了刘薰草，想起了丁兰，不知道他们是否也像自己一样，幸运地逃过了这场劫难……

隐隐地，书师听到了一阵马蹄声。循声望去，一驾马车正朝他这边缓缓而来。

贵者乘车，贱者徒行。书师判断这一定是官宦人家投奔亲戚去的。

依照大汉的车舆制度，不同等级的官员，所乘马车的车盖必须使用不同的颜色：王，青盖；千石及以上，黑缯盖；三百石及以上，黑布盖；两百石，白布盖；皇家使用的是黄色车盖，被称为"黄屋"。

远远地，书师依稀看见来车为深色车盖，断定这是官宦人家。他吃力地撑起身子，摇摇晃晃地站在道路中间，然后不停地朝马车挥手。

"闪开，快闪开！"车夫远远就朝书师大声嘶吼。

书师仍然站立在马路中间，吊着嗓子喊道："大人——可否捎我一程——"

也就喊话的工夫，马车已经来到书师面前。

车夫吼道："这一路上都是逃难之人，凭什么就捎带你？"

书师一听便知车夫话里的意思。他马上从包袱里抓出一束干瘦肉条，说："这干瘦肉条给您，权且当作车马费，您只要把我捎到丹阳郡长江边便可。"

车夫眼睛一亮，直瞪瞪地盯着书师手上的肉条，然后又看了看书师鼓囊囊的包袱："就此一束？"

书师犹豫了一会儿，又从包袱里抓出一束："肉条都在这儿了，包袱里只剩干饭，愿意的话就捎我一程，不愿作罢。"

车夫伸手拽过肉条，端详了起来，像是心存疑虑。

车夫有疑虑不无道理，灾后逃难之人多为布衣百姓，哪来这么多的干瘦肉条。

这时，车厢里探出一头来，书师猜想这应该就是车夫的主人，赶紧上前行了个大礼。

主人朝书师打量了一番，又看了看车夫手里的肉条，顾自嘟哝着："这车上的金银细软倒是不少，可食物却越来越少……"于是就答应捎带书师一程。

书师正想上车，不想那主人又问道："你是干什么的？"

书师回答说："在下乃武陵郡官亭山养正书馆的书师。"

主人这才点头应允。因为大汉朝的车舆制度规定："贾人不得乘车马"。

马车绝尘而去……

13 再度南逃

话说丰县杏花邨。

眼看大队官兵高喊着包围过来,刘薰草死死抓住李报不肯松手。李报正不知如何是好,突然一阵地动山摇……

"不好……地裂!"李报惊叫着将丁兰一把推出酒舍,又一把将刘薰草夹在腋下逃了出来。

也就眨眼的工夫,杏花邨九十九家酒舍被夷为平地。

官兵们一片惨叫……

大概是担心李报持有弓箭,就在地裂来临前的那一刻,原本从四面包抄过来的官兵,呼啦着散开,埋伏在李报周围几家酒舍的墙脚,结果全被活埋。

好在李报、刘薰草和丁兰三人迅速逃到了空旷地带,除丁兰受了点伤,李报和刘薰草都没什么大碍,三人飞奔着往树林方向逃命而去。

李报心里很清楚,追杀他的是这里的县令,只要他逃出丰县地界就安全了。他领着刘薰草和丁兰,避开官道走山道,不敢有丝毫的懈怠,一个劲死命地逃跑。

马不停蹄地走了两个时辰,三人爬上了一座不高不矮的山,山下是一条河流,河的对岸就不再是丰县地界了。

李报判断自己已经逃离了官兵的追捕,招呼刘薰草和丁兰歇会儿脚。三人席地坐了下来,丁兰喘着粗气烂泥一般地躺在一处草堆上。

"阿母……这个'花豹'与我们非亲非故的,怎么就跟他跑了,这……这不成私奔了吗?"丁兰的顽劣至今未改,讲起话来还是没大没小的。

李报和刘薰草都没想到丁兰会突然如此问话,两人一脸的尴尬。

不想丁兰又来一句:"什么姓名不好,还叫'花豹'!"

李报本来就性格腼腆,一听这话,脸立马红到了脖子根,"这孩儿……怎么……"

刘薰草有些恼怒,但并未发作,只是一脸尴尬地对李报解释:"这孩儿……不知读书读哪儿去了……都怪我为母无能,都是我给惯坏的,还望恩人多些包涵。"

提到丁兰的顽劣,刘薰草心里很是惭愧。丁汉战死沙场,留下孤儿寡母,刘薰草视丁兰如宝,加之丁兰天性聪慧,刘薰草更是对他百依百顺。从小到大,哪怕丁兰做错了什么,刘薰草也舍不得骂他一声,更舍不得打他一下。如今丁兰已是弱冠之年,可仍然不思劳作,好吃懒做。有时候,刘薰草也很后悔,后悔当年一时冲动离开官亭山,后悔没有听从书师的话。如果不是她的溺爱,说不定丁兰早已成才。

世间没有后悔药,人生没有回头路。如今丁兰已经成人,木已成舟,刘薰草也只能听之任之。

让刘薰草稍感欣慰的是,丁兰虽不思劳作,却很喜爱看书。《论语》《孟子》《周易》《尚书》《诗经》《礼记》《左传》,他都读了。刘薰草虽不知丁兰是否真正读懂,但她明白读书有益的道理,也多少知道一点这些书讲的是为官从政之道、为人处世之道,她甚至期望丁兰有朝一日被推举为贤良方正,或岁举为秀才。

李报虽曾为武官,却也是一个爱书之人。得知丁兰读过不少书,他似乎突然来了兴趣。

"丁兰,反正闲着也是闲着,我来考考你。"李报说。

丁兰仰躺在草堆上,架着二郎腿。一听李报这话,一脸的不屑:"考我? 你一介武夫能奈我何?"

李报也不管丁兰的话中不中听,就开问了:

"丁兰,《论语》都记录了些什么? 当前流传的有哪些版本?"

"《论语》是记载孔子及其弟子言行的一部书。当前流行有三个版本,《鲁论语》二十篇,《齐论语》二十二篇,《古文论语》二十一篇。"

"《大学》《中庸》出自何书篇目?"

"均出自《礼记》。"

"《孟子》……"

不等李报把话说完,丁兰就打断了他的问话:"《孟子》同样是记载孟子及其弟子言行的一部书。汉文帝把《论语》《孝经》《孟子》《尔雅》各置博士,便叫'传记博士'。"

丁兰似乎颇有感触:"《论语》文字简约、含蓄,《孟子》却有许多长篇大论,气势磅礴,议论尖锐,机智而雄辩。《论语》给我的感觉是仁者的谆谆告诫,《孟子》给我的感觉是侃侃而谈。"

　　李报对丁兰的回答很是满意,刚才的那点不快也就立马打消了,心想不妨再考考他的经学。

　　"儒家五经……"

　　李报刚刚开口,不想丁兰又打断了他的话,说:"儒家本有六经,《诗经》《尚书》《仪礼》《乐经》《周易》《春秋》,可惜啊……秦始皇焚书坑儒,秦火一炬,《乐经》从此失传。"

　　"那《尚书》之'尚'又为何意?"

　　"《尚书》之'尚'便是指'上',意为'上古'。此书记载上起传说中的尧舜时代,下至东周,约一千五百年,记的是帝王的文告和君臣谈话的内容。"

　　说到这里,丁兰似乎有些不耐烦了:"不用问了,待我一一讲给你听。

　　"先说《诗经》吧。《诗经》汇集了从西周初年到春秋中期五百多年的诗歌三百一十一篇,古者《诗》三千余篇,及于孔子,去其重。《诗经》分'风''雅''颂'三个部分,'风'为土风歌谣,'雅'为西周王畿的正声雅乐,'颂'为上层社会宗庙祭祀的舞曲歌辞。

　　"再说《礼记》。此书是从战国到秦汉年间儒家学者解释说明经书《仪礼》的文章选集,《礼记》只是解《仪礼》,是一部儒家思想的资料汇编,但由于涉及面广,其影响乃超出了《周礼》《仪礼》。《礼记》有两种传本,一是戴德所编,有八十五篇,称《大戴礼》;二是戴德其侄戴圣选编,有四十九篇,称《小戴礼》。

　　"还有《左传》。《左传》是编年体历史著作,取材范围包括王室档案、鲁史策书、诸侯国史等。记事基本以《春秋》鲁十二公为次序,内容包括诸侯国之间的聘问、会盟、征伐、婚丧、篡弑等。《左传》不属于儒家经典,它虽以《春秋》为本,通过记述春秋时期的具体史实来说明《春秋》的纲目,但实质上是一部独立撰写的史书。"

丁兰说完,还是跷着二郎腿躺在那儿,顾自欣赏起蓝天白云。

"都说完了?"李报问。

"完了!"

丁兰的对答如流,让刘薰草一脸灿烂,表情充满了自豪。

李报也甚是惊讶,问:"你读这么多的书,将来想干什么? 要不等安下身来找个书馆去当书师?"

丁兰仰望青天,眼神有些迷茫,一番长吁短叹之后,说:"燕雀安知鸿鹄之志哉!"

丁兰话音未落,李报几乎弹跳起来,他压低嗓子吼道:"你这是想造反,是要灭族的!"

武帝时期的高压治理,让李报至今心有余悸。

"没有陈胜吴广的农民起义,就没有今天的汉室!"丁兰一副无所谓的样子。

李报四下张望一番,确定没有旁人之后,又低声吼道:"每一个造反成功的人,都会更加凶狠地对付造反他的人,你知道吗?历朝历代如此! 你刚才的话要是被官兵听到了,后果就是脑袋搬家!"

"那是武帝时期,如今宣帝推行'无为而治',与民休息,广施仁政。"

丁兰说的不假。为了发展农业,宣帝出台了一系列减免租税和徭役的政策。

就这一年,宣帝下令:大量减少御膳,少屠宰牲畜;裁减乐府多余的人,让他们回家发展农业。为了让律法更加公平,给百姓一个清明的社会环境,宣帝十分注意肃清吏治,命令郡国长官督促地方官员,避免其失职,采取五日一听事了解下情。平日对官吏观其言、察其行,定期考试;还经常派出丞相、御史掾和其他官吏巡行全国,检查吏治工作。如果有人上报冤案,必定追究到底,让导致错误的人负起责任。

"说的也是。"李报放松了情绪,似乎也有些感慨,"宣帝出身于帝王之家,但他的这些做法都是来源于幼年时代的坎坷经历。当初,长史丙吉在监牢里一直保护他,直至出狱,后来又帮助他登上皇帝之位。宣帝知道自己的才能并不出众,能登上皇位完全是一种运气,所以他十分谦逊,丝毫不觉得自己有资格乱来。他提出的考察官吏等一系列措施,使得吏称其职、民安其业。"

丁兰接着说:"宣帝一方面强调法制,主张执法严明,另一方面又减轻刑罚,并多次亲自审理案件。他连续废除了好几项'连坐制'。当时,有很多人犯罪后不愿伏法,都逃到亲戚家里,被抓获后,藏匿的亲戚也会被处死。宣帝认为这样做太严苛,不符合人伦亲情,因此将其改为'其藏匿亲属可以免于受刑'。"

丁兰长长地叹了一口气:"当年秦二世若能如宣帝一样广施仁政,也不至于发生陈胜吴广起义。可惜……"

"秦二世以税民深者为明吏,杀人众者为忠臣。秦朝的覆灭是正常的。"这时李报不仅没有了原先的那种惊恐,反而觉得丁兰说得很有些道理,便问,"你对陈胜吴广起义有自己的看法?"

"王侯将相宁有种乎!这必定成为千古豪言。可惜啊可惜!"

"可惜什么?"

"可惜陈胜、吴广没怎么读书,眼光不够远,胸怀不够宽。"丁兰说,"起义军的起势可谓摧枯拉朽,却很快灭亡。问题出在哪里？问题就出在陈胜进攻战略要地陈县的时候。陈胜占领陈县后，当地三老、豪杰建议他称王，他就答应了，自立为陈王，以陈县为都城，国号为'张楚'，这就决定了起义军不会长久。"

"为何？"李报问。

"秦庭无道，破人国家，灭人社稷，绝人后世，罢百姓之力，尽百姓之财。陈胜起兵反秦，是除暴政、安天下之举，至陈地而王，会使得天下人觉得他怀有私利，如此则不利于他日后的发展。他应该暂不称王，遣使者立六国后人，使之成为义军的羽翼，为秦庭增加敌人。敌多则力分，与众则兵强，如此暴秦可诛，帝业可成。"

李报微微点头，想让丁兰再说下去。

丁兰本来就没打算停下来，继续说："自从陈胜称王，义军内部的离心倾向日益蔓延。陈胜派往各地的将领各存异心，争相称王，公开分裂。北征的武臣自立为赵王，其部将韩广在攻略燕地后也自立为燕王，而攻取魏国旧地的周市虽未自立为王，却立了魏国后裔宁陵君魏咎为王，而自任魏相，割地自保。在周文的部队退出关中之时，各路诸侯竟然各怀鬼胎，坐观成败，给了秦军反扑的机会，致使起义军主力被秦军围歼。还有一个关键的问题是，起义军没有建立起自己的根据地。大泽乡起义后，起义军攻城略地，但只是简单的占领，并没有建立起真正的政权，无法保证兵源和给养的供应。这种流寇式作战，缺乏战略支点，只能胜不能败，故而在周文部被全歼后，起义军一蹶不振，溃师千里。更加令人痛心的是，最后陈胜竟然被自己的贴身车夫庄贾杀死。"

"你读过《孙子兵法》？"李报又问。

"孙子曰，故将有五危：必死，可杀也；必生，可虏也；忿速，可侮也；廉洁，可辱也；爱民，可烦也。"丁兰说。

李报自然懂得其中的道理，就是说，将帅有五个致命的弱点：只知硬拼，就有被杀的危险；贪生怕死，就有被掳的危险；刚忿急躁，就有被轻侮的危险；清廉自好，就有被污辱的危险；宽仁爱民，就有被烦扰的危险。陈胜只知硬拼，自然被杀。

李报叹了口气："不过，大泽乡起义的失败，并不等于反暴政精神的失败。相反，其他反秦势力却此起彼伏，形成燎原之势。"

"所以就有了楚汉之争。"丁兰很是自得。

李报慢慢地回到了丁兰的观点上，但他还是说："虽然起义军的英雄气概为世人称道，但是……"

"我明白……"丁兰接过李报的话，"我不会学陈胜吴广，但我可以学陈平。"

丁兰此话一出，李报不免一惊，想不到这小子还真有点志气，转而又觉得丁兰在说大话，便说："陈平是汉初名相，他忍辱负重，寒窗苦读，最终辅佐高祖刘邦成就一番霸业，你又如何……"

丁兰听出了李报的话外之音，叹了一口气："当年又谁知陈平能成为一代名相？陈平少时家贫，与哥哥相依为命，为了秉承父命，光耀门庭，不事生产，闭门读书，却为大嫂所不容。为了消弭兄嫂的矛盾，面对一再的羞辱，隐忍不发，随着大嫂的变本加厉，终于忍无可忍，出走离家，欲浪迹天涯。被哥哥追回后，又不计前嫌，阻兄休嫂，在当地传为美谈。终有一天，有高人慕名前来，免费收他为徒，学成后辅佐高祖，'六出奇计'为刘邦夺取天下，最终出任汉相。难道你不认为，我与少时的陈平有那么几分相像？"

李报嘿嘿一笑，笑中略带几分轻视之意，说："陈平少时忍辱苦读，所以才有了后来的隐忍品质，你至今沉溺于阿母的溺爱之中，又何以相像？"

丁兰顿生怒气，怒目斜视，欲对李报发作……

"别惹我儿生气。"刘薰草话语中带着呵斥。

她一边制止李报，一边上前安慰丁兰。

李报似乎并不想迁就他们母子俩的情绪，继续说："再说了，陈平虽足智多谋，但他离间项羽范增、重贿匈奴阏氏、计擒韩信、智释樊哙，这些计谋和手段并不光明。传闻他还盗嫂受金，不仅早年与嫂嫂私通，归降汉王做了护军后，又收受将领们的钱财，钱给多的就得好处，钱给少的就穿小鞋。同为丞相的周勃就明指陈平是一个反复无常的作乱奸臣，但你却以其为榜样……"

也许是心目中的偶像被毁之故，丁兰大声说："你讲的那些都是传闻，都是同僚们对陈丞相的恶意诋毁。"

"不见得。"李报回应说，"从高祖刘邦对陈平的评价可见一斑。高祖说陈平此人'智有余，然难独任'，意思就是陈平德不足。"

"那高祖又为何委之以重任？"丁兰反问。

"高祖用人向来带有极强的功利性。你为我出力我给你利益，这就是高祖的用人原则。陈平虽然德不足，却是一位难得的谋士，所以高祖一直把他放在身边，但始终未让他独当一面。"李报说。

李报的话让丁兰受到了极大的刺激，他一跃而起，吼道："不管怎么说，楚汉之争汉是赢家，大丈夫以结果论英雄。"

"哼哼……"李报冷笑着说，"这就是你们平民的功利心。"

"你们？平民？你李报当年不也就一个小小的县尉吗？有什么资格口出狂言？"丁兰又吼道。

"好，先不说我。我们今天就来说一说高祖和项王。"李报早有准备似的，"高祖是平民，项王是贵族，对此世人毫无争议。我要说的是，项王为何被高祖打败，是兵力不足，还是才能不够？非也非也！项王输就输在他的贵族品格！"

李报停顿了一会儿，说："力拔山兮气盖世。作为贵族的项王，他讲究的是'力'与'气'。决斗是他一决胜负的游戏规则，堂堂正正的挑战，堂堂正正的输赢，这就是项王的品格，也是贵族的道义。在与秦军破釜沉舟的巨鹿之战，项王从来没有投机取巧的算计，这是一场公平的对决，项王取得了历史性的战绩。而平民出身的高祖则不然，在项王于巨鹿苦苦拼杀的时候，他却避实就虚，用了极少的代价捷足先登夺取了关中。在鸿门宴上，项王表现得'优柔寡断'，因为在他看来，暗算前来赔礼道歉的人算不得英雄手段。而高祖却在'划鸿沟为界，中分天下'的协议后背信弃义，突然袭击。项王临死，尚不忘记将自己的头颅交给故人领赏。而高祖却在逃生时多次将自己的儿女推下车，以保自己的性命。项王崇尚人身尊严，讲求道德气节，宁折不弯。而高祖却是屡战屡败，屡败屡战，没什么尊严可谈。"

李报看了看丁兰，意味深长地说："由此可见项王和高祖两人之间的道德、礼教和品格的高下，在项王身上因为对传统道德的恪守而显得有些'迂腐'，而在高祖身上因为具有平民的功利特质而显得很是'智慧'。在急功近利、不择手段的人面前，项王表现得茫然而低能，可以说是传统道德文化拖累了他，最终使得他功亏一篑。丁兰，你说得没错，最终的赢家是高祖，新的汉室也以崭新的面目面世，从此形成了汉初的'布衣将相之局'，开启了'平民时代'。但是我要说，高祖的这种过于功利的品性，首先会直接影响他手下的文臣武将，进而影响他所有的子民，以至于在整个社会形成一种追求功利的共性。共性此物一旦形成气候,将世代相传,其带来的影响不是一朝一夕,而是几百年甚至几千年……我敢说,项王之后再无贵族。"

李报根本不顾刘薰草和丁兰的感受,顾自感叹:"难道历史的进步,就必须以道德的沦丧为代价吗?"

丁兰沉默了,一脸的茫然。

他从来没有听到过有人如此评价高祖刘邦,如此评价他的偶像陈平。他想反驳,但又实在找不出什么理由。

李报一副语不惊人死不休的样子,对丁兰说:"其实,你已经受到了这种价值观的影响。刚才我问你将来想干什么,你首先就想到了陈胜,想到了陈平。陈胜的反秦精神可嘉,但他的功利心也很强。陈平足智多谋,但他也不择手段。"

"那你又为何效忠皇上,远征匈奴?"丁兰声音微弱。

"我打的是匈奴,我效忠的是国家!"李报话语铿锵,"平民出身的高祖,其可贵之处在于谋求统一,这是身为贵族的项王所没有的。对于天下百姓而言,只有统一才有国家!"

丁兰一惊,似乎突然想到了什么:"你是……"

李报目视远方,面露悲戚:"我的祖上曾经是项王的侍卫,为了尊严和信仰,他战斗到生命的最后一刻。"

"你就不怕我举报你?"丁兰脱口而出。

李报冷笑两声:"只有追求功利的人,才会首先想到举报我。"

丁兰几乎被彻底打垮了,他张口结舌,无言以对。

对李报和丁兰的争论,刘薰草似懂非懂,只能在一边不停地安慰丁兰。

或许实在看不过刘薰草对丁兰的这种溺爱,李报冷冷地说:

"如此溺爱,何以成才,又何以报国!"

刘薰草抚着丁兰的肩膀,低头无语……

其实,她也不想如此溺爱丁兰,但她又不舍得对丁兰施以教训。二十年了,她感觉丈夫丁汉每时每刻都在看着她,如果丁汉还活着,一定会像疼爱她一样疼爱丁兰。这种心理暗示早已成了刘薰草对丁兰的一种习惯。

见刘薰草母子俩一副可怜的样子,李报似乎又有些于心不忍。

"丁兰,我虽为一介武夫,却也知晓位列儒家经典之首的是《周易》,刚才你为何不曾提及……"李报有意岔开话题。

这时的丁兰已经完全没有了之前的傲气,回道:"《周易》是占卜之书,外层神秘,内蕴哲理,我难以读懂。"

"我也看不懂,但对占卜我却略懂一二。"李报解释说,"当年征伐匈奴,战场风云莫测,凶险无常,朝不保夕,于是就有袍泽利用占卜来预测吉凶,每一次我都在旁边看着,时日久了,也就看出了一点门道。"

说着,李报从怀里取出两根竹筷:"来,为我们接下去该往何方卜上一卦。"

刘薰草和丁兰看着李报手上的两根筷子,满脸的疑云。

李报又解释说:"越国人喜用鸡卜,晋国人喜用虎卜,我是楚国人,喜用竹卜。"

说着李报将一双筷子往空中抛去,嘴上念念有词:"青为阳,黄为阴,我等该往何方……"

两根筷子一前一后落地,一青一黄同指前方……

三人抬头望去,隐隐约约,一艘大船正朝他们这边驶来。李报果断道："走水路!"

刘薰草和丁兰默默地跟在李报的后面。丁兰满腹心事,今日之争令他震撼。

"我打的是匈奴,我效忠的是国家……只有统一才有国家!"李报铿锵有力的话语,不停地在他耳边回响。

国家的概念从此深深植入了丁兰的灵魂。

14 高亭山下的婚宴

会稽郡钱唐县高亭山下的一户普通人家,此时正宾客云集。

一位五十上下的妇人正忙里忙外招呼客人,虽然她看上去有些疲惫,可脸上却始终挂着灿烂的笑容。

妇人正是刘薰草,今天是她儿子丁兰成亲的日子。

刘薰草和丁兰在钱唐县安家完全是一个偶然。

七八年前,李报遭受丰县县令的追杀逃至杏花邨,不想却遇上了阔别二十年的刘薰草母子俩。正当彼此为久别重逢激动不已时,一场地裂突如其来。幸存下来的他们慌不择路逃命而去。

他们幸运地搭上了一艘南下的船只,几经辗转,疲惫不堪。

一日,昏昏沉沉中的刘薰草似乎听得有人吆喝"官亭山到了",便以为又回到了武陵郡官亭山,于是三人就稀里糊涂下了船。

岂知,这根本不是武陵郡官亭山,而是相隔千里之外的钱唐县高亭山。

不过,比起那高耸入云的官亭山,钱唐县高亭山更适合人们生活。平坦的山势自西向东排列着半山、黄鹤山、元宝山、高亭山、铜扣山、佛日山，人们就散居在诸山山麓。

李报带着刘薰草和丁兰，爬上高亭山拜了高亭神，便打算在此安下身来。

恰逢此时汉宣帝亲政，下诏将苑囿和公田分给贫民和流民耕种，并贷给种子和食物，不收算赋和徭役。李报三人由此分得田地，有了安身立命之本。次年，汉宣帝再度下诏：原先贷给贫民的种子和食物一笔勾销，不予追回。包括刘薰草在内的许多流民从此便在高亭山站稳了脚跟，留在了钱唐。

汉宣帝元康三年，全国粮食大丰收，谷价十分便宜，一石谷的价格才值五吊钱，是大汉朝开朝以来的最低价。为了防止谷价大跌损害农民利益，朝廷大司农显出了智慧，建议朝廷设立常平仓，大量收购老百姓手中的余粮，等到灾年饥荒时，再以原价售出，既保民生，也为军队囤粮。这一年，包括刘薰草在内的老百姓得到了不少实惠，于是便趁此丰收大年，为丁兰举办婚礼。

依照钱唐风俗，男方娶妻，婚宴设在晚上。

此时，戌时已过，婚宴接近尾声，丁兰和新娘正逐一向宾客敬酒。宾客亦酒足饭饱，多有几分醉意，谈笑声此起彼伏。

丁兰和新娘在一位长辈的引领下来到又一宴桌前敬酒。此时，靠近新娘的一年轻人，端起一大碗酒咕咚一阵牛饮之后，便开始调侃新郎新娘，引得满桌宾客哄堂大笑。

新娘虽然有些尴尬，但并未因此感到不悦，脸上仍是笑盈盈的。

这边还热闹着，那边又一中年壮汉喝下了一大碗酒。借着酒兴，壮汉脱下葛衣，顾自跳起了舞。随着身膀的剧烈晃动，一身膘肉犹如热乎乎的麻糍,肆无忌惮地在新娘面前颤动……新娘不免有些害羞,红着脸低下了头。

其实,官方允许民间婚礼相贺也就一年前的事。

早在周代以前,婚礼是一种淳朴习尚。因为上古把婚礼视为幽阴之礼,不奏乐、不喧嚷、不祝贺。至圣先师孔子曾这样描述当时嫁娶的情景:"嫁女之家,三夜不息烛,思相离也;娶妇之家,三日不举乐,思嗣亲也。"

大汉朝建立以来,因经济社会长足发展,民间不再满足于古板而沉闷的旧式婚礼,不少人家为彰显喜庆,开始大操大办。虽然地方官吏囿于周礼,仍禁止人们在婚礼时相贺,但对这种来自民间的自发行动,令虽行,禁不止。去年八月,汉宣帝终于下诏否定婚礼不贺的做法,从此便一发不可收。婚嫁之日,夫家接受宾客祝贺,摆置酒筵招待宾客。宾客饮酒欢笑,言行无忌,甚至拂衣而嬉,顿足起舞。

丁兰的婚礼正遇婚贺开禁,又逢粮食丰收,所以显得特别喜庆。乡民们甚至有些宣泄积郁的味道。

婚宴结束,多数宾客相继离去,但也有部分亲友留下来。他们似乎比新郎还着急,个个迫不及待地拥向新房。

尽管官方刚刚开禁婚贺,其实民间早已形成一套婚庆习俗。婚宴结束,紧接着就是"闹新房"。嫁娶之夕,男女无别,可以不讲传统礼仪,随便嬉戏,甚至有出格的举动。鞭棍相逼公开隐私者有之,大庭广众荒淫者有之……

见宾客潮水般向新房涌来,一壮汉堵在了新房门口。

他就是李报。今天他是以伯伯的身份参加婚宴,肩负着保护新郎新娘的任务。

　　带头闹新房的是几个醉汉,此时他们正跟跄着脚步朝李报走去,李报赶紧拱手作揖:"新郎是读书人,还请各位亲朋好友手下留情。"

　　一醉汉卷着舌头,摇头晃脑说道:"手下留情……又如何赶走妖魔鬼怪? 难难难……难道你想让那些妖魔鬼怪……占占占……占了新娘不成?!"

　　别看醉汉醉酒,脑子却也清醒。他说的妖魔鬼怪霸占新娘并非醉话。

　　相传,很早以前紫微星下凡,路遇一个披麻戴孝的女子尾随在一伙迎亲队伍之后,紫微星看出这是魔鬼在伺机作恶,于是便跟踪到了新郎家,结果发现那女子趁乱躲进洞房。等到新郎新娘入洞房,紫微星硬是挡在房门口不让进,说里面藏着魔鬼。众人请他指点除魔办法,他说魔鬼最怕人多,只要人多势众,魔鬼就无法作祟。于是新郎就请宾客们在洞房里嬉戏说笑,用笑声驱走邪鬼。果然,到了五更时分,魔鬼终于遁走。

　　对于这样的传说,人们自然似信非信。神仙也好,妖魔也罢,毕竟都是凡人看不见的东西。

　　不过,对于另一个传说人们就不敢不信了。

　　也是说很久很久以前,有户人家娶媳妇,新娘进了洞房,新郎还在外面陪同亲朋好友喝酒。按当地习俗,新郎进洞房之前,洞房里不可点灯,新娘只能在黑灯瞎火中独守洞房。宾客中有一色鬼,见有机可乘,便壮着酒胆溜了进去,新娘误以为是新郎,便与之共度春宵……等到新郎回到洞房,色鬼早已逃之夭夭。当新娘与新郎二度春宵时,方知上当,但又不敢明言,便于次日寻了短见……

为避色鬼，从此新婚之夜便成了"洞房花烛夜"，洞房里置长明灯，灯火通明。为避魔鬼，众亲友还要进洞房嬉戏。

对于这些传说，李报并不相信。在他看来，妖魔也好，色鬼也罢，那都是编出来的故事。不过，他在打匈奴的时候，倒是从袍泽那里听到一个比较靠谱的说法。袍泽告诉他，所谓闹洞房，其实就一个目的：宾客借着醉酒，授新郎新娘以传宗生子的知识和技能。因为不能明着传授，所以只能通过嬉戏的方式让新郎新娘自己去领悟。

李报正发呆，醉汉领着众宾客不由分说已经涌入了洞房。

钱唐一带，闹洞房以戏谑新娘为主，也称"戏妇"。嬉戏名目繁多，可谓五花八门。

大概是受了李报关照的缘故，宾客们喝了新人茶，一阵搞笑之后，便直接摆出了最后一关。

他们搬来一个足有两尺高、丈余长的木架子，嚷着要让新娘"过天桥"。"天桥"仅有巴掌宽，新娘走在上面，稍不平衡便可能四脚朝天。

新娘犹豫着……

此时，一对醉意正浓的中年夫妇自告奋勇，给新郎新娘做示范。

只见夫妇两人面对面站在天桥一边，男子双手捧着妇人的细腰，妇人双手搭着男子的肩膀，妇人借着男子双手的托力，一个跳跃就上了天桥。

可上桥容易过桥难，妇人颤抖着双腿寸步难移。也就眨眼的工夫，只听一声惊叫，妇人便从天桥上横摔了下来。男子惊呼着伸手去接妇人，不想反被妇人扳倒在地。也不知是有意还是醉酒，夫妇两个果真……

丁兰和新娘掩面而视……

深夜,宾客依然兴致不减,但他们必须离开洞房。

洞房内,丁兰手执单刀朝洞房的每个角落挥刀虚砍,边砍边唱:"一砍妖,二砍怪,三砍魔鬼坏脑袋,四砍丧神快离开,笑看麒麟送子来。"

丁兰的这一套仪式,意在提醒宾客回家歇息。麒麟要送子来了,新郎新娘自然该做迎子的事了。

宾客们虽然出了洞房,但都没有离去的意思。

见洞房灯灭,他们呼啦着又涌向洞房,一个个蝙蝠似的趴在窗外,侧耳贴在窗布上,偷听洞房里的动静。尤其是刚才那对中年夫妇,他们闭着眼睛侧着耳,嘴巴歪到了后脑勺……

这就是婚俗中的"听房"。新婚之夕,好事的宾客于窗前窃听新婚夫妇的言语及动静,以为笑乐。其实这也是闹洞房的一个环节,还是为了防止鬼怪进入洞房,霸占新娘。

突然,趴在窗外的好事者发出一阵窃笑,洞房内似乎真的有了什么动静。

站在不远处的李报也像是听到了什么,只见他一阵脸红,便转身离去。

此时,刘薰草正独自一人站在院子前,她闭目伫立,双手合于胸前,对着满天的繁星念念有词。

李报觉得不便打搅,便默默地站在她的身后。

对于刘薰草的举动,李报十分理解,因为丁兰的这门婚事实属来之不易。

自从落脚高亭山之后,丁兰还是那样顽劣。刘薰草对丁兰也还是那样溺爱。一个大男人每天窝在家里,好吃懒做,游手好闲。

一个女人家却每天披星戴月,亲操井臼,割草打柴,纺纱织布,节衣缩食。

更让李报接受不了的是,近两年,丁兰不仅好吃懒做,还不知老少,对母亲刘薰草张口就骂,抬手就打。刘薰草只能独自承受苦果,常常暗自伤心落泪,对生活近乎绝望。

李报毕竟是外人,对丁兰的不孝之举,他只能看在眼里怒在心里,最多也只能嘴上安慰安慰刘薰草。

天无绝人之路。高亭山下有一女子偏偏爱上了丁兰,她不顾父母的极力反对,执意要嫁给丁兰。

刘薰草喜出望外,重新燃起了对生活的希望。

婚礼是合二姓之好,上以事宗庙,下以继后世。刘薰草自然亲手为丁兰操起这门亲事。依照"六礼"仪式,纳彩、问名、纳吉、纳征、请期、亲迎,每一步刘薰草都不敢有丝毫的马虎,特别是在确定"亲迎"的日子上,刘薰草着实下了一番功夫。

钱唐当地风俗认为,男婚女嫁是阴阳媾和、天地交泰,以顺应天时为原则。仲春之月是成婚佳期,春天气温回升,万物复苏,阳气上扬,故有"婚月"之称。

但李报却认为秋季方为佳期。秋冬是农闲季节,操办婚事可以不误农事生产,且秋收之后经济条件最好,可以比较充裕地应付婚事的支出。最后,刘薰草听取了李报的建议,把丁兰的婚期定在了这个丰收年的秋季。

刘薰草对着满天的繁星说了她要说的话,转过身来,发现李报站在她的身后,便说:"兄长辛苦了,早点回去歇息。"

这些年,刘薰草一直这么称呼李报。她明白李报对她有爱慕之意,但她始终对李报保持着兄长的距离。

"不辛苦,丁兰有今天,为兄很是高兴。"李报嘴上回着话,内心却若有所思。

刘薰草微微一笑,非常感激地看着李报:"谢谢兄长这些年对我们母子俩的照顾……"

自从来到钱唐,李报和刘薰草都分得了田地,因为丁兰不事劳作,李报也曾经想包下丁家的田地耕种,但被刘薰草婉言谢绝。刘薰草何尝不想省心省力一些,但她明白,受人之恩就得回报,她又拿什么来报答人家呢!

不想此时,李报一把拉住刘薰草的手,鼓足了勇气,说:"妹子,如今丁兰已经成家,你……是不是也该考虑一下自己了?"

刘薰草心里明白,李报这是要她兑现诺言。刘薰草曾经答应李报,等丁兰成了家便会考虑他们之间的事。如今丁兰已成婚,是该给人家一个交代了,不然真要耽误人家一辈子了。

刘薰草侧过身去,仰首望天,月亮瞬即钻进了一朵清澈透明的白云。此时,她的脑子里闪过两个人,一个是已经离她而去二十余年的丈夫丁汉,一个是已经与她分别十余年的官亭山养正书馆的书师。

刘薰草慢慢转过身来,她决定趁此吉日答应李报。

就在此时,院子门口来了一位中年男人。

……

15 隐身七年终露面

离高亭山十余里的半山脚下，一位中年男子正在一间小屋里发呆。他默默地盯着屋子的一角，屋角垒着一个小山似的布堆，足足有一人多高。

这些年，中年男子每个月都要在这里发呆几次，每一次都让他感觉生活无味，希望渺茫。

但是，今天的这一次发呆却让他倍感轻松，内心充满了期望，那高高的布堆后面，似乎就是希望的曙光。

中年男子就是当年武陵郡官亭山养正书馆的书师，七年前的那场地裂后，他随着东奔的人流来到钱唐县，落脚在了半山。

与大多数流民一样，书师不仅分得了公田，还置了房屋。更让他想不到的是，他辗转千里，发现自己深爱的女人刘薰草居然就住在东边的高亭山下，这又一次让他感觉是上天的安排。

因为当年在养正书馆的不欢而散，书师担心刘薰草一旦发现他，很可能会回避，甚至再度走上漂泊之路，于是他便在半山隐居了下来。

他相信,无论是刘薰草还是丁兰,总有一天会原谅他。他还相信,刘薰草也总有一天会嫁给他。

这些年,书师没有像在官亭山那样去书馆教书,而是老老实实地过起了农耕生活,农闲之余偶尔也做点小生意,暗中关注刘薰草母子俩的生活。

钱唐人十分勤劳,除了农耕,不少人家还会织布,一为纳税,二为自穿,三为买卖。这些年,书师隔三岔五就会乔装前去高亭山一次,每一次都会买下刘薰草摊位上滞销的布匹,日积月累就有了眼前这个小山似的布堆。

书师有个想法,等到迎娶刘薰草的那一天,他将用这些布匹作为聘礼,给刘薰草一个惊喜。

就在几天前,书师突然发现这个惊喜已经离他不远。

那日,他像过去无数次一样,经过一番乔装之后来到高亭山下,买下了刘薰草摊上所有的布。书师一时兴起,便鬼使神差地尾随刘薰草到了她的住处。

这一来,书师竟然发现刘薰草家里有一个男人。他看得清清楚楚,这五大三粗的男子绝对不是丁兰。

书师先是大吃一惊,随即心跳加速,几近窒息。他躬身蹲在篱笆墙角,脑子里一片混沌……自己追寻万里、三度邂逅的女人,怎么就成人妻了呢?难道这一切都是上天的捉弄?

书师一跺脚,转身便走。

"兄长……"

这时,屋内传来了刘薰草的喊话。

兄长?

书师一怔,瞬即收住了有些凌乱的脚步。

屋内又传来了刘薰草的话："兄长，丁兰的婚事多麻烦您了，过几天就是亲迎的日子，该通知的亲友您都帮我通知到了吧？"

"妹子，通知到了，都通知到了。倒过来腾过去，我都核对好几遍了，放心吧。"男人回答说。

刘薰草与男人的对话，一下子让书师放下了心。他又悄悄趴在篱笆墙上，从篱笆缝隙往里看，发现那男人对刘薰草说话时的眼神，总含着那么一点别的东西，心里又是一阵醋意，这哪是兄长的眼神……

不过，此时书师的心里已经踏实了许多。不管怎么说，兄长毕竟就是兄长，怎么也不太可能……

但书师告诉自己，是到了该露面的时候了。当年在养正书馆，他曾多次向刘薰草示爱，可每一次，刘薰草都说等丁兰成家了再说。如今丁兰就要成家了，刘薰草应该还记得她当年的诺言。

可时过境迁，她还能记得当年的承诺吗？她还是当年的她吗？

书师正想着，屋内又传来了刘薰草的说话声。

"要是……书师在的话那该多好，当年是他救了兰儿的命，也是他收留了我们母子俩，还是他教兰儿读书识字。唉……"说到这里，刘薰草长长地叹了一口气，"没有书师就没有兰儿的今天，如今兰儿总算要成家了，要是他在，该有多高兴。"

书师心头一热，鼻子一阵酸涩，泪水顷刻间在眼眶里打转。他喃喃自语："我就知道……你不会忘记我……"

"好了好了……你都说无数遍了！"男人似乎有些不快，"不过你放心，好人有好报，书师他一定活得很好——但是，那场地裂，他还能……"

"李报……不许你这么说。"刘薰草打断了男人的话,"我相信书师他还活着,而且还活得好好的。"

李报?这是啥人?!书师迅速在脑子里搜索了一遍,发现记忆中并没有这个人。不过,从他们刚才的对话中,书师已经听出这男人也是家乡野王县人。

这时,刘薰草来到院前,仰望天空,神情有些发呆。

当年,她带着丁兰离开官亭山的时候,书师一路追到山下,他苦苦哀求刘薰草,希望她能继续留下来。

见他们母子俩去意已决,书师拉着她的手,说天上的白云可以为地上的有情人传递信息。将来如果还会想到他,那就看看天上的白云。

这些年,虽然刘薰草心里始终放不下丁汉,但也不是没有考虑过个人问题,尤其是在官亭山再次遇到书师的时候,她的脑子里曾经闪过一个念头——那是上天在撮合他们。大概正是因为如此,面对书师三番五次的求爱,刘薰草也曾想答应。

但是,看见丁兰尚未成人,她又坚强地拒绝了。刘薰草拒绝书师还有一个原因,那就是书师对丁兰的那种近乎残酷的严厉,她无法接受。在她心里,丁兰始终是第一位的。

至于李报,刘薰草同样心存感激,但也只能说感激。且不说二十多年前李报的雪中送炭,就这七八年,李报对他们母子俩的照顾可谓无微不至,尤其是在农忙时节,李报都成了刘薰草家的主劳力。与书师一样,李报也曾三番五次向她示爱,但刘薰草始终没有那种感觉。随着丁兰的婚事越来越近,就在不久前,刘薰草答应李报,等丁兰成了家就会考虑他们之间的事,毕竟李报也追了她二十多年。

但刘薰草自己心里最清楚，她在等书师。

书师身上有那么一种让她难以抗拒的魅力，让她割舍不下。刘薰草明白，这就叫爱慕。

可是，茫茫人海，自己爱慕之人如今又会在哪儿呢？是不是真像李报说的那样，在那场地裂中……

刘薰草不敢再往下想，她收起远眺的目光，转身见李报在她身后，内心似乎又有几分歉意。刘薰草望着李报，正想说点什么，不想李报一个虎抱，将她紧紧地搂在了怀里。

面对突如其来的变故，书师趴在篱笆墙上只能干瞪眼。

突然，他急中生智，捡起一块石头重重地敲了一记篱笆墙，李报迅速松开了刘薰草。刘薰草理了一把蓬乱的头发，匆匆往内屋去了。

书师很是气恼，内心恶骂道："这叫什么兄长，简直就是……"

也难怪，当初在养正书馆，书师与刘薰草朝夕相处三年，却从来没有动过她一根毫毛。

恼怒之余，书师又感到庆幸，庆幸自己今日神不知鬼不觉就尾随过来了，不然……

此时，书师多想冲进屋去，也拥抱一下自己日思夜想的人，可他看了一眼乔装打扮的自己，感觉过于仓促，只好一步三回头地离去。

接下来的几天，书师度日如年，篱笆墙里的那一幕搅得他坐立不安，他每一天都在焦虑中度过。书师本想不请自去，参加丁兰的婚礼，但又担心那样会搅浑丁兰的婚宴，思来想去，最后决定在喜宴结束后露面。

书师的突然出现是刘薰草和李报万万没有想到的。

李报盯着这个从天而降的陌生男子,一脸狐疑:"你是……"

书师深情地望着刘薰草,很是激动:"妹……妹子,认不出我了?我……我是养正书馆的书师!"

"书师?"

刘薰草简直不敢相信自己的耳朵,她揉了揉双眼,借着并不明亮的火把,仔细打量起眼前这位中年男子。

是的,没错!一点都没错!还是那张方方正正的脸,还是那对明亮清澈的眼睛,还是那副总是带着微笑的模样。不同的是,分别十余年,书师已是白面长髯……

刘薰草慢慢朝书师走去,眼眶渐渐湿润:"你……你怎么就来了?"

"我……"书师一愣,突然怀疑自己不该在这个时候出现,"不……不好意思,我……我……"

刘薰草上前一把抱住书师,顿时抽泣起来……

李报站在一边,一脸的尴尬,走不是,留不是,心想这究竟是怎么回事,眼看自己近三十年的追寻马上就有了结果,怎么突然又冒出个白面书生。

……

夜深人静,宾客都已散去,丁兰和新娘也已进入梦乡。屋子里只留下刘薰草、李报和书师。

因为多年不见,书师和刘薰草相互问这问那,反倒是李报成了多余的,他心里像是打翻了五味瓶。

这时,李报反倒向往起了原始社会。

当年打匈奴的时候,袍泽们一有闲暇都喜欢聊女人。有袍泽告诉他,在原始社会,如果一个男人看上了一个女人,不用约会,不用告白,不用搭讪,上前一棍子打昏对方,然后就可以背到自己的石洞里去了。这就是"洞房"的起源,也是"婚"字的来历。

要是那样该有多好,刘薰草早就是自己的女人了……

李报正胡思乱想,院子里突然拥进一帮人。他们快步来到院前,一问方知来的是衙役。

"哪叫刘薰草,快出来!"

带头的衙役话刚出口,似乎突然意识到了什么,便噼里啪啦地给自己掌嘴。

这时,刘薰草和书师也跟了出来。

"我……我就是。"刘薰草怯生生地回答。

衙役给自己掌了一阵嘴之后,不停地摸着脸上那块肥厚的巴掌肉,没好气地说:"跟我走一趟。"

另两名衙役不由分说便上前去拉扯刘薰草。

李报往前一站,挡了衙役面前,问道:"你们凭何抓人?"

刚才给自己掌嘴的那个衙役吼道:"她犯的是死罪,你胆敢阻拦,连你也一起抓。"

"我一个妇人家,向来本本分分,哪来的死罪? 大人,你们会不会是搞错了?"刘薰草壮着胆子问衙役。

衙役犹豫片刻,说:"那我再问你一次,你姓甚名谁?"

"我叫刘薰草呀!"

"那就对了,拿下!"

16 "桃花女"触讳犯律

大喜之日突生变故,李报和书师都一头雾水。

李报是个急性子,拉着书师就想上衙门。

"不急。"书师说,"万万不可贸然前往。"

说话间,书师似乎突然想到了什么,惊呼道:"是死罪,没错,真的是犯了死罪,这该如何是好!"

李报一时情绪失控,他一把揪住书师的衣襟,吼道:"你这个扫帚星。我们在钱唐这么多年一直好好的,你一出现灾难就跟着来。你给我说,妹子她……"

"妹子犯的是触讳,她……触犯了皇上的名!"书师战战兢兢地说。

李报糊涂了,他把嗓音压得很低,怒道:"皇上他不是叫刘病已吗?妹子又怎么个触讳了?!"

"皇上改名了!改叫那个……"书师张着嘴,却又不敢道出皇上的姓名,因为直呼皇上姓名也得治罪。

"改叫什么了,难不成也叫刘薰草?"李报把嗓音压得更低了。

"皇上改叫刘询了,询问的'询'!这样一来,妹子的姓名有两字触讳……"书师说。

"刘询?"李报显然不清楚。

书师叹了一口气,把事情说了个大概:"当今皇上是汉武帝的曾孙,原名刘病已,因巫蛊事件,少时一直生活在民间,所以他比历代皇帝更加了解民间百姓疾苦。从'刘病已'这名来看,大概是因为皇上小时候爱生病,为图吉利,才取这样的名。'病'即生病,'已'即停止,'病已'就是病好了的意思。"

"原来皇家也信这个。"李报有些不好意思地说,"小时候我也爱生病,阿翁阿母就给我起了个小名,叫'驴剩',直到我去参军,才改叫'李报'。"

书师听说过"狗剩"那样的名字,没想到还有叫"驴剩"的,忍不住笑了出来:"兄长,你可是稀贵家畜。"

李报本来就憨厚老实,红着脸站在那儿。

书师收住了笑,继续说:"当今皇上十分体恤百姓疾苦,他的改名完全是为了老百姓。几年前,皇上亲政,猛然间发现奏折上多了许多获罪的百姓,很是生闷。他觉得自己政治清明,对百姓关爱有加,怎么罪人反而比以往社会动荡时还要多?经查,原来不少的百姓都是因为触犯皇名忌讳而获罪,老百姓一时没来得及改口,便被官府抓了起来。皇上很快意识到'病已'这两个字太过常用,要是强制避讳会很麻烦。人总是会生病的,要是老百姓生病却不能称病,那又该如何?更麻烦的是,就连医书上的'病'字也要改掉,这岂不成了劳民伤财?于是皇上便下诏改名为'刘询',对那些在诏书发布前触讳而获罪的人,一并赦免。"

听了书师的介绍,李报恍然大悟,自言自语道:"怪不得……

刚才那衙役一个劲地给自己掌嘴。刘询——刘薰草,三个字有两个字触讳。"

书师皱着眉头:"有一点我还没弄清楚,皇上去年就下诏改名了,为何衙门今日才发现妹子触讳?"

"这倒不奇怪。"李报说,"在高亭山一带,知道妹子姓名的人很少,平时这里的人都喊她'桃花女'。"

"'桃花女'?"书师一脸疑惑。

李报解释说:"这高亭山下盛产桃子,一到春天方圆十里桃花盛开,艳丽无比。在离此处不远的地方,还有一片桃林就叫'千桃园',说是千桃园,其实只有九百九十九株桃树。相传,这千桃园还是秦始皇路过高亭山时种下的。据说当年秦始皇站在高亭山下,仰望着延绵起伏的高亭山,看见满山遍野的桃花,一时来了兴致,便命人在山下的小溪边种下了一千株桃树,赐名千桃园。遗憾的是,在秦始皇种下的一千株桃树中,竟有一株未能存活。为了让千桃园名副其实,一百多年来,衙门和民间都有不少人到千桃园补种桃树,但都未能存活。几年前,刘薰草带着丁兰也去种了一株,不想却奇迹般地存活了下来。于是,乡民们便把这桃树与妹子联系在一起,妹子面若桃花,貌美可人,从此,人们便称她为'桃花女'。久而久之,许多人都忘记了她的真名……今天的事,估计是有人向衙门告密。今晚的婚宴,十里乡亲都来了,人多嘴也杂。"

"那……妹子平日可曾得罪过什么人?"书师问。

"有。"李报十分肯定地说,"这里有个叫张术的人,已对妹子垂涎多年,欲纳妹子为妾,妹子始终没有答应。"

……

钱唐县令泉善坤一脸愁容。

桃花女触讳案让他左右为难。按律处置吧，这将毁掉一个家庭，不合情，也不合理；法外施恩网开一面吧，又不合律法。情、理、法的取舍让他费尽脑汁。

泉善坤亲自查了桃花女的户籍档案，桃花女的姓名确确实实就叫刘薰草，当年逃亡到钱唐的时候，流民册上登记的就是这个姓名。告密的人说了，这姓名不仅触讳，还藐视皇上，得治死罪。衙役一时闹不明白，便问告密者这姓名怎么个藐视皇上了，对方开口就说："刘薰草刘薰草，刘询像根草！"此话一出，告密者当场就被衙役打了个皮开肉绽。

按照以往，对触讳这样的案子处置起来并不复杂，但是，自从几年前汉宣帝亲政开始，郡县对司法办案都非常慎重，因为宣帝从小流落民间，深知百姓疾苦，十分注意肃清吏治。他不仅经常派出包括丞相在内的官吏巡行全国各地，检查吏治工作，而且一旦发现冤案，必定一查到底。就在去年，一向精明能干、治理有方的京兆尹赵广汉，就因执法出现了偏差而被腰斩。

泉善坤对刘薰草触讳案左右为难，除了因为宣帝严司法、肃吏治之外，还有一个重要原因，就是他的家族是钱唐望族。

泉善坤，单从他的姓氏就可以看出他的家族渊源。泉姓是非常古老的姓氏，是出自西周时期的泉府之官，以官职称谓为氏，其血统与周朝的王室成员有关。西周时期，人们称钱币为"泉"，设有泉府之官，负责掌管货币交流和集市贸易，隶属于地官府司管辖。

时至秦朝，泉氏一支上百人为避战乱和朝廷腐败，相继南迁，落籍钱唐。因为善于理财和贸易，很快成为钱唐大族，尤其是从泉善坤的祖父开始,三代人置义田救济贫苦乡民,由此深受百姓爱戴。在钱唐泉氏宗祠门屏上,悬挂着当地百姓赠予的一块匾额,上题八个大字:"源自泉府,望出钱唐。"

泉善坤在钱唐任职已近三十年,出任县令亦十年有余。十年来,他以孝为善,以善行治,看似无为,却把钱唐治理得井井有条。鉴于泉善坤显著的政绩,朝廷曾经几度拟提拔重用,但都被他婉言谢绝,因为他已经把钱唐当成了自己的家,钱唐县的每一个角落都有他的脚印。

随着年龄的增长,泉善坤也曾想在事业上更上一层楼,大丈夫当以天下为家。就在这个时候,汉宣帝推出了一项令泉善坤十分欣喜的改革,这项改革就叫"久任制"。

汉宣帝刘询十分重视州郡等地方官员,在他看来,地方官员频繁更换会使百姓产生不安。久任制就是针对政绩显著的地方官员而实施的一项改革,通过提高他们的品级和俸禄,让他们安心在当地为官。一旦朝廷三公九卿出现候补,就选拔这些政绩突出的地方官加以任用。

泉善坤就是久任制改革的最早一批受益者,如今他虽然只是一个县令,却享受郡都尉的官秩等级,秩比二千石。

正因为朝廷给了他高品级、高俸禄,泉善坤也就更加珍惜钱唐县令这个位子,更加珍惜家族名誉,也更加珍惜钱唐的百姓。

但是,泉善坤同样心存遗憾。他唯一的儿子自幼在京师念书,完成学业后便被举荐至丞相府,不到而立之年即已位居丞相属,但泉善坤打心底里还是希望他回到钱唐,多做一些直接利于老百姓的事。

整整一个上午,泉善坤就那样端坐在书房的案几前发呆。

不知什么时候，夫人金汉恩轻步进了书房。

见夫人进来，泉善坤起身恭敬相迎。

别看金汉恩一副玉软花柔的模样，她的家族却是京兆望族，比泉氏家族更盛。

提起金汉恩的父辈，朝野上下无人不晓，他就是汉武帝的托孤大臣、汉昭帝的车骑将军金日磾。

金日磾是西汉匈奴人，原匈奴国休屠王太子。

匈奴王太子又何以成为大汉朝的重臣？这还得从几十年前的一场血战说起。

汉武帝元狩二年，国力鼎盛的西汉王朝发动了对匈奴的全面反击，骠骑将军霍去病率领一万骑兵强悍远征，大败匈奴。金日磾的父亲休屠王就死于这场战争，其部属也被大汉朝收服。为让休屠部落的人有个居住的地方，汉朝廷专门修筑休屠城，但休屠王太子日磾与母亲阏氏、弟弟日伦都没有入官府，而被安排到黄门养马。

这一年，日磾十四岁。如果没有意外发生，日磾应该就在马厩里了却此生。

然上天待他不薄。

一日，汉武帝在宫中游乐，突然想要检阅皇家马匹。武帝身边站满了后宫的妃子。与日磾一起的数十人牵马从殿下经过，都禁不住偷看妃子和宫女的美色，唯独日磾不敢。

日磾身形魁梧，容貌威严，养的马肥而好，为何行为却如此躲闪？武帝有些好奇，便问他的名姓、出身，日磾如实相告，武帝更是惊讶，即日赐日磾汤沐、衣冠，拜为马监，紧接着又迁日磾为侍中、驸马都尉、光禄大夫。

　　日磾虽然得到皇帝的亲近,但他行为检点,从来没有过失,武帝更加信任和喜爱他,先后对他的赏赐达到千金,而且"出则骖乘,入侍左右"。当时贵戚多有窃窃而怨:"陛下妄得一胡儿,反贵重之。"武帝听到此话后,对待日磾更加厚爱,想起霍去病西征时曾经缴获休屠王的祭天金人,便随口以"金"为姓,赐名"金日磾"。

　　金日磾的言行,让武帝深感阏氏教子有方。阏氏病死,武帝下诏将其像画于甘泉宫,画上题有"休屠王阏氏"五个字。金日磾入宫,每见画像都要拜一拜,对画涕泣,然后离去。

　　金日磾自在武帝左右,目不斜视数十年,可谓忠心耿耿。武帝欲纳其女金汉恩为后宫,这在许多人眼里是求之不得的事,可金日磾却不肯。对金日磾的审慎,武帝感到特别奇怪,但并未怪罪。

　　汉武帝后元元年,因为金日磾心思缜密,及时发现了一起谋杀事件,使武帝成功逃过一劫。次年二月,武帝病重,去世前下诏立年方八岁的刘弗陵为皇太子,并册命金日磾为车骑将军,受遗诏辅少主。一年后,金日磾去世。去世前,汉昭帝下诏封金日磾为秺侯,食邑二千二百一十八户,金日磾卧受印绶。

　　金日磾一生忠心侍主,得到了满朝文武的敬重。作为钱唐县令、金氏家族的女婿,泉善坤更加敬重金日磾,对夫人金汉恩可谓言听计从。

　　金汉恩对泉氏家族同样十分敬重。当年如果不是父亲金日磾的审慎,她已经成为武帝的嫔妃。后来如果不是父亲金日磾的坚持,她也已成为权倾朝野的大将军霍光家族的媳妇。金日磾不倚皇族,不攀权贵,偏偏看上了朝廷中温和低调的泉氏家族。

　　起初,金汉恩并不理解父亲金日磾的意图,但子随父命,作为大汉朝重臣的千金,她就这样不远千里从京都来到了钱唐,嫁给了泉善坤。泉氏虽为钱唐望族,但当时泉善坤不过是钱唐县的少府。慢慢地,金汉恩终于理解父亲的良苦用心,父亲看中的是泉氏家族的忠孝之风,有意让她远离大汉朝的权力中心,远离后宫争斗,远离尔虞我诈。父亲金日磾曾经告诉她,霍家虽然权倾朝野,对大汉朝也忠心耿耿,但过于恃权,锋芒太盛,很难走远。一旦朝廷有异,很可能遭到灭族之祸。果不其然,宣帝亲政后,有恃无恐的霍家遭到了灭族。

自从嫁给了泉善坤,金汉恩像父亲一样谨慎处世。泉善坤从少府到主簿,从县丞到功曹史,直至十年前成为县令,每一步都离不开她的参谋。而泉善坤对钱唐几乎是无所不知,他在钱唐也几乎是无人不晓。钱唐对他有着父母之恩,他对钱唐百姓也有着父母之情,对涉及钱唐百姓的每一个案子,他都是慎之又慎。

"桃花女"虽非钱唐本土人,但在泉善坤心里,只要是钱唐的子民,便不可有贫富贵贱之分,不然自己又如何对得起钱唐百姓的"父母官"之称呢?

"《诗》云:乐只君子,民之父母。"泉善坤自言自语,似乎在提醒自己,"民之所好好之,民之所恶恶之,此之谓民之父母"。

金汉恩为泉善坤沏来一杯茶,轻声细语道:"当年离开京都的时候,家严曾经叮嘱妾身,汉人讲情说理,法不可过度。妾身清楚夫君在为'桃花女'触讳案发愁,依妾身所见,此案处置宜轻不宜重,宜情不宜法,宜快不宜慢。"

泉善坤微微松开紧锁的双眉,看了看金汉恩,心事重重道:"这个我明白,但是……'桃花女'犯的可是触讳哪!"

金汉恩思索片刻，说："据妾身了解，'桃花女'有一孩儿名叫丁兰，他聪慧过人，饱读诗书，昨日刚刚成亲。可人家还在洞房里，县衙却把人家的阿母给抓了。这事要是传出去，难免招来非议。夫君在钱唐为官几十年，视名誉胜于生命，您怎么就……还有，'桃花女'身为寡妇，至今守贞快三十年了。那个叫张术的告密人，已经垂涎她多年，还想纳她为妾，遭拒后方才举报。依妾身看，此人才是真正可恨。"

"真有这事儿？"泉善坤很是吃惊。

他知晓刘薰草的家境，但绝对没有想到告密者竟然会是那样的小人。

"太可恨了……真是太可恨了！"泉善坤很是气恼，但又无可奈何，"张术固然可恨，但刘薰草触讳也不假……"

"要不……"泉善坤似乎想到了什么办法，对金汉恩说，"要不对'桃花女'还是按律处置，但可让她孩儿来县衙做事。丁兰饱读诗书，县衙正缺这样的人手。"

金汉恩面露难色，叹气说："不行哪！丁兰虽满腹经纶，但并不孝顺。"

泉善坤更是惊讶了，他瞪大眼睛，问："哪有读书人不孝顺的？"

金汉恩想了想："妾身刚刚了解过丁兰的情况。在妾身看来，丁兰得的是一种心病，至于何病，妾身一时还说不上来。不过，大凡这样的人都有一个共同的境遇：他们胸怀大志，但现实并不如意。志向与现实的巨大差距，导致他们妒世、焦躁的复杂心态和偏执的性格。他们的这种心态，平时自然是通过情绪表现出来，焦躁、易怒是他们的特点。他们动辄打骂身边的人，亲人往往就成了他们的出气筒。据说，丁兰经常打骂他的阿母‘桃花女’。”

泉善坤还是双眉紧蹙：“昨夜我已核查，‘桃花女’和丁兰原本是流民，七八年前的那场地裂后，他们从丰县逃难到了钱唐。”

“唉……”金汉恩叹气说，“据妾身所知，在来到钱唐之前，‘桃花女’已经带着丁兰在外漂泊了二十年。可以说，丁兰是在漂泊中长大的。”

正说着，衙役来报，‘桃花女’的家人前来探访，指名要见县令泉善坤。

是谁这么大的口气？泉善坤一边琢磨着，一边吩咐衙役将来人领到前厅等候。

“不用，就领到这儿来。”金汉恩自作主张，然后轻声对泉善坤说，“会不会是丁兰？如果是，正好考考他。”

泉善坤正犹豫着，衙役已经领人进来。泉善坤和金汉恩一见来人，都很惊讶。访客有两位，一胖一瘦，一高一矮，看似一文一武。

还没等主人开口，来人就自报姓名，说明了来意。

他们不是别人，正是李报和书师，两人自然是为刘薰草的事而来。

因为刘薰草是一位守贞多年的寡妇，李报和书师两个大男人好不容易才讲清了他们和刘薰草之间的关系。

泉善坤喜欢读书人，一听说眼前的这位书师曾经是经馆的著录弟子，立马就来了兴趣，问道：“敢问书师，当年拜于哪家经馆门下？”

“河内郡，养正山庐。”书师施礼答道。

泉善坤旋即起身，回礼说道：“本人正是养正山庐的授业弟子,你我也算是同门。"

养正山庐是大汉朝著名的经馆。早年,父辈为了让泉善坤接受正道教育,不远千里送他前去求学,学成归来便在县衙任职。

书师很是高兴,虽然他只是拜门的著录弟子,不如泉善坤那样直接从师受教,聆听先生教诲,能与先生一道辩论经义,商讨学术,但也确实算是同门,两人很快拉近了距离。

"既是同门,也算是自己人了,那就不用那么多客套,还是赶紧商量'桃花女'的事吧。"金汉恩十分同情'桃花女'的遭遇,在一边催促着说。

"好!"泉善坤嘴上答应,但又面露难色。

金汉恩像是早就想好了似的:"依妾身之见,'桃花女'虽然触讳,但她平日几乎不用真名。我等商量商量,帮她另起姓名,这事就……"

泉善坤看了看金汉恩,点头应允。

书师自然听懂金汉恩的意思,便立马把话接了过来:"避讳有四法:一是改字,彻底改掉'刘薰草'这一名姓;二是空格,空出中间一格,去掉那个'薰'字,就叫'刘草';三是缺笔,写到'薰'字时,扔掉几笔,不用写全;四是改音,把名姓改成别的读音。依在下看,第一种方法最简单也最彻底,其他方法都有麻烦。"

大概是觉得改名换姓是大事,原本默不作声的李报插话说:"还是先问问刘……不,先问问'桃花女'自己为好。"

泉善坤觉得李报说得在理,便命衙役带来刘薰草。

刘薰草虽然明白自己这名姓已经不改不行了,但她一时还拿不定主意,只是一个劲地说听县令大人的吩咐。

　　泉善坤想了想，说："干脆扔去原来的名姓吧，就叫'桃花女'，反正四邻乡亲也都喊习惯了。至于原来的那个名姓，县衙注销便可。"

17 心如槁木

日头高挂，丁兰和新娘叶柔方才从睡梦中醒来。两人好不容易起了床，却发现母亲刘薰草并不在家。丁兰一脸的不快，嘟哝之间有些骂骂咧咧。

好在叶柔贤惠，见婆婆不在家，自己便动手忙乎起来，打理起这个新家。

直至日头西偏，桃花女才在李报和书师的护送下从衙门回到了家里。丁兰见她身后除了李报，还有另一个男人，便破口大骂，言语不堪入耳。

考虑到丁兰新婚，昨夜李报和书师并没有把桃花女被县衙带走的事告诉丁兰。

虽然桃花女已经无数次被丁兰如此恶骂，但这一次她尤其感到委屈。她原本以为自己回到家里能看到丁兰的笑脸，不想……

泪水瞬即占据了桃花女的双眼，汹涌而出。她突然觉得自己在这个世界上完全是一个多余的人。

但桃花女还是一如往常，忍气吞声。她擦了擦眼泪，强装笑脸,说:"兰儿,阿母这不是回来了吗?"

"最好不要回来!"桃花女话刚出口,就被丁兰蛮横地顶了回去。

新娘叶柔上前扯了扯丁兰的衣袖。尽管她刚刚嫁入丁家,但之前对丁兰的暴躁早有耳闻。她之所以嫁给丁兰,看上的是他的满腹诗书。

"那男人是谁?"丁兰一边嚷着,一边蛮横无理地指着书师。但他很快便又认出书师来,喊道,"你……你是怎么来的?"

丁兰嘴上蛮横,但还是不由自主地往后退了两步。当年书师的严苛让他记忆犹新,不寒而栗。

书师上前,目光如炬。"这么多年了,想不到你丁兰还是如此顽劣,如此顽固不化。你真的是粪坑里的石头,又臭又硬!"

丁兰愣在那儿,好一会儿才缓过神来,吞吞吐吐道:"如……如今我已经不……不是你的弟子,你……你没有权力教……教训我。"

"像你这样的不肖之子,谁都有权力教训。"书师顺手抄起地上的一根木棍,便朝丁兰的屁股抽去。

桃花女扑通一声跪在了书师面前,哭喊道:"使不得呀,使不得。书师,你不能这样对我的兰儿!"

李报站在边上,不停地摇头,一口一口地叹着长气。这些年,丁兰对母亲桃花女动辄打骂,李报已经习以为常。有时候,实在忍无可忍,他也只能开口吼上几声。他常常想,可恨自己并非丁兰的父亲,不然他一定会动手教训丁兰,也一定不允许桃花女如此没有底线的溺爱。

书师抽打了丁兰一棍子,见桃花女哭喊着跪在他面前,无奈只得作罢。

他狠狠地将木棍甩在了地上,也跟着李报叹起了气。

让他想不到的是,都那么多年了,丁兰的顽劣依然没有丝毫的改变,比起以往,甚至有过之而无不及。更让他想不到的是,桃花女对丁兰竟还是那样溺爱……

大概是看见两个大男人对他也没啥法子,丁兰又开始发飙了,他指着李报和书师嘶吼:"你们两个给我滚出去,滚得越远越好!"

桃花女吃力地从地上站起来,强颜走近丁兰:"兰儿,李报伯伯和书师可都是我们家的恩人哪,你不好这样对他们说话。如果没有李伯伯,二十多年前的那场蝗灾我们娘俩早就饿死了,那个时候你还不满周岁……还记得七八年前的那场地裂吗?如果没有李伯伯,我们也早就没命了……"

"这个我认了。"丁兰打断了桃花女的话,指着书师吼道,"那他呢,又怎么说?"

桃花女央求似的:"兰儿,难道你忘了? 如果没有书师,有你今天吗? 你肚子里的每一个字,可都是书师塞给你的呀! 当年如果没有书师,我们娘俩能在官亭山安家吗? 你早就死在官亭山下的那个石洞里了!"

"啪"的一声脆响,丁兰朝桃花女狠狠地甩出了一个巴掌。

书师惊呆了。他瞠目结舌,眼睛直直地看着李报。

李报似乎并不怎么惊讶,他解释似的对书师说:"这些年,就是这么过来的,我已经习惯了。"

桃花女捂着被丁兰扇得火辣辣的脸,还是一副央求的语气:"兰儿,他们确实是我们的恩人……"

不等桃花女把话说完，丁兰便顶了回去，吼道："没有他们，没准我还活得更好。你左一个恩人，右一个恩人，你对得起我在天上的阿翁吗？"

桃花女张着嘴巴，一时间也不知说什么好，她怎么也想不到丁兰会这么认为。

李报和书师也没想到。他们承认自己对桃花女有爱慕之情，但他们从来没有过分之举。这么些年，他们都在等待丁兰成家立业的这一天。因为他们都感觉到，只有丁兰成家立业，他们才有机会。

对桃花女，李报和书师都问心无愧。但他们此时又都面露愧色，似乎都突然自责起来。他们猛然间意识到同样一个问题，是不是因为自己的存在，才导致丁兰性情暴躁？

善良的人总是把问题归咎于自己。

李报和书师就这样悄悄离开了丁家。

桃花女终于经受不住快三十年的煎熬。丁兰的这一巴掌彻底打破了她的承受极限。李报和书师的离去，让她彻底失去了心理依靠。

她万念俱灰，身心突然间被掏得一干二净，犹如一座底下已经被洪水掏空的山体，瞬间垮塌了下来。

她彻底倒下了，大病一场。

躺在病榻上的桃花女思来想去，最后把丁兰叫到跟前。

"兰儿……阿母终究照顾不了你一辈子，迟早要随你阿翁而去，阿母最放心不下的就是你将来怎样活下去。你不事劳作，阿母走后，你如何生活？你答应阿母，自己下地耕种，自食其力，好吗？兰儿……阿母这一次怕是起不来了，万一阿母就这么走了，你一定要答应我,下地干活。如今,你李报伯伯和书师都走了,哪怕他们都愿意照顾你,也还是不可能帮你一辈子……"

丁兰从来没有见过母亲病得如此严重,他似乎突然意识到了什么,迟疑着点了点头,算是答应了母亲的央求。

……

李报和书师离开丁家后,便一同去了书师家。两个大男人竟然喝起了闷酒。虽然两人还是初次见面,一文一武,但因为有着相同的情感经历,很快便聊到了一起。

李报憨厚直率,喝到半醉不醉,便直截了当地问起了书师:"贤弟,你是何时喜欢上桃花女的?"

"二十多年前的那场蝗灾,在逃往长安的路上。"书师没有丝毫回避的意思。

"为什么? 我指的是,贤弟你为什么喜欢她,或者说喜欢上她什么?"

书师想了想:"说不出为什么,也说不出喜欢上她什么。当时看她一个弱女子,怀里抱着一个不满周岁的孩儿,夹杂在逃难的人群当中,我就顺口问起了她的良人。可我话刚出口,她的眼泪便像断了线的珠子……后来才知道,当时她刚刚埋葬了夫君丁汉,是个衣冠冢……"

"是恻隐之心?"李报问。

"可能是吧! 不过,潜意识里应该有爱慕……"

"这么快就爱慕上了? 不可能! 是看上桃花女的美色了吧?"李报借着几分酒醉,半开玩笑似的说。

书师低头笑了笑,说:"桃花女确实长得漂亮,我敢说宫里的嫔妃也不过如此。但如果仅仅是美色,我不可能这样追寻她二十多年……我相信这里面还有缘分，不然，长安城外失散之后，茫茫人海的，又怎么在官亭山相遇？官亭山别后，又怎么鬼使神差地在千里之外的高亭山遇见她？"

"你们在官亭山那么些年，两人同在一个屋檐下……就没有那个啥什么的？"李报话里带着几分醋意。

书师斟满一盅酒，一饮而尽，然后十分坦荡地回答："……想过，而且不止一次地想过，但我什么都没做，信不信由你……"。

说完，书师自己又斟满了一盅，又是一饮而尽。

突然，他似乎发现自己不经意间把什么话都对李报说了，而自己对李报与桃花女之间却一无所知，便问："兄长……说说您吧。您跟桃花女不也一块儿那么多年了吗？难道就没有一点那个啥什么的？"

李报憨憨地笑了笑，面色绯红，话语腼腆："我……我也想过，而且也……也不止一次地想过，但……但我也什么都没做，信不信也由你……"

"谁信哪！您一身武艺，我就不信……您有我那样的克制力。"书师话里同样带有几分醋意。

李报长叹一口气，说："不是我不想，也不是因为我有特别的克制力，而是因为舍不得伤害……桃花女这个女人，真的是像琉璃一般透明、清纯，透明得让人可以看到她的心，清纯得容不下一粒灰尘。她就像一件琉璃饰品，如果我胡来，她便会瞬间粉碎……我唯一的办法，就是一个字——等！"

书师似乎很有同感："是啊……在桃花女身上有一种特别之物，我常思之，却不得其解，更难于言表。"

李报听得有些蒙。

"对,精神价值!"书师像是突然找到了答案,"物质有价值,精神也有价值!"

"桃花女身上究竟有什么精神价值?"李报打断了书师的话。

书师微笑着,很是感慨:"兄长您刚才说了,桃花女像琉璃一样透明清纯,这就是桃花女在您眼中最可贵的地方。也正因为如此,您才苦苦追寻,不是吗?您这二十多年的追寻难道是能用物质来补偿的吗?当然不能!这种不能用物质补偿之物就叫精神。"

李报挠了挠头,似乎听懂了书师话里的意思,又是一声叹息:"武帝时期,战争连年,战死沙场的汉家儿郎无数,改嫁的女子也无数。丁汉战死沙场都快三十年了,可桃花女始终不谈嫁,贤弟你说她完全是为了丁兰吗?要是为了丁兰,如今丁兰已经成家了……"

"兄长说对了。"书师接过李报的话,"桃花女身上真正的精神价值就在这里,这叫忠贞不渝。在我们汉人里面,这样的女子并不多,甚至可以说很少。说实话,在官亭山我就看出来了,她不太可能嫁给我……但是,她越是对丁汉忠贞,我就越觉得她可贵,就越觉得要照顾好她,不让她受人欺负。"

"唉……"李报摇了摇头,"丁汉也就一个伙夫,不知他从哪儿修来的福,居然有桃花女这样的女人如此深爱着他,难道他那个……"

"不说这个那个了……"书师叹着气,"有一点我们都不如丁汉……桃花女曾经对我提起过,她是丁汉唯一的女人。"

说到这里,两个大男人都有些脸红。他们心里都很清楚,他们没有做到。

李报想了想,一本正经地问书师:"照贤弟你这么说,无论你我,今生都不可能与她结成姻缘?"

书师起身离开餐几，站了起来，心情似乎很是沉重。"这个问题现在已经不重要了。从丁兰的反应来看，我们对桃花女越好，他就越不信任他的阿母，桃花女受到的伤害也就越大。爱一个人，关键还是要让她幸福……"

书师顿了顿，深思熟虑似的，说："兄长，我都想好了，这辈子娶不到桃花女，我就一辈子暗中保护她，让她一生平安幸福。"

李报愣了一会儿，点了点头，说："好，我也一样。"

书师领着李报，打开了他家厢房的门，只见厢房的一边堆满了布匹。

李报一时间不知怎么回事，一脸狐疑地看着书师。

书师很是欣慰："这些布匹是我这些年暗中从桃花女那儿买的。"

李报猛然间明白过来，这些年，都说桃花女织的布匹好卖，原来是有书师这个大买家，这可是这些年桃花女他们母子俩的主要经济来源。李报的内心强烈地翻滚着，桃花女是书师的精神支柱，想不到，书师却成了桃花女的经济支柱。李报内心很是感动。

此时，两个大男人的眼眶里，都噙满了泪水。一个抛家弃官，万里追寻；一个隐姓埋名，暗中呵护。两人耗尽此生，原来都是为了书写同一个爱情传奇。

书师和李报又回到餐几前，两人盘腿坐下，各自斟满了酒，和泪而饮。

18 大彻大悟

日头刚刚移过头顶,桃花女便匆匆从集市上回家,打算给丁兰做些点心送去。

过去这些年,因为丁兰不事劳作,桃花女家的农活多为李报帮着干。

如今李报走了,丁兰倒也说话算话,开始下地干活。

对丁兰的这一变化,桃花女万分欣喜,自然也兑现她的诺言。当初在病榻前,丁兰答应桃花女下地劳作,从此自食其力。桃花女也向丁兰承诺,只要丁兰下地干活,她每天都把点心送到田头。

这半年多,桃花女与丁兰和叶柔就这么相依为命。丁兰下地干活,媳妇去市上卖布,桃花女料理家务,日子虽不富裕,倒也稳稳当当。

以往,桃花女给丁兰准备的点心,一般都是从朝食中预留一些出来,但今天不一样,桃花女似乎特别在意丁兰的这份点心。

桃花女打开食柜,满满的一柜子菜食。饭甑里有饼、饵和芋,魁中有羹,大碗里有豆粥,小碗里有肉酱,壶中还有清酒。

为这一柜子的菜食,桃花女足足准备了好几日。

当然,这不是为了丁兰,而是为了丁汉。

因为这一天,正是丈夫丁汉的生日。

丁汉战死沙场已经快三十年了,但桃花女从未忘记过他的生日。对于丈夫丁汉,桃花女只记生日,不记祭日。因为在她心里,丈夫一直活着,从未离开过。

在汉朝,庆生是富贵人家的事,布衣百姓少有那样的奢望。虽然衙门为了征收租税,每年八月都有一次集中申报新生儿,但仅是登记年份,无需登记日月时辰。

丁汉自然也是布衣百姓,之所以他留下了生辰,那是因为在他出生落地时家里出现了异象。据丁汉的父母说,丁汉出生时,家门口出现一只金色巨犬,疯狂地扑向一只野兔。家人担心此为不吉之象,便把他的生辰记了下来。

丁汉牺牲后,桃花女常想起此事。在她看来,丁汉天性就是一个忠家爱国的人,有如那只金犬,为了保疆护国,不顾一切……

这么多年过去了,每到丁汉的生日,桃花女都会以不同的方式为丈夫庆生。哪怕当年在逃难的路上,桃花女也一样记得。哪怕娘俩自个儿饿着肚子,也不忘对着苍天为丁汉祈祷祝愿。

逃难到了钱唐,承蒙皇恩,桃花女分得田地,从此有了立锥之地。这些年,她每年都会特意准备些酒菜,给丈夫丁汉庆生。

桃花女从食柜下格取出一只大陶碗,再取来一双竹箸,然后从饭甑里夹出几块芋头放入陶碗,又用小勺从一只小碗里取了些许的肉酱小心翼翼地放在芋头边上……

此时,桃花女脸上露出了难得的笑容,她想起了丁汉。丁汉生前最爱吃芋头蘸肉酱。

微笑中,桃花女的脸色有些泛红。当年丁汉喂她吃过这芋头片,弄得她满嘴都是肉酱。

丁兰与父亲丁汉性格迥异,但口味却极其相似,两人都爱吃芋头,也都爱喝清酒。

桃花女往锅里倒了些许的水,将那碗芋头片放进锅里温热。炉灶早上就已经生好了,只用了两刻钟,芋头便已热气腾腾。

桃花女一边呼啦着吹开不停冒腾的热气,一边迅速伸手从锅子里取出那碗芋头。

"啊……"桃花女突然惊叫了一声。

她不小心把手伸进了滚烫的锅底。大概是担心打翻芋碗,桃花女强忍着灼痛,小心翼翼地取出芋碗,确认放稳了,才赶紧来到伙房边上的水井,打起一桶冷水,撸起袖子把双手深深地插入水桶底部。

桃花女俯看着微波荡漾的水面,水面映出了她有些憔悴的面容,她静静地看着水中随时都会破碎的自己,脸上再一次露出微笑——她又想起了丁汉,当年丁汉总是喜欢这样看着水中的她,说她像水一样的善良和清柔……慢慢的,桃花女脸上的那一丝微笑渐渐消失,转而变成了苦涩,手臂上那几条乌青的伤痕又勾起了她内心的伤痛。

这半年多,丁兰虽然奇迹般地下地干活,但那暴戾的脾气依旧没有丝毫的改变。一有不如意,便对桃花女恶语相向,甚至拳脚相加。就说这点心,每次桃花女把饭菜送到地头,丁兰都要嫌这嫌那,找碴儿打骂她。桃花女一如往常,默默忍受,暗自流泪……

桃花女把视线从手臂移向水面,又开始看水中的自己,原本苦涩的脸又有了微笑。

其实很多时候,桃花女还是感到很幸运的。

当年得知丁汉战死的那一刻,桃花女看着襁褓中不满周岁的丁兰,她都不知道自己该怎么活下去。

当年怀抱丁兰逃难的时候,桃花女以为她母子俩不可能逃过那场蝗灾和瘟疫。

当年夜遇饿狼的时候,桃花女已经做好了葬身狼腹的准备。

当年丁兰饿昏在官亭山下的时候,桃花女自己也已经到了生死的边缘。

……

快三十年了,从北到南,一路漂泊。她母子俩不仅没有死在路上,而且还在钱唐置了地、安了家。丁兰不仅读了书、识了字,还娶了媳妇成了家。眼下虽然丁兰知书不达理,但桃花女始终相信他迟早会成熟懂事。她甚至认为,等到她老了,离开了人世,丁兰就一定能独立。因为到那个时候,没有了她这个母亲的呵护,丁兰自然也就独立了,自然也就懂事了。

……

桃花女正想着,突然感觉有一人影从水面晃过。

她慌忙转过身去,却不见人,内心顿感一阵惊悚……

莫非是他?

桃花女迟疑着站起身来,忽觉小腿一阵钻心的疼痛,这才想起半个月前被丁兰踹伤的地方尚未痊愈。

她一动不动地站在那儿,想让小腿慢慢适应之后再移动脚步。

就在此时,忽见伙房闪出一人。

果然是他!

　　打从李报离去,桃花女失去了一个柔弱女子最需要的保护。没过多久,垂涎她多年的无赖张术就上门来了。

　　不久前,张术趁着丁兰夫妻俩都不在家,便悄然潜入丁家……桃花女以死相威胁,张术方才作罢。

　　桃花女也曾经想报官,但这无赖在高亭山一带很有势力,普通百姓自然惹不起,桃花女只得忍气吞声。

　　不想这无赖竟得寸进尺,今日又找上门来了。

　　"你来干嘛,给我出去!"桃花女压低声音吼道。

　　张术嘿嘿坏笑两声,死皮赖脸地说:"……干吗如此无情呢?"

　　接着又恶狠狠地说:"你喊呀,有本事你就大声喊出来。你一个寡妇,你都不怕我还怕啥?!"

　　面对眼前的无赖,桃花女只能低头不语,敢怒不敢言。

　　桃花女的胆怯,反而使张术越发猖狂:"你报官呀。报了官,你就跳进运河也洗不清。这些年,你跟那个李报本来就不明不白,去年又来了个小白脸,你能说得清吗?!"

　　情急之下,桃花女像上次一样,站在井床边以死相威胁。

　　"你别故伎重演了,你跳呀……"张术一语点中了桃花女的死穴,"我断定你不敢跳下去,不是你怕死,你根本就不怕死,你根本就不在乎你自己怎么活……但是,你绝对舍不下丁兰,因为丁兰是你的全部。"

　　张术完全看透了桃花女的心思。确实如他所讲,丁兰是桃花女生存下去的所有的希望和全部的理由,她绝对不会就此投井自尽。

　　"好,我答应你,答应嫁给你,但……我有一个条件,我要你腰上的玉佩作为信物。"桃花女急中生智。

张术一惊,差点就跌坐在地上。他连做梦都没有想到,桃花女竟然这么快就屈从了。

此时,他的脑子里闪过多年来无数次想过的那一幕,万分欣喜道:"好,一言为定,一言为定! 只要你答应嫁给我,不要说是一件佩饰,哪怕……"

说着,张术很快摘下腰间的玉佩。

当他把玉佩递向桃花女时,伸出去的手瞬即又缩了回来,神情突然变得有些凝重。

这是张术的一块家传玉佩。因为张术生性好斗、脾气暴烈,他的父辈便把这块玉佩传给了他,寄望他时刻提醒自己,不得张扬、不可轻浮,修身养性、坦荡胸襟、内敛蓄力,如玉石一样的温润。

谦谦君子,温润如玉。可张术最终还是辜负了他父辈的期望,成了一个花花公子、市井无赖。

张术面带愧色,颤抖着手把玉佩递给了桃花女。

……

桃花女又一次逃过了张术的纠缠。她迈着有些慌乱的脚步给丁兰送去点心。

走着走着,她突然收住了脚步。白日下,一朵白云镶嵌着金光朝她飘来。

恍恍惚惚,桃花女仿佛看见丁汉披着战甲腾云而至,微笑着朝她招手。

"夫君!"桃花女激动地喊了一声。

她不敢相信眼前看到的一切,低头揉了揉双眼。可是,当她再次抬起头来的时候,白云瞬间散去。

……

话说这天丁兰起了个早,用过朝食便下地干活去了。眼下正是春耕季节。

丁家的一亩三分地,往年光犁田就得折腾好几天,二牛三人的耕作方法费时费力。今年,因为李报的离去,用老办法肯定不行了。好在桃花女与叶柔婆媳俩都心灵手巧,织的布匹也多,丁兰便以布匹代付耕费,从半山那边请来了一位师傅,采用新的犁田法,一人扶犁驾驭二牛。用新方法只花了一天时间,便完成了丁家四五丘田的翻耕。

翻耕之后便是播种。因为丁兰往年从未干过这等农活,所以干起来特别费劲。一个上午下来,丁兰已是力不从心,头晕眼花,于是便躺在田头的草垛上歇息。

他仰望着田边的那棵大柳树,漫不经心地盯着树杈间那个大大的乌鸦巢,此时,几只小乌鸦顶着烈日正盘旋在柳树周围。丁兰心里一惊:它们这是想干啥?难不成盯上了我刚刚播下的种子?

不是!丁兰细看发现,小乌鸦嘴里都叼着虫子。丁兰感觉有几分奇怪:这些小家伙把虫子叼在嘴里干啥?吃下去不就得了?

就在丁兰一脸疑惑时,一只小乌鸦飞向了巢穴,它轻轻地落在巢边。丁兰看得清清楚楚,此时从巢穴中央伸出一只头来,张着大嘴……小乌鸦立即探过头去,把衔在嘴上的虫子喂给了它。

这伸出头来的乌鸦分明比小乌鸦要大许多,为什么还要小乌鸦喂食呢?丁兰看了个仔细,接着,其他几只小乌鸦像是商量好了似的,它们依次飞向巢穴,一口一口地给大乌鸦喂食。

难道这就是乌鸦反哺?!丁兰心头为之一震。

当年在官亭山养正书馆,书师曾对弟子们讲述过乌鸦反哺的故事,丁兰至今记忆犹新。

……嗷嗷林鸟,受哺于子,此乃乌鸦。乌鸦为慈鸟,反哺乃其习性。此鸟出生,母哺六十日,雏鸟长大必衔食饲其母,反哺六十日。悉心照顾,不厌其烦,直至母亡,可谓慈孝矣……乌鸦,通体漆黑,面貌丑陋。因被认为不吉而遭人类厌恶,故此登不了大雅之堂,入不了水墨丹青,但堪称芸芸众生之孝敬楷模……

亲见乌鸦反哺,丁兰很是震撼。他默默地闭上眼睛,往事在他脑子里一幕一幕闪过。乌鸦尚且知道反哺,自己怎么就……

丁兰再次睁开双眼,鸟巢依旧。这个平日里谁都不会去多看一眼的乌鸦巢穴,此时在春日的阳光下显得特别温暖。几只小乌鸦又觅食去了……

看着想着,丁兰顿感眼眶一阵灼热,泪水慢慢地从眼角落了下来。

丁兰转过头,悄悄拭去眼角的泪花。

这时,离他不远处的山坡上传来了羊羔的叫声。丁兰坐起身来,只见一头母羊领着两只羊羔正在寻觅新春里的嫩草。触景生情,丁兰想起了母亲桃花女,一时间泪如泉涌。

丁兰又一次擦去眼泪。又见一只母鸡领着一群小鸡在山坡上觅食,两只小羊似乎感到好奇,便咩咩叫着朝小鸡走去,当它们靠近小鸡时,母鸡扑了过来……母羊见状,回身用犄角左右抵抗,极力保护小羊。

母羊的鼻子被母鸡啄出了血，小羊惊恐地依偎在母羊身旁。或是担心小羊受到伤害，母羊强忍疼痛站在那儿与母鸡对峙……山坡上并没有太多的嫩草，小羊饿得咩咩直叫。或是看见母羊那样坚强地保护自己，小羊似乎被感动了，"扑通"一声跪在地上，含泪吸吮着母羊的奶水。

……

丁兰彻底震惊了。

羊有跪乳之恩，鸦有反哺之义。畜牲尚知报母恩，难道自己连畜牲都不如?! 丁兰猛然醒悟，为自己过去对母亲的不孝深感痛心。他顺手抄起草垛边上的一根牛鞭，狠狠地抽打自己。

抽打了一阵，丁兰仍然气愤难平，他仰望蓝天，热泪盈眶……此时，他突然记起，今天正是父亲丁汉的生日，父亲为国捐躯已经整整二十八年了。

丁兰叹息不已，忽地感觉右眼皮一阵猛烈抽动，抬头见母亲桃花女一手提着饭篮，一手拄着拐棍，步履蹒跚而来。

丁兰一时间百感交集，他顾不上放下手中的牛鞭，飞奔着想去接过母亲手中的饭篮，去向母亲忏悔，从此尽子之孝。

……

话说桃花女好不容易摆脱了无赖张术的纠缠，可事情并没有就此了结，反而更为严重。因为你既然收了人家的信物，那就得兑现诺言。

但是，如果真要嫁给张术，桃花女宁死不屈。

她，已经被逼上了绝路。

一路上，桃花女心慌意乱，几度险些跌跤。刚刚丈夫丁汉腾云而来，虽然恍恍惚惚，但给她的感觉却是很真实。

是不是丁汉一直在等待自己？一路上，桃花女的脑子里不停地闪出这个问题……

恍惚之中，桃花女猛然发现自己已经来到丁兰的田头。见丁兰手执牛鞭飞奔而来，桃花女瞬间绝望了。今天因为无赖张术的纠缠，已经误了丁兰用点心的时间，心想又得遭受牛鞭之苦了。

桃花女顿时悲从中来，她仰面向天，内心不禁悲叹："苍天哪……我桃花女大半辈子受苦受难，但我从不负人，从不作孽，老天你为何要这等待我……是我上辈子造了什么孽，还是……我这活着还有什么盼头。"

此时，张术的淫笑，丁汉的召唤，在桃花女脑海中再一次闪过……眼见丁兰挥鞭而至，桃花女最后看了一眼丁兰，最后喊了一声"兰儿"，便一头撞向路边的那棵樟树……

"阿母——阿母——"

丁兰惊呼着扑向樟树，可为时已晚，桃花女慢慢地闭上了双眼。

他一边哭喊，一边俯身把满脸是血的母亲搂在怀里。凄厉的哭喊声在无垠的田野中显得特别的苍白无力。

鲜血从桃花女的头部不停地喷涌而出，丁兰慌忙脱下衣服裹住母亲的头部，试图止住鲜血。

片刻，桃花女慢慢睁开眼睛。她吃力地挪动着嘴唇，似乎想说什么。

"阿母，兰儿知错了……兰儿知错了……"丁兰泣不成声。

桃花女微微摇了摇头。

现实生活的残酷逼迫和对丁汉的强烈思念，让桃花女彻底失去了生活的希望，她没有给自己留下任何生存的余地，竟把头撞在了一截断枝上。

鲜血很快渗透了裹着的衣裳……

或是心中有太多的牵挂，桃花女突然张开了嘴，断断续续地说起话来："兰儿……好好活着……阿母不在了，你要照顾好自己……照顾好叶柔，照顾好你们自己的这个小家……书师和李报伯伯都是好人，如果没有他们，就没有你的今天，也没有我们这个家，可他们从未占过我一点便宜……我明白他们是爱我的，为了我们，他们耗去了自己的大半辈子，可我心里始终放不下你阿翁……阿母走后，书师和李报伯伯就是你的亲人，你要视同父母，好好照顾他们，好好孝顺他们……还有，日后想我了，就去看看千桃园，桥头的那一株是我们娘俩亲手栽下的，正是因为有了这一株，才凑齐了桃园千树，这是缘分……兰儿，你听到了吗？记住了吗？阿母就要走了……"

丁兰不停地点头，眼泪像断了线的珠子。

桃花女干咳了几声，又努力呼吸了一阵，叹息道："阿母……真的是被你打怕了，几天前……被你抽打的伤还没好呢，今天你又……兰儿，阿母现在是一见牛鞭就全身惊悚。阿母命苦哪……你阿翁去世得早，阿母辛辛苦苦把你拉扯成人，可还遭你嫌弃，遭你打骂……但这都不算什么……"

桃花女顿了顿，心想那个无赖的事不说也罢。

想起刚才张术的纠缠和逼迫，她顿时倍感轻松，自己将很快摆脱这人世间的苦难。

丁兰突然明白过来，痛哭道："阿母……您误会兰儿了……今天您虽然晚点了……但我不是要来抽打您的……我是想来接您手中的饭篮……我忘记放下牛鞭了……

"阿母……刚才兰儿亲眼看见了羔羊跪乳、乌鸦反哺……兰儿知错了,我真是畜牲不如哪!阿母……本来今天兰儿是向您忏悔来的……从此好好孝敬您老人家……用我余生尽子之孝,可是……"

丁兰一边哭喊着,一边不停地向母亲忏悔。

突然,他咆哮着抓起地上的牛鞭抛向空中,甩得很远很远……

原来是这样!是自己误会兰儿了!

桃花女恍然大悟,睁着双眼,抱憾离世……

19 阴阳两隔

日头快要落下水面，书师用完餔食，打开厢房，又把一匹新布叠放在布堆上。

每一次打开厢房，书师都会独自一人待上一会儿，先看布匹有没有霉变，再看屋里有没有虫鼠，然后就在布堆前伫立。

每一次伫立，书师都会想起他与桃花女的坎坷经历。当年两人一道逃难到长安城，却又在长安城失散……数年之后重逢在官亭山，却又在官亭山分离……如今近在咫尺，却又不能相见……一晃，快三十年过去了。

每一次遐想，书师都会告诉自己，他与桃花女之间实属有缘无份。

自从半年前离开丁家，书师就再也没有回去过。丁兰恶劣的态度深深地刺痛了他，当然也让他感觉到，丁兰不允许桃花女身边有他父亲以外的男人。

但是，书师深信自己还是爱着桃花女的，也深信李报和他一样深爱着桃花女。

　　有时候,书师也在安慰自己,丁兰的态度倒也是一个让他死心的理由,因为一旦桃花女在他和李报之间做出选择,另一个都将痛苦一生。尽管他觉得自己更有把握,但他也不忍伤害李报,毕竟人家为了桃花女,不惜放弃官位,万里追寻,耗尽半生。

　　不久前,李报吞吞吐吐地对他说,既然男人可以娶妻纳妾,那女人为什么不可以……

　　书师明白李报想说什么。尽管李报想的有些荒唐,但也可以看出,李报想的跟他一样,都认为自己更有把握,也都不想伤害对方。

　　放开两个大男人不说,桃花女的选择也一定是痛苦的。面对两个深爱她的男人,面对两个为她消耗了大半生的男人,她又将如何选择?何况,她心里至今装着丁汉。一个貌美如花的女人,心里却始终装着一个已经离开她快三十年的男人,这等女子的贤德非一般女子可比。

　　其实,不管是书师还是李报,他们被桃花女深深吸引的不仅是她桃花般的美貌,还有就是她兰花般的心德。

　　既然爱一个人,就不能让她痛苦,尤其不能让她因为自己而痛苦。

　　这半年多,书师仍像往常一样,悄悄买走桃花女市上的布匹。与往年不同的是,这半年李报也加入了买布的队伍。

　　今日上午,桃花女的新布刚刚摆到市上,就被他俩托人买走了。

　　可不知怎的,当中午时分受托人将布匹送到他家时,书师突然感到一阵莫名的心悸,整个下午都坐立不安。

　　……

书师从厢房出来,这种不安依然不停地折腾着他,甚至越加猛烈,他决定出去走走。

就在此时,一阵咚咚咚的敲门声伴随着一阵急促的呼喊:"项兄……项兄……快开门……快开门……"

书师姓项,名一伯。祖上是西楚霸王项羽的部下,死于垓下之战,其后人隐姓埋名生活在野王县,世代以教书为生。既然是教书育人,平日乡邻们自然都尊他为书师,而少有人去关心他的姓名。

七八年前的那场地裂,书师从武陵郡逃难到了钱唐县,时过境迁,加之流民众多,书师便以真实姓名登记。

这些年,书师与桃花女一样,从官府那里分得了几分田地。除种地之外,偶尔也做点布匹生意。因为懂点易学,平日里常为乡邻占卜,左邻右舍都称他为先生,所以在半山一带也少有人清楚他的真实姓名,李报是这很少人中的一个。

项一伯清楚李报性子急,但如此急促的喊声,还是着实把他吓了一跳,他快步来到院子打开院门。

"项兄,不好了……"李报几乎是冲着进来的。

"别急……别急……慢慢说……"

"不了不了,赶快跟我走,桃花女她……"

"她怎么啦? 又被丁兰打了?"项一伯脑子里嗡的一声。

"不是不是……她……死了……自杀……"

项一伯愣了片刻,连珠炮似的问道:"……死了?! 自杀?! 你听谁说的?! 会不会搞错了?!"

"是……是她的邻居……来报的丧……"李报再也说不下去了,一阵哽咽,便蹲在地上抽泣起来。

项一伯鼻子一酸，泪水便落了下来。他颤抖着嘴唇，哽咽着问道："她……那……又是……为何……"

"我……我……我也不清楚……"李报蹲在地上不停地抽泣。

"她……一定是……绝望了……连声招呼都不打……"项一伯断肠般地自言自语。

……

项一伯和李报恍恍惚惚地赶往高亭山，两个大男人都不知道自己是怎么来到丁兰家的。一路上，他们脑子里一片空白，脚步踉踉跄跄，泪水不停地从眼窝子里涌出。

李报是性情中人，这个时候已经顾不上七尺男儿的脸面了，一路上泣不成声。说的也是，上午，在他雇人前去桃花女摊上买布时，他还远远地看了看自己心爱的女人，不想一天还没过完，自己却已经在奔丧的路上。

项一伯是个读书人，平日无论悲喜都不易表露，但此时还是无法抑制内心的悲伤，热泪奔涌。丁兰的不孝由来已久，桃花女为何会选择突然离去？会不会是碰上了其他什么事？……一路上，项一伯的脑子里不停地闪出各种各样的问题。

项一伯和李报赶到时，桃花女家里已经来了不少乡邻。因为担心丁兰见了他们会有异常反映，李报和项一伯都极力克制着内心的悲痛。

桃花女的遗体被安放在前厅中央的一块门板上。这是钱唐的民间习俗，人死了，就意味着要出远门了。再者，前厅较为宽敞，便于逝者子女跪伏，也便于亲戚朋友和乡邻凭吊。

丁兰的反应让李报和项一伯颇感意外。此时，他和妻子叶柔正跪伏在桃花女身旁痛哭，与之前对母亲动辄打骂的丁兰判若两人。

项一伯和李报小心翼翼地走了过去,发现乡邻已经为桃花女做了小殓,穿了寿衣。

此时,桃花女脸上盖着一块白布,安详地躺在门板上。李报红着眼窝看了一眼项一伯,似乎对此有些不解。项一伯见多识广,自然明白就里。人死覆面的习俗起于春秋战国时期。当年伍子胥劝说吴王杀了越王勾践,吴王却听信小人谗言,赐死伍子胥。伍子胥自刎而亡,自杀前他挖下双眼,交与家人挂在城墙上,他要看着吴国是怎么灭亡的。果不其然,仅仅十年之后,吴王夫差就被越王勾践灭国,身背丧国大辱。羞于死后到了阴曹地府无脸面见伍子胥,临死之前,吴王嘱咐手下死后以白布盖脸。从此,人死覆面便成了民间丧俗。

项一伯和李报多想掀开白布,再看一眼桃花女,可是……两个大男人只能忍痛咽泪。

一直跪伏在母亲遗体边上痛哭的丁兰,此时发现了项一伯和李报,他像是见到亲人一般,跪挪着来到两位前辈面前。

“夫子——伯伯——我阿母没了——”丁兰号啕着说,“我对不住阿母——我真的是后悔哪——”

项一伯赶紧弯下腰去搀扶丁兰。他想说句安慰丁兰的话,但话还没出口两行泪水便又挂了下来。

李报呜咽着问丁兰:“她……她……怎么……”

丁兰突然情绪失控,不停地用拳头捶打自己的头部。“……乌鸦尚知反哺……羔羊尚知跪乳……我却……我不是人……我畜牲不如……”

见此情景,乡邻们个个泣不成声。入小殓之前,大妈大婶们为桃花女沐浴更衣，发现她竟是满身伤痕。

忽然，从门口传来一阵歌声："薤上露，何易晞。露晞明朝更复落，人死一去何时归。"

众人转身望去，发现一人提衫匆匆而来。

"这无赖来干嘛?!"有人不轻不重地嘟哝了一句。

"待我揍他……"李报一眼认出来人是张术，便欲冲上前去。

项一伯一把拽住李报的胳膊，又看了一眼桃花女的遗体，红着眼对李报说："万万不可……不要惊动妹子……让她安息吧。"

李报哽咽着，低声道："这无赖……鬼哭狼嚎的……会不会不怀好意?"

"不会……"项一伯也哽住了，轻轻拍了拍李报的肩膀，示意他不要多想。

今天的张术倒确实不是来捣乱的，他唱的是挽歌，只不过唱错了一首。他不应该唱《薤露》，而应该唱《蒿里》。

此时，张术大概也意识到自己弄错了，便又唱起了《蒿里》："蒿里谁家地？聚敛魂魄无贤愚。鬼伯一何相催促？人命不得少踟蹰。"

其实，《薤露》和《蒿里》原本是同一首诗，据说出自楚汉争霸时田横的门客。田横出身于战国时齐国的宗室，秦末战争一度自立为齐王，后兵败，与五百门客逃于海岛。时至汉朝建立，田横受汉高祖征召，在前往洛阳的途中，因不愿臣服而自杀。他的门客为哀悼他而作了这首挽歌。至汉武帝时，乐府协律都尉将其分为二曲，《薤露》用以送别王公贵人，《蒿里》则以送别士大夫和庶人。

张术是钱唐远近闻名的无赖，但此时他的挽歌却也真真切切道出了人生的短暂和无奈。

项一伯是个读书人，挽歌里透出的那种凄怆、哀思和无奈，让他再一次泪如泉涌。他望着桃花女的遗体，泪眼模糊，感慨万千。桃花女的一生又何尝不是如《蒿里》所言：人间从来等级森严，凡事分别流品，绝无混淆，绝无平等可言。不过，"鬼伯"一旦叫你去，你想踟蹰一下都不可能。贫富贵贱，尊卑长幼，无不如此。

项一伯突然觉得，"鬼伯"才是最公正廉洁的。人间为了区分贫富贵贱，把原本属于一首的挽歌分成了两首，可到了"鬼伯"那里，哪还有王公贵人与平民百姓之分。

……

项一伯正思绪万千，大门口又是一阵喧闹，几位乡邻拥簇着一人匆匆而来。

一看这人装扮，众人便知是复者。

项一伯也懂得一点阴阳之事。在官亭山时，桃花女曾经对他透露过她的生辰。他屈指掐了掐，才知桃花女的命里必须赶在这个时辰入大殓，不然就得等到数日之后。

所谓的"入大殓"，就是收尸入棺，俗称"归大屋"。项一伯和李报走向厅堂后边，见棺材已经停放在那儿，棺材头上刻着"福"字。女棺刻"福"，男棺刻"寿"，这也是钱唐的风俗。

见桃花女的这副棺材色泽已经有些年份，项一伯感到有些纳闷。桃花女为何早早就给自己准备了福棺呢？难道她早就……

李报大概也看出了项一伯的心思，叹着气说："……这福棺早些年就准备好了。这里的风俗是，棺材和墓地准备得早一些，人就越长寿，越有福气。"

项一伯和李报正说着，复者已经摆开了架势。他要做的第一件事,就是替桃花女"招魂"。

招魂只是繁缛葬礼的第一个仪式,是为挽回死者的生命做最后一次努力。

乡邻们七手八脚地搬来了一个台子,台面离地足足有三四尺高,复者在几位乡邻的搀扶下,好不容易登了上去。

只见复者从乡邻手里接过一件桃花女生前穿过的衣裳,一手执领,一手执腰,面向幽冥世界所在的北方,拖着长腔高呼桃花女的姓名。

几声高呼之后,复者随即降低声调,嘴上念念有词:

"魂兮归来! 东方不可以讬些。长人千仞,惟魂是索些。十日代出,流金铄石些。彼皆习之,魂往必释些……

"魂兮归来! 南方不可以止些。蝮蛇蓁蓁,封狐千里些……

"魂兮归来! 西方之害,流沙千里些。彷徉无所倚,广大无所极些……

"魂兮归来! 北方不可以止些。增冰峨峨,飞雪千里些。归来归来! 不可以久些。朱明承夜兮,时不可淹。皋兰被径兮,斯路渐。湛湛江水兮,上有枫。目极千里兮,伤心悲……

"魂兮归来,哀江南。"

……

折腾了好一番工夫,复者累得上气不接下气,可桃花女的遗体却依然静静地躺在门板上,一动不动,丝毫不见复生的迹象。复者一个腾跳跃下台子,众乡邻接过他手中的衣裳,给桃花女穿上。招魂仪式就此结束。

……

项一伯站在一边静静地看着想着。

其实,大家都明白人死不能复生,但又都相信人死灵魂永存,还会在另一个世界像人一样地活着,所以后人也就把死人当活人看待。汉人还相信"人死为贵,有知",他可降福生者,也可祸害生者。为求保佑,就出现了烦琐的葬俗、葬礼和祭祀活动。就葬俗来说,沐浴、饭含、掩、幂目、瑱、玉九窍、屡綦结跗、殓、冒、绞、帛画旌铭、出殡,长达数日甚至十余日。

项一伯心里是清楚的,烦琐的丧葬礼俗虽为民间活动,却有其政治背景。汉初思想家受《孝经》的影响,把孝从家庭道德向社会道德推广,用孝的内容解释忠的意义,使得忠孝合一。"夫孝,始于事亲,中于事君,终于立身",这就是孝治天下的理论基础。孝的观念深入人心表现在丧葬礼俗上,除了厚葬成风,还有就是居丧之礼——告丧、奔丧、护丧、吊丧、赙赠、居丧、墓祭,从亲人离世的那一刻起便延绵不绝。

当然,项一伯也明白,厚葬之风也好,居丧之礼也罢,它不完全是政治需要,也是社会进步的表现。汉文帝之后,政治上集中统一,经济上休养生息,国家财政和百姓积蓄日益增长,于是豪强地主崛起,宗派势力膨胀,他们为了增强凝聚力,十分重视祖先崇拜和家族墓地,即便死于异乡也必须归葬于故土。

……

20 灵魂的蜕变

丁家田边的那棵大柳树上,小乌鸦依旧在勤劳地演绎着反哺母亲的感人故事。

那棵渗透着桃花女鲜血的大樟树,一如往常,依旧枝叶茂盛,在风雨中坚强地生长。

不同的是,几天前还躺在树下为乌鸦反哺而感动的人,却永远失去了母亲。

……

随着母亲出殡,客人相继离去,丁家骤然间冷清下来。丁兰有些失魂落魄,坐立不安,屋里屋外时进时出。他总是感觉,母亲没有走,她的身影似乎还在堂前堂后穿梭。

丁兰抚摸着家里的每一件器物,短短数日却已物是人非,泪水一次又一次地模糊了他的双眼。

此时,丁兰油然想起了项一伯和李报。随着母亲的离去,他俩就成了他在这个世界上最亲的人。

"我去一趟夫子那儿,顺便也看看李报伯伯……"丁兰对妻子叶柔说。

"夫君不可!"丁兰话刚出口便被叶柔制止,"阿母虽已出殡,但对子女来说,丧事尚未结束,丁忧刚刚开始。丁忧期间,子女不得走亲访友。这是钱唐风俗,也是大汉律法。"

丁兰也是读书之人,自然明白居丧之礼,只是有些想念两位长辈,一时间给忘了。

早在周朝,就已经有了子女为父母居丧三年的丁忧丧俗,以此报答父母之恩。其中的道理在于,孩儿出生三年内离不开父母,子女也得在墓前为父母守孝三年。这在当时虽不是法律,却也相沿成俗。到了秦代,秦始皇实行严刑峻法,以法令形式规定天下臣民皆为天子居丧三年,并不准饮酒食肉,嫁女娶妇。到了大汉朝,汉高祖因江山草创,下令承袭秦制,率天下为天子修服三年。

如此法令,一旦天子驾崩,百姓难于生活。

好在汉文帝英明,他意识到其制不可久行,便在遗诏中改变了这一制度,三年之丧被以日易月,变成了三十六天。但是,丁忧服丧仍被纳入法律,规定丁忧期间不仅不得饮酒吃肉,不近妇人,不作乐,不聘妻,不访友,而且匿丧不举、丁忧期间作乐以及丧期未满求取仕途、生子、兄弟别籍分家、嫁娶、应试等都被视为不孝犯罪,并施以严厉的刑律惩罚,或判一年至三年不等徒刑,或遭到流放。尤其对贵族,居丧之礼更加严格。汉武帝元鼎元年,隆虑侯陈融、堂邑侯陈季须,都因为母居丧期间奸淫、兄弟争财而服罪自杀。元鼎三年,常山王刘勃也因为父服丧期间奸淫、饮酒作乐而被削去爵位,徙徙房陵。刘贺则因居丧违礼而被废去帝位。

......

对妻子叶柔的及时提醒,丁兰似乎很是感慨,他朝叶柔点了点头,说:"朝廷把居丧丁忧纳入法律,为的是推行'孝治天下'的治国理念。百姓尊长孝亲,天下自然太平。"

确如丁兰说的那样,大汉朝推行的"孝治天下"的治国理念,已对社会产生普遍而深远的影响,就说此时他身着的一身丧服,也是有其定制和渊源的。

追根溯源,丧服制度源于原始社会。当时的先民们出于对鬼魂的恐惧心理,担心死者会降祸作祟,为了不被鬼魂辨识,免遭灾祸,在办理丧事时往往披头散发,以泥涂面,衣着也与平时大不一样。随着伦理观念的进步,丧服的意义也逐渐演变为对死者的悼念,以表达居丧者对失去亲人的悲痛心情。

到了大汉朝,在"孝治天下"的政治背景下,儒家倡导的丧服制度得到普遍推行,并形成等级制度。尽管后来汉文帝一纸诏书把三年丧期变成了三十六天,但仍然保留了丧服制度。

儒家所规定的丧服,从重至轻分为"斩衰""齐衰""大功""小功""缌麻"五个等级,分别适用于与死者亲疏远近不等的各种亲属。每一种服制都有特定的居丧服饰、居丧时间和行为限制。

此时,丁兰和叶柔身着的都是"齐衰"之服。这是仅次于"斩衰"的第二等丧服。

一等斩衰是最重的丧服,用于儿子和未嫁之女为父亲居丧。全套丧服包括了斩衰裳、苴绖、杖、绞带、冠绳缨、菅屦。

丁兰的父亲丁汉在他幼年时就已去世,因此他为母亲桃花女居丧适用二等丧服"齐衰"。在宗法社会,父母虽然同为子女的生身之亲,但父为一家之长,父母的地位并不平等。

二等丧服"齐衰"又分"齐衰三年""齐衰杖期""齐衰不杖期"

"齐衰三月"四个等级。作为儿子,丁兰为母亲居丧自然持最重一等——"齐衰三年"之服,包括疏衰裳、齐、牡麻绖、冠布缨、削杖、布带、疏屦。

叶柔虽为桃花女的儿媳,但也得为婆婆居丧。宗法制度认为,女子一旦出嫁,就脱离了父亲的宗族,而加入丈夫的宗族。

但是,作为儿媳,叶柔所持丧服有别于丁兰,适用低一等的"齐衰不杖期",其与"齐衰杖期"丧服有两处不同:一是改"疏屦"为"麻屦",二是不用削杖。

不过,千万不可小看这削杖。齐衰之杖用桐木制作,名曰削杖,俗称哭丧棒,是丧主的身份象征,只有孝子才能用削杖。孝子丧亲,哭泣无数,服勤三年,身病体弱,以杖扶病。

因为丁兰在母亲生前并不孝顺,此时他虽然身着"齐衰"之服,但并无资格配备削杖。

……

丁兰和叶柔正说着,邻居的大婶推门进来。

大婶双手捧着一只大碗,小心翼翼地挪着脚步,说:"来来来,快来吃点东西,千万别伤了身子。"

丁兰夫妻俩赶紧迎了上去。叶柔接过大婶手中的碗,丁兰站在一边正想说句答谢的话,泪水顷刻间又汹涌而出。

大婶叹了口气,说道:"孩子,保重好自己的身体,要是你阿母在天有知,也不想看到你过于悲伤。"

丁兰哽咽着答谢。

大婶又是一口叹气:"不过……要是你阿母能看见你为她如此悲伤,或许心里会好受些。"

丁兰哇的放声大哭……

大婶的话又触及他的痛处。为人之子，未能在父母生前尽孝，实为遗憾。

大婶送来的是一碗糜粥。她盛了一小碗给丁兰端过去，丁兰含泪拒绝。

儒家丧俗对持斩衰之服的人，其饮食起居有严苛的规范。

"亲始死，水浆不入口，三日不举火，故邻里为之糜粥以饮食之"；百日卒哭以后，可以"疏食水饮"；一年小祥以后，可以"食菜果"；二年大祥以后，可以用酱醋调味；丧满服阕，禫祭以后，才能饮酒食肉。但也有变通之处，居丧期间身有疾病或年事已高，为避免身体毁伤，不能从头至尾办完丧事，陷于"不慈不孝"，允许增加营养以保健康。

亲未葬，孝子要在靠着门外东墙临时搭建简陋棚屋，夜里就睡在草垫上，头枕土块；既葬以后，棚屋内壁可以涂泥挡风；百日卒哭以后，可以对棚屋稍加修整，并铺设不纳头的蒲草席；一年小祥，方可拆除棚屋，在原处改建小屋，用白灰涂墙，并铺用普通寝席；二年大祥，复居正寝，但仍不能用床；服丧完毕，才能一切如常。

在未殡之前，孝子要哭不绝声，"昼夜无时"；既殡以后，要一朝一夕哭两次。之后在整个丧期中，"思忆则哭"。至于不得婚娶、不得赴宴、不得听乐、不得游戏笑谑、夫妇不得同居、三月不得沐浴等等，更是理所当然。总而言之，为了表示哀痛之深，持斩衰之服者在居丧期间要过极不正常的生活。

虽然汉文帝对儒家苛刻的居丧制度进行了改革，但居丧尽哀，仍是普遍的伦理要求。形毁骨立，扶而能起，杖而能行，仍被认为是孝心的体现。

丁兰所持虽然并非斩衰之服，而是齐衰之服，但因父亲丁汉去世时，他尚未出生，未能为父居丧。为了弥补对父亲的孝行和出于对母亲生前不孝的愧疚，丁兰自己提升了居丧等级，除了服饰之外，其他均以一等斩衰之规为母亲居丧。

……

丁兰在家门外东墙边临时搭建了一间简陋的棚屋，自从母亲桃花女去世，他的吃住都在这里。

这天夜里，他躺在草垫上，头枕土块，面对星月，脑子里不停地闪过母亲生前的片段。

大概在他五岁时，在那条深不见底的峡谷，母亲为了保护他，以自己的躯体为诱饵，让他逃过了饿狼的捕杀。劫后余生，母子俩抱头痛哭的情景，他至今依稀记得。

这，也是他对母亲的最初记忆。

他还记得，官亭山下山洞里的那个雪夜，他高烧不退，母亲拖着病体上山求救的身影。

他还记得，在养正书馆，因他犯了书馆的规矩遭受书师重罚，母亲含泪离开官亭山的情景。

他还记得，在望夫石前，母亲因过度思念父亲，趁他入睡含泪投江的那个夜晚。

他忘不了，他成亲那天，母亲忙里忙外的身影和满脸欣慰的笑容。

他忘不了，母亲最后一次给他送点心时，那种恍惚的神情和蹒跚的步履。

他忘不了，母亲自杀前看他的最后一眼，还有那最后喊出的一声"兰儿"。

他永远也忘不了，入殓前，乡邻们为母亲沐浴时，见到母亲身上的那些伤痕。

……

丁兰眼里饱含泪水。他无法接受，短短数日，母亲竟已成了黄土之下的人，成了他永远的记忆。

他忽地想起母亲残留在樟树上的那块血迹，欲翻身起来，却浑身乏力。这些天，丁兰的肚子里塞满了对母亲的思念、对自己的悔恨，塞不进一点食物。

借着月光，丁兰拖着虚弱的身体，来到田边那棵渗透了母亲鲜血的樟树下。

"阿母……兰儿来看您老人家了……"丁兰扑通一声跪伏在地。

一阵微风吹过，草木悉悉窣窣，如泣如诉……

"阿母……您老今儿走到哪里了……见到阿翁了吗？"

丁兰抹了抹眼泪，又道："后来兰儿琢磨着，会不会是阿翁看我长大成家了，想您了，所以就叫您过去陪他……又或许是阿翁要转世了，想见您最后一面……如此想来，兰儿就心安多了。"

"阿母……您走以后，兰儿悲伤，但更多的是担心。"丁兰热泪奔涌，"兰儿听说，通往地府之路关卡重重，多达七关……"

丁兰突然停止了说话，站了起来。他似乎听到了什么，前后左右观望一阵，便又跪了下去。

"阿母，书师和李报伯伯对我们是真心的好，对您也是真心的好，您的丧事全靠他们帮着操办……还有，您知道这些年我们家的布匹为何总是那么好卖吗？其实，全都是书师买下的！您走了以后，兰儿拿不出什么陪葬之物，书师就把他所有的布匹都用来给您陪葬了,有好几个牛车呢……阿母,听说书师和李报伯伯都病倒了。从此以后,我就把他们当亲人了。阿母,传说人死之后,一天不吃人间饭,两天就过阴阳界,三天到达望乡台……"

这时,丁兰隐隐听到有人在抽泣,他站起身来,但又什么都未发现,内心顿时冒出了一丝恐惧,便说:"阿母,鬼神之事兰儿就不说了。"

接着,丁兰眉头一蹙,悲从中来,泣不成声:"阿母……兰儿从此……就再也见不到您了……"

丁兰深情地看了看母亲残留在树干上那块紫黑色的血迹,恍惚之中,他感觉母亲慈祥的面容忽隐忽现……

丁兰激动不已,立马蹲下身去拥抱母亲,可他很快发现,他紧紧拥抱的还是那棵樟树,看见的还是那块紫黑色的血迹。

难道真如传说的那样,人死灵魂不灭?丁兰当即做出了一个决定,他要让母亲的幻影变为真容。

"阿母……您老等一等,兰儿回家一趟很快就来。"说着便匆匆而去。

丁兰刚刚离开,几十步外的山丘下走出两个人来,他们正是项一伯和李报。

项李两人帮丁兰办完桃花女的丧事,回到家里便双双病倒。

这也难怪,为了桃花女,两个大男人双双背井离乡,从北到南,浪迹天涯,追寻万里。他们之间未曾有过任何的约定,却不约而同地一生相随。

可不等他们靠近,心爱之人便如一缕青烟随风而去……

项李两人病情刚有好转,便趁着月夜来到这里。他们都想看看桃花女离开人间的地方,看看自己心爱之人在这世上最后驻足的地方。

他们相信桃花女有许多话要对他们说,他们也有许多话要对自己的情人说,包括前不久两大男人订下的君子盟约,两人约定放下自己大半辈子的追求,用自己的一生暗中保护桃花女,让心爱的人平安幸福。

"这辈子不可能,那就等下辈子吧。"项一伯自言自语,但他似乎又突然想起什么,"不……李报兄,还是你下辈子吧,我等下下辈子。不然,你我同时出现,妹子又将面临两难。"

李报顿时感觉有些迷糊。

武帝时期的巫蛊之祸,导致汉朝社会鬼神之说愈加盛行。平日李报也听说过一些关于鬼神的说法,但还是第一次听说人还有下辈子的。

也不管李报听不听懂,项一伯又顾自说道:"欲知前世因,今生受者是;欲知来世果,今生作者是。人生一切行为、语言及意念,均可形成未来果报之业力,业力有善恶,故果报亦有苦乐,所以,我们既不必为环境之困苦而悲哀,也不必因机遇之美好而自傲。只有播善种,才能脱离困境,获得幸福,并彻底改变自己的命运。"

见项一伯一副高深莫测的样子,李报挠了挠头,问道:"儒家道家法家,你这说的是哪一家?"

项一伯慈眉一落,微笑着回道:"佛家!"

李报还是一脸茫然,但这不怪他。

虽然早在张骞出使西域时,就已经发现汉朝边民与身毒国之间有民间往来,但佛教真正传入汉朝还是近些年的事,一开始在长安、洛阳传播,后来才波及彭城,钱唐百姓知之甚少。

项一伯最早还是在官亭山时从桃花女那里接触到佛教思想的，从那以后，他便有意无意地接触这方面的人和事。

"我们每个人都会思考自己生从何来、死往何去的问题。人们自古认为'人死如灯灭'，得益于佛教的传入，一些人才逐渐明白了三世因果轮回的人生真相。"项一伯说。

"欲知前世因，今生受者是；欲知来世果，今生作者是。"李报很快联想到自己，他今生追随桃花女，种下了因，来世一定有果，一定能与桃花女再续今生之缘。他今生与桃花女有缘无份，那是因为前世善业不够。项一伯说得对，不必为眼前环境之困苦而悲哀，只要自己今生继续积累善业，来世定得善果。

此时，在李报的内心深处，渐渐萌生了一种从未有过的东西，这种东西大概就叫信仰。

李报激动不已，他原本以为永远也见不到桃花女了，想不到还有来世，还有生生世世，于是便问："项兄，是哪位圣人发现人生竟有如此的奥妙？"

此时，项一伯自己也解开了心结，他仰望西方，虔诚说道："大约五百年前，这位圣人出生在身毒国释迦族，他的本名就叫悉达多，就是'一切义成'的意思。也正是他创立了佛教……"

项一伯的话还没说完，忽听李报低声惊叫："项兄……你看……那边……"

项一伯朝着李报所指的方向望去，月光下，一个白乎乎的身影正朝他们这边飘来。

"不会……真见鬼吧……"项一伯是儒家弟子，对鬼神之说向来不怎么相信，但也还是觉得有些诡异。

李报有些责怪项一伯的意思："我早说过，白天过来多好，你偏偏要夜里来这……那会不会是领不到路引、去不了阴间的孤魂野鬼？"

"不会……"项一伯轻声说，"肯定不会，传说孤魂野鬼没什么修炼，他们只能在暗处，不可能出现在月光下。"

"那……那又会是什么？"李报说话打起了结巴。

当两人再次往那边看时，那白影子不知什么时候已经变成了黑影子。

"一会儿白……一会儿黑……这又会是什么呢……"项一伯一时间也感到纳闷。

李报像是突然想到了什么，惊叫道："会不会是阎王爷派来的黑白无常……"

说着，他便拉着项一伯躲到山丘后边。

两人正喘着粗气，一个白影出现在了樟树底下。

李报倒吸了一口冷气，压低嗓音说："白……白无常……"

项一伯轻声说："别怕，佛祖会保佑我们，你我都是善良之人，哪怕他真是白无常，也不会加害于你我。"

听到"佛祖"两个字，李报的心立马踏实了许多。这大概就是信仰的力量。

项一伯扯了扯李报的衣裳，又指了指树底下，示意他仔细察看。因为他发现，那白影不像传说中的鬼魂，脚步没有一点飘忽感。

"丁兰……"项一伯轻轻喊了一声。

白影怔了片刻，东张西望一番，便动手想干什么。

"丁兰……"项一伯又喊了一声。

白影后退了几步："阿母……您老人家是不是阴魂未散，

您……您……您别吓唬兰儿哪!"

"我是你项一伯叔叔,还有你李报伯伯也在。"项一伯和李报忐忐忑忑地从山丘后边走出来。

丁兰好一会儿才晃过神来:"你们吓死我了!"

说着,他一屁股跌坐在了地上。

李报这个曾经驰骋沙场的男子汉也吓得不轻,他深一脚浅一脚地来到丁兰身边,说话还打着疙瘩:"你……你你……你真是吓死我们了……怎么一下变白一下变黑的,我们还认为遇上黑白无常了呢?!"

丁兰不禁窃笑起来:"刚才赶得紧,感觉有些热,我就把孝服脱下来了!"

见丁兰手里拿着一把锯子,项一伯和李报都有些糊涂了。

丁兰解释说:"刚才在这断枝上,我恍恍惚惚像是看见了阿母的面容。我想锯下这段树枝,把它刻成阿母的木像,放在家里供奉。"

项一伯和李报很是感动。

……

21 刻木事亲

    丁兰手里捧着一段两尺来长、碗口大小的樟树枝,想起了当年在鼓吹山上偶遇的那位老者,老者不仅传授他雕刻技艺,还送给了他一套雕刻工具。

    老者告诉他,但凡雕件,三分看料七分看工。一件上好的雕件是有生命力的,给人感觉自然天成,一目倾心。尤其是人物雕像,个性要鲜明、形态要生动,因此面部表情就显得特别重要,这是决定整个作品成败的关键,这叫"开脸"。

    按照老者传授的方法,丁兰首先给木料去皮,然后用清水给木料去脏,并选择了一处干净而平整的位置做雕像的脸部。

    接下来,丁兰要在料子上磨出母亲桃花女脸部的轮廓,然后描出五官。

    此时,他在脑子里不停地回忆母亲的音容笑貌,可不知怎地,他越是想把母亲的面容想个明白,脑子里母亲的印象却越发模糊。

    丁兰努力地让自己静下心来,他双目微合细细回想,慢慢地,母亲的面部轮廓逐渐清晰起来,椭圆形的美人脸,上额与下颏呈尖圆形,面颊饱满,自然典雅……

想明白了母亲的面相,接着就要定格母亲的表情。

在丁兰的印象中,母亲因为常常思念父亲丁汉面带忧愁,为了他的成长又操碎了心,少有笑容。要说母亲笑得最开心的时刻,那就是他成婚的那天,可谓眉开眼笑。丁兰细细回忆,那一刻的母亲——眉毛骨拉开,眼细长,嘴微张,嘴角上翘……

但是,如果把母亲定格在这样的表情,丁兰又心觉有愧,因为母亲生前难得有这样的笑容。取喜脸,显然不符合母亲的一生。取哀脸,丁兰又不想再让母亲继续生活在过去的忧愁之中……

丁兰突然想起一个人来,一个与佛教有关的人!

他清晰记得,当年在官亭山,他曾经见过观音像。神态不哭不笑不怒,端庄大度,宁静慈祥。嘴角微微上翘,似笑非笑,却又给人一种亲切感……

丁兰决定给母亲的雕像选择观音脸。

"一面三面五分面,鼻梁定位正中线",丁兰按照老者教授的开脸法则,对雕像进行脸部布局。

"阿母……兰儿要让您重现人间,继续留在兰儿身边。兰儿会用自己的一生孝顺您,照顾您老人家的。"在动手描绘五官之前,丁兰对着木料说。

人物的五官是作品传神表达的点睛之笔。《易经》对人的五行都有描述,可以根据五官辨别性格、预测未来乃至凶吉运势,因此相术在汉朝民间已广为流传。

丁兰先在脸部确定好眼睛及鼻子的位置,然后开始描画五官。

眉毛是一个人的表情符号和性格标志。它以最敏感细微的方式传达一个人的性情、风格与情绪反应。桃花女的眉线细长，清晰可见，形似柳叶……

给母亲画好了眉毛，丁兰内心很是高兴。他依稀记得，自己儿时与母亲躲猫猫时，看见母亲的眉毛就是这个样子。

丁兰长长地舒了一口气，然后开始描画母亲的眼睛。

眼睛是心灵的窗户。在丁兰的记忆中，母亲平日少有笑容，双眉之间常常停留着淡淡的愁云。母亲去世后，丁兰总算明白了，母亲眉宇间的那片愁云，一半是在思念父亲，一半是在担心自己。

想到这里，丁兰又有几分悲伤。

他清晰记得，母亲的眼睛是非常好看的桃花眼：眼线长，睫毛长，眼形似桃花，眼睛水汪汪，眼尾微微往上挑，眼神似醉非醉，回眸一笑，春风满面。

他见过母亲这种少有的笑。那是在官亭山的时候，他对书师曾经有过这样的笑。

李报就没有这样的福气了。这么多年，丁兰从未见过母亲对他如此笑过，她对李报的眼神不曾有任何的男女之情，完完全全是对长兄的眼神，清纯见底，清净无碍，从容清和。

现在丁兰总算明白过来，母亲她喜欢的是书师项一伯。当然，书师也喜欢她。半年前，自己成婚的那天，母亲与书师久别重逢，那种少有的笑又重现在母亲的脸上。可自己竟然……

想到这里，丁兰双眼湿润。

……

整整一个月，丁兰就这样在思念中一刀一泣地完成了母亲桃花女的雕像。

成像那天,正逢居丧期满,丁兰从东墙边的棚屋搬回了家里。

从此,他恭恭敬敬地把母亲的雕像供奉在家中堂前,朝夕相伴,事之如生,一则以慰思母之心,二则以悔不孝之过。

每日两餐,无论朝食、餔食,丁兰都先恭请"母亲"用餐。晚上歇息,也是先替"母亲"盖好被子,然后自己方才休息。白天下地干活,丁兰就把"母亲"背到田边的树荫下乘凉,自己则在地里劳作。

……

日复一日,丁兰原本顽劣的习性一去无踪。

22 魂牵梦萦

日头又上树梢，新的一天开始。

丁兰一如往日，先给母亲洗脸，然后恭恭敬敬把木像摆放在堂前的案几上，恭请母亲享用朝食。这是丁兰每日早起要做的第一件事。

比起往日，今日的朝食要丰盛许多。

木像前，一碗米饭、一碗芋艿、一碗萝卜、一小碗肉羹、一双箸、一只小勺。

丁兰很是高兴，只听他说："阿母，又到金秋时节了，今年又是一个丰收年。"

接着，丁兰的脸上渐渐泛起些许的伤感："说来惭愧……您老人家把我从小拉扯到大……可今天还是第一次请您享用为儿自己的劳动果实。"

显然，丁兰还在为自己的过去感到内疚，但很快又有了几分自豪，又听他说道："阿母，这米饭是今年的新米，您尝尝，香喷喷的。这芋艿，是昨天兰儿刚刨回家的，可新鲜了。还有这萝卜，您多吃点……没事，今年的粮食足够，您只管放心地吃。这肉羹是昨日项一伯叔叔送来的，还有好些，您多吃点。一伯叔叔是个有心人，隔不上一个月就会来看我一次，还老给我带吃的。一伯叔叔说了，在官亭山的时候，您熬的肉羹最好吃。这肉羹还是用您教给他的方法熬的，我还没尝过，等您吃过了我再尝尝。还有，李报伯伯待会儿就过来，一起帮我收稻……"

说到这里，丁兰微微哽咽："……阿母……兰儿对不住您……也对不起一伯叔叔和李报伯伯……他们都是好人……都把我们娘俩当亲人……"

丁兰似乎再也说不下去了，他稍稍顿了顿，缓了缓情绪，又笑了笑，说道："……不说这些了……阿母……以前您说过，早晨起来要多讲些让人高兴的事，那样就一天都会开心，一天都会顺利……

"那兰儿就说点搞笑的事吧。阿母，前几天，一伯叔叔也来帮忙了，一介文弱书生，真是难为他了。今天他不来了，因为昨日被吓着了！昨日他帮我刨毛芋，从地里刨出了一条大黄鳝，哧溜着在他脚背上乱窜，把他给吓坏了……阿母，您不知道，当时一伯叔叔都喊救命了……阿母，要是您在，没准还真笑坏您老人家。李报伯伯到了晚上还笑得直不起腰来呢……"

丁兰说着，自个儿禁不住又笑了起来。

"还在笑那文弱书生哪！"这时，李报从院子门口走了进来。

这么多年，李报本来就把自己当成丁家的人，见丁兰在跟木像说话，也不管丁兰怎么想，自己便插话了："妹子……今年粮食又是大丰收！你看，我跟丁兰还有那个书呆子，都忙乎五六天了，还没忙完。收稻，刨芋，挖番薯，拔萝卜，心里高兴着呢！你多吃点，想吃什么就说一声，我和丁兰一定给你奉上。妹子……你还记得吗？去年我们一起收稻的时候……你说难得有那样的好年辰，想不到今年比去年还好……你还记得吗……去年的这个时候……丁兰马上就要成婚……你说你想早点抱个孙子……"

说着说着，李报的话语越来越轻，越来越慢，渐渐地就停止了说话。

桃花女去世后的这些日子，无论是李报还是项一伯都过得很不容易。他们追寻了大半辈子的情人说走就走了，走得那么突然，走得那么凄惨，两大男人几乎肝肠寸断。

或是为了感谢李报多年来的帮助，在丁兰成婚前夕，桃花女特意给李报缝制了一套衣裳，还有一双鞋。李报一直把它压在箱底，舍不得穿。他想等到自己与桃花女成亲的那天再穿上，可是……

桃花女去世后，李报从箱底取出衣裳，挂在榻边。每到夜里，他就看着衣裳，想着过往，几乎每天都是在思念中入眠……这半年，李报感觉自己仿佛过了五年。

项一伯与桃花女相处的日子不如李报长，但伤得更深。在官亭山养正书馆，他们一个教书，一个帮衬，可谓朝夕相处，形同夫妻。

当年，项一伯的衣裳都是桃花女亲手缝制，但时至今日已无所剩。桃花女突然离去，项一伯的心瞬间被掏了个空……他翻遍了整个家，终于找到了一件东西——半截戒尺。

这半截戒尺，是项一伯与桃花女之间唯一的纪念之物，但也是他今生永远的伤痛。

当年，桃花女愤离官亭山，匆忙之间项一伯无以相赠，便劈下了半截戒尺赠与桃花女。桃花女误以为从此一刀两断,接过那半截戒尺便往山下扔去……

留下的这半截戒尺,就成了项一伯对桃花女的情感寄托。

这么多年了,项一伯始终不肯丢弃这半截戒尺,即便当年地裂逃亡,也不忘将它塞进包袱……为了不让这半截戒尺经常触及自己的痛处,这些年项一伯始终把它深藏。如果不是桃花女去世,他将深藏一辈子。

相比李报,项一伯是一个理性而内敛的男人,喜怒哀乐从不轻易表露,但恰恰是他的这种性格,更是伤心在深处。

这半年,书师每天枕着半截戒尺入眠,不知不觉已是霜染两鬓。

……

见一大早丁兰和李报都来了伤感,叶柔走了过来。她笑了笑,对木像说:"君姑,时候不早了,今日还要继续收稻,还是让他们先用朝食吧,等傍晚回来再向您老人家禀报。"

丁家的农田并不远,丁兰和李报大概只用了一刻多钟的时间便到了田头。

面对金色的田野,看看碧蓝的天空,两人渐渐从低落的情绪中走了出来。

一阵紧张的收割之后,李报和丁兰开始了分工。

稻谷的脱粒极耗体力,这活自然归李报。丁兰负责手工簸扬,将秕谷和稻叶扬弃。

忙乎了一天,收成了近一石谷子。两人虽然都感到很是疲惫,但内心又都十分充实。一年的辛苦耕耘,总算有了一个好的收成。

趁着空隙,丁兰斜靠在稻草堆上做短暂的歇息,他两眼望着高亭山,像是在想着什么,又像是在欣赏秋色。

远处的高亭山,秋风萧瑟,层林尽染。近处的小山坡,秋叶纷扬,遍地金黄……大自然似乎赶着为大地披上过冬的棉被,让地下的生灵熬过即将到来的严冬。唯有几枝鸡冠花不忍谢去,颇有独立寒秋的味道。

一阵微风吹过,鸡冠花微微点头,丁兰面露惬意。这风,像是母亲温暖的手心。

丁兰转过身去,深情地望着田头路边的那棵樟树。那棵渗透了母亲鲜血的樟树,此时正随风摇曳,树影婆娑。

旋即,他又把目光移到眼前的这棵大柳树上,树上那个盆形的鸦巢在夕阳下显得特别温馨。此时,两只乌鸦一前一后向巢穴飞来,一阵盘旋之后,双双站立在巢穴边上,俯视着广袤的田野。

在丁兰居丧期满的那一天,他曾专程来看过这树上的乌鸦,但反哺一幕已不再现,巢穴里的老鸦不知何时已经死去。睹物思人,丁兰为此痛哭流涕。

两只年轻的乌鸦依然静静地站立在巢穴边上。或许,它们也在思念母亲;或许,它们在为如何越过严冬发愁。

一只乌鸦伸过长喙为另一只乌鸦捋了捋羽毛,像是在安慰对方,又像是在提醒着什么。丁兰心头一震,瞬间萌生一个念头,他要帮助这对年轻乌鸦度过寒冬。

就在此时,两只乌鸦突然飞离鸟巢,它们在空中盘旋了一会儿,再慢慢落下,最后落在了离丁兰不远的田埂上。它们看了看丁兰,然后各自叼上一根稻草往树上飞去。让丁兰感到奇怪的是,两只乌鸦都没有飞回巢穴,它们在树干上一处长满了枝丫的地方停留一会儿,便不见了踪影。

丁兰极目远眺,原来那是一个树洞。树洞的周边长满了密密麻麻的枝丫,既能挡风,也能遮雨。显然,这对年轻的乌鸦选择在此过冬。丁兰心头顿时一阵暖流,他起身捧了一把稻谷,轻轻地放在了田埂上……

对丁兰的举动,李报看在眼里,内心甚是欣慰。自从桃花女去世后,丁兰的变化令他难以置信,犹如洗心革面。

其实,刚才李报也没闲着,他就坐在丁兰身后十余步的田头上,远远地看着那棵樟树,心里默默地对桃花女说话。他相信,此时桃花女的在天之灵一定看到了丁兰,一定感受到了丁兰脱胎换骨的巨变。

……

秋天的夜晚,天高露浓。

丁兰用过餔食,对着母亲的木像一番禀告之后便出了家门。连日的秋收农忙,确实让他感到有些疲惫。借此月夜,他想出去走走,散散心,解解乏。

丁兰所在的柳畈村不算小,百多户人家,近千人口。村庄背靠高亭,面向海涂,四周田畈遍布,沟渠纵横,柳树成荫。

丁兰独自漫步在乡野小道上,漫无目的,心无旁骛。

抬头望天,一弯月牙静静地挂在天边,清冷的月光洒向大地,洁白而又略带几分朦胧。相比之下,满天的繁星却显得特别灿烂。

平眺田野,一片银色。柳树在秋虫的此唱彼应中依然静立,规规矩矩。偶尔,也在风中婆娑起舞。

不知不觉,丁兰已到高亭山脚,一条蜿蜒的小路通向幽处……

那里,正是桃花女长眠的地方。

丁兰收住了前行的脚步,转身回去。此时,他又思念起了父母,不知他们在另一个世界是否安好。

日有所思,夜有所梦。是夜,丁兰做了一梦……

睡梦中的燕然山,月夜朦胧。

母亲桃花女拄着拐杖,步履维艰地来到山下。

她望着延绵起伏的燕然山脉,一脸的兴奋。

"到了——终于到了——"桃花女大声呼喊。

片刻的兴奋之后,桃花女随即陷入迷茫:"偌大的燕然山,夫君在哪儿呢?"

桃花女孤独地站在旷野当中。

就在此时,旷野中传来了一阵豪壮的歌声:"大风起兮云飞扬,威加海内兮归故乡,安得猛士兮守四方!"

桃花女先是一怔,然后慢慢转过身去,只见一位身披战甲、将军模样的人飘然而至。

"夫君——夫君——"桃花女一眼就认出来者是丁汉,是自己日思夜想的夫君。

快三十年了,这个她生命中唯一的男人,经常闯进她的梦里。多少次在睡梦中,桃花女都感觉他回来了,回来给她盖被子,真真切切。

"夫君——"当桃花女再一次呼喊时,已是话语哽咽。

父亲丁汉红着眼窝,颤抖着嘴唇,但就是说不出话来。他一把将桃花女拥在怀里,一时间泪如雨下。

"细君……你……受苦了……"许久,丁汉才断断续续说出一句话。

两人正说着，不知何时，他们的身边已经围满了人。

桃花女惊恐中带着疑惑。

就听丁汉介绍道："细君，他们都是大汉朝的勇士……"顿了顿，他又说，"燕然山兵败之后，弟兄们都不肯离去。"

桃花女热泪盈眶："我不远万里找到这儿，就是想带你们回去。"

桃花女的话音刚落，不想丁汉立马摇了摇头："不……我们不能回去。当年参加燕然山之战的七万将士有过约定，雪耻燕然山之日，才是我们归去之时。"

桃花女听懂了丁汉话里的意思，瞬间泪流满面……

她深情地望着丁汉，问道："夫君，你一个伙头兵，又何以身披将军铠甲？"

丁汉长长舒了一口气，回道："当年，我是最后一个战死的士兵。我死后，贰师将军李广利投降了匈奴，他把自己的将军铠甲穿在了我身上。"

听到这话，桃花女低头掩面而泣……

等她再次抬起头时，却发现丈夫丁汉和那些士兵已经渐渐消失在茫茫的旷野之中。

只听旷野中传来丁汉的喊话："细君——告诉兰儿——一定要替他阿翁雪洗燕然山之耻——"

……

"阿母……阿翁……"

丁兰从梦中惊醒，内心震惊不已："雪耻燕然山，这应该就是阿翁的隔世之托！"

……

23 坚定初心

五年以后……

钱唐的冬日异常湿冷,丁兰背着母亲的木像来到晒场。在陪同母亲出来晒晒太阳的同时,他也与母亲一道分享收获的喜悦。

这一年,毛芋丰产。高亭山下不少人家都在尝试着做芋头片儿,以便晒干储藏。

丁兰又开始与木像说话了。

"阿母,时间过得真快,不觉您老人家已经离开兰儿五年了。您老人家就放心过您的生活吧,兰儿一定不负阿翁的托付,一定替他雪洗燕然山之耻。但是,阿母……"

话到这里,丁兰又伤感起来。

五年前的那个梦,丁兰至今难以忘怀。父亲丁汉与母亲桃花女梦中相见的情景几乎让他心碎,燕然山下那些大汉勇士的家国情怀几乎让他断肠。

这五年,丁兰从不敢忘记父亲的重托,只等有朝一日替父从军,重返西域,雪耻燕然山。

几个月前,从京都传来消息,匈奴五单于争立,国内大乱,朝廷许多大臣向汉宣帝进谏,乘机攻灭匈奴。

丁兰为此兴奋不已,屡次到县衙询问有没有新的征兵令,可他最后还是失望了。

因为,宣帝刘询最终采纳了御史大夫萧望之的建议。萧望之认为,如果乘匈奴内乱发动攻击,此乃乘其乱而幸其灾,匈奴一定奔走远逃,而汉军长途跋涉,最终很可能徒劳无功。不如以仁义为贵,派使者前去吊唁慰问,并辅佐势单力薄的一方恢复单于之位,使匈奴归附。

丁兰虽然失望,但内心十分佩服御史大夫萧望之的战略眼光。从远看,前人已有先例。春秋时晋国的范宣子带领军队侵齐,途中听说齐国国君已死,他就带领军队回国,君子崇尚不讨伐有丧事的国家。从近看,魏相的"五兵"之说当以借鉴。宣帝元康二年,匈奴挑起边境之争,当时宣帝也打算趁着匈奴衰弱之时出兵攻打,一举击败匈奴。但丞相魏相不同意,他认为出兵要有合适的理由与合适的时机,正所谓"师出有名"。为此,他提出了"五兵"之说:救乱诛暴,谓之义兵,兵义者王;不得已而起者,谓之应兵,兵应者胜;争恨小故,不忍愤怒者,谓之忿兵,兵忿者败;利人土地货宝者,谓之贪兵,兵贪者破;恃国家之大,矜民人之众,欲见威于敌者,谓之骄兵,兵骄者灭。

丁兰敬佩萧望之,但最近发生的一件事,又让他十分郁闷。一向体恤百姓、公正廉明的长安左冯翊韩延寿却死于萧望之的嫉妒,朝野震惊。因项一伯与钱唐县令泉善坤曾为同门,丁兰很快得此消息。

韩延寿是当朝名臣,年轻时为郡文学。那时,汉昭帝年纪还轻,大将军霍光掌权。韩延寿就是霍光在征询郡国贤良文学之士,问以国家政治得失时被发现的,从此步入仕途,先后任颍川郡太守、东郡太守、长安左冯翊。

韩延寿为官崇尚礼义,喜欢推行古代的礼教感化,推举提拔遵行丧礼、谦让宜人的人,表彰孝敬父母、兄弟友爱的人。他在东郡任太守三年,令行禁止,刑事案件大为减少,考核名列同僚之最。他在京师长安任左冯翊两年,其恩惠、信用遍及所辖二十四个县,部属和老百姓都不忍心欺骗他,所辖境内一片升平。

因韩延寿治有政绩,声誉超过他的前任、御史大夫萧望之,从而遭来嫉妒,最终被绑赴闹市斩首。在被押赴行刑时,竟有数千名官吏和百姓一路送他到渭城法场,他们扶老携幼,攀住囚车车轴不放,争相进奉酒肉。韩延寿不忍拒绝吏民好意,凡是敬他酒,都一饮而尽。

韩延寿的三个儿子都做郎吏,临刑前,他嘱咐儿子不要再做官吏,须以自己的结局为警戒。最终,三个儿子均遵嘱辞官。

发生在萧望之身上一正一负的两起事件,尤其是备受民众褒扬的廉吏韩延寿的惨死,对丁兰的心灵产生了巨大的震撼……

"一个好官却如此冤死,难道官场真如传说的那样自私和残酷? 阿母,那兰儿还要不要谋求仕途了?"丁兰眼眶有些湿润,话语很是沉重。

五年了,丁兰几乎每天都是这样,面对木像却事亲如生。每每顺心的时候,他就会与母亲分享喜悦;烦恼的时候也会向母亲诉说苦闷。而木像似乎也有几分"灵性",总是能"感受"到丁兰的喜怒哀乐,有的时候,还能给丁兰某种心理安慰和暗示……慢慢地,高亭山一带就有了这样的传说,都说桃花女因为放不下儿子丁兰,不忍离开人世,死后便留下三分魂魄附在木像上。

丁兰望着木像,似乎在等待母亲的回话……

突然,原本艳阳高照的大晴天暗了下来,眨眼间已是乌云密布,狂风大作,大雨扑面而来。

丁兰见状,扔下晒场的芋头片儿不管,抱起木像便往家里奔逃。因为担心母亲受到惊吓,丁兰不停地安抚着。

大雨很快停止。可当丁兰返回时,晒场上的芋头片儿依旧如初,丝毫未受雨淋。

丁兰惊讶不已,他抬头看了看天,太阳渐渐走出云层,露出了灿烂的笑脸。

……

又是一天清晨,丁兰如时给母亲奉上朝食,嘴上念念有词……说着说着,丁兰想起了李报和项一伯,他认为这是母亲桃花女对他的提醒,便前去拜访两位长辈。

桃花女去世后的这些年,李报和项一伯几乎每个月都会过来看看丁兰,有时两人一道前来,有时各自过来。除了看望丁兰,两人每次都会在桃花女的木像前静静地站一会儿,他们很少对木像说话,但丁兰相信他们心里都在跟母亲说话。

有时候,丁兰倒也觉得母亲是一个少有的幸福的女人,包括父亲丁汉在内,她的一生有三个男人深爱着她,那是一种几近无私、没有任何索取的最纯最真的爱。

爱屋及乌,这些年李报和项一伯把丁兰视为己出,常来看望,百般照顾。相比之下,作为晚辈的丁兰却很少去看他们。

大约走了半个时辰的山路,丁兰总算来到李报所在的那个村子。

突然,他停下了脚步,匆匆返回。

因为他猛然想起出门时忘了告诉母亲,他打算在李报家过上一夜,待次日拜访项一伯后再回家。

按常理,这也不算是什么大事,大可不必重新返回,何况他已经对妻子叶柔交代得清清楚楚。

但丁兰不这么想。在他心里,那木像跟活着的母亲没有什么区别。他清清楚楚,母亲生前从不在他之前休息,只要他没有回家,母亲就不肯睡觉。

又是半个时辰,丁兰总算返回家里。

他急匆匆地来到木像前,像是做错了什么,一脸的愧疚:"阿母,兰儿刚才一时心急,出门时竟然忘了向您老人家禀告一件事,望您原谅。此番出门,兰儿打算今晚在李报伯伯家住上一夜,明日一早再拜访项一伯叔叔,辛时前一定回到家里,请阿母您不用担心。阿母,时辰不早了,兰儿先赶路了,待明日回家再向您老人家禀报。"

就为了这么一句话,丁兰居然往返赶了二十里地。但他并没有一丝的厌烦,只有这样他才能安心。

金色的阳光倾泻而来,顷刻间洒满了院子。

借着丁兰外出,叶柔趁此空当儿做些缝补的事。她找来针线,取出衣裳,便在堂前忙乎开来。

临行前,丁兰左叮右嘱,等太阳进了屋子,一定得让母亲晒晒太阳,驱驱寒,暖暖身。于是,叶柔把木像搬到身边,一边缝补,一边照看君姑。

自从嫁入丁家,丁兰与叶柔男耕女织,生活虽然不算宽裕,却也饿不着肚子。叶柔的感觉是幸福的,尤其是丁兰饱读诗书,让叶柔内心感觉特别踏实。

但是,对于丁兰刻木事亲的做法,叶柔起初并不赞成。虽然随着时间的流逝,她也慢慢习惯了,可内心多少还是有几分怨气。叶柔心里很明白,在丁兰的心目中,她这个大活人远不如他母亲那尊木像来得重要。

趁着独自一人在家,叶柔又埋怨起丁兰来:"你怎么这么傻呀!对一个木头人你也当活人来侍候? 它不能吃饭,你偏偏餐餐敬奉。它不能说话,你偏偏跟它谈心。难不成我就这样跟你一辈子?"

叶柔瞥了一眼木像,借着换手,把针扎在了木像的手指上,然后自言自语道:"要真有那么灵验,总该有反应吧? 对一个木头人,还一天到晚神神叨叨的!"

叶柔的话还没落地,木像手指竟然慢慢渗出了鲜血。

次日上午,丁兰见了项一伯却不敢久留,寒暄几句便匆匆往回赶。

此行,丁兰原本打算向书师项一伯讨教一些问题,可不知怎的,昨夜在李报那里,他心乱如麻,似有什么不祥征兆。

项一伯不免有些失望。这些年,丁兰少有如此专程前来看他。几天前,乡邻给了他一坛黍酒,他本来还打算与丁兰一番畅饮,共叙桑麻。

无奈,看丁兰一副魂不守舍的样子,项一伯只好先让他回去。丁兰童年时曾与项一伯一起生活过几年,从内心里项一伯早已把他当成自己的孩儿。

项一伯说是送丁兰到村口,结果一直送到半程才停下脚步。这一路上,丁兰几度欲言又止。廉臣韩延寿的惨死对他的打击实在太大了。

其实,项一伯已经看出了丁兰的心思。

他一边陪同丁兰赶路,一边望着冬日的荒野,说:"大千世界,芸芸众生,我们每个人就如一棵小草,虽然很渺小,但必须坚强。你看,田野里的小草已经枯黄,看似已经死亡,其实不然,它只是遇到严冬把生命藏在了泥土里,等到来年春天,它将重新焕发生机……一棵小草尚且要越过春夏秋冬,何况是人呢?"

项一伯是丁兰的启蒙老师,循循善诱。丁兰听了恩师的一番话,立马便知其里。

他停下脚步,望着荒芜的田野,说:"小草虽然平凡渺小,却有坚韧不拔的生命力,无论闪电雷击、狂风骤雨、严寒酷暑,它都毫不畏惧,这一切都是来自信念的力量!"

项一伯欣慰地点了点头:"孔子曰,'天下有道则见,无道则隐';'用之则行,舍之则藏'。你自幼崇尚英雄,为师明白你的志向在报效国家。既然早有初心,那就不要轻易改变。"

"知我者,恩师也。"丁兰顿时面露笑容。他对项一伯作揖致谢,便又匆匆赶路。

一路紧赶慢赶,丁兰总算回到家里。一进家门便到木像前向母亲禀告。丁兰对着木像一番端详,心里总觉得有些异样。

妻子叶柔将自己针扎木像之事如实相告。丁兰闻后震惊不已,细看木像手指尚有残留血迹,当即大惊失色。

……

24 怒毙无赖

这些天，无赖张术惶惶不可终日。

桃花女显灵的消息又一次传到了他的耳朵里。

张术心里非常清楚，当年如果不是他的无理纠缠，桃花女可能就不会自杀，是他把桃花女逼上了绝路。

他担心，桃花女的阴魂迟早会找他报复，而且这种报复很可能是致命的。一想到这些，张术心里就瘆得慌。

其实，这些年张术也心存内疚，更有几分惋惜。平心而论，他是喜欢桃花女的，这种喜欢绝非一个花花公子的那种放荡，而是一名痴情男子的那种深入骨髓的真情。内疚和惋惜之余，张术只能给自己寻找一个心灵上的慰藉——桃花女香消玉殒，错不在自己，而在她的美丽。

这些年，张术非常渴望在梦中见到桃花女，桃花女的那种美让他至今冲动不已，甚至失魂落魄。

终于，在半个月前的一个黑夜，他如愿以偿，梦见了桃花女。但是，梦里见到的却是让他魂飞魄散的一幕——桃花女血溅荒野,含恨离世,手里还紧紧攥着他的那块家传玉佩。

不想,噩梦刚过,又传来桃花女再度显灵的消息。更要命的是,这回桃花女的木像竟然渗出血来。在张术看来,这可是血光之兆!

坐立不安的张术想到了那块玉佩,那不仅是他的传家之宝,更重要的是,张术认为那是桃花女向他索命的证据。

惊恐之中,张术做出了一个决定,无论如何得找回那块玉佩。

当年在桃花女入殓之前,张术曾借吊唁之机仔细查看过,但桃花女身上并没有他所要的玉佩。他也曾经找遍了桃花女的屋里屋外,同样没有发现他的传家之宝。

此时,张术猛然记起梦里的一个细节来——桃花女在临死前紧紧攥着他的那块玉佩。

玉佩会不会被桃花女扔弃在荒野?张术脑子里立马闪出这样一个念头。

张术匆匆来到桃花女自杀的樟树前,提心吊胆地找遍了周围的田地、草丛、石缝、水沟,甚至连树丫都找了个遍,但仍不见玉佩的踪影。

次日一早,张术用过朝食,便兴冲冲地猛灌了一阵清酒,脑子里又跳出一个问题:既然桃花女的木像那么灵验,何不前去问个究竟?

因为做了亏心事,张术对桃花女的木像心存畏惧,这些年从不敢靠近丁家一步。

可今天,他借着酒胆,摇摇晃晃便往丁家而去。

张术来到丁家门口,脸红得像猴子屁股似的。他吹了一口两撇高高翘起的八字胡,拉下本就已经显得有些瘦小的三角脸,吊着嗓子没名没姓地喊道:"有人吗——有人吗——"

喊了一阵,见无人应答,他便伸手推门。

这时,丁家院门开出了一条缝。张术从门缝看进去,见里边站着一妇人。

"你是谁? 怎不像丁兰?"张术酒性上来了,他一把推开院门,"哈哈……你是叶柔吧。"

张术臭名远播,叶柔一时不知如何是好。

"听说你……趁着丁兰不在家……用针扎你君姑……这可是大逆不道哪! 要是我……早把你给休了。"张术一副长辈教训晚辈的口气。

叶柔一脸尴尬地站在那儿,因为张术讲得不无道理。

男人休妻有"七出"之规:一是无子,二是淫,三是不顺父母,四是口多言,五是盗窃,六是妒忌,七是上恶疾。

叶柔的做法确有不孝之嫌。为此,丁兰特意择此吉日,一大早便前往母亲墓地磕头认罪去了。

见张术一副醉醺醺的模样,叶柔心生恐惧,便想关上院门。

不想张术一副死皮赖脸的样子:"别急别急,我今儿来,是想向你借一器物。我家今日春米,可只有杵没有臼,可否借你石臼一用。"

叶柔信以为真,便说:"我家良人不在,等他回来一定给您送去。"

"谢了谢了,那……可否让我先看看你家石臼大小?"说着张术便顾自进了门。

叶柔惊慌失措,她看了一眼木像,急中生智:"我得请示君姑,如若君姑同意,便借你石臼。"

说着，叶柔学着丁兰在木像前问卜，得到的是"不借"的答案。

张术自然不在乎石臼借与不借，他虽醉酒，但清楚自己此番的目的，便要亲自问卜。

不等叶柔答应，张术已顾自对木像耳语起来，悄悄求问玉佩下落。

对张术的无礼之举，叶柔几番呵斥制止，但张术旁若无人，不停地在木像耳边嘀嘀咕咕……可无论张术怎么折腾，木像始终没有丝毫的反应。

此时，张术酒性大发，对着木像大骂，言语污秽，还对木像动手动脚。

丁兰墓祭回来，内心总算宽解了许多。可一进家门，便见叶柔在哭泣，一问方知母亲木像遭受无赖侮辱。

丁兰顿时心如刀割，一股气血直冲脑门，顺手抄起家里的那把短柄小斧，冲出家门，前去找张术理论。

话说张术回到家里，火气难消，满腔的怒火一阵一阵往上蹿，直烧得头脑发胀，并渐渐失去了理智。他纠集了一帮流氓地痞，反诬丁兰偷窃，正摩拳擦掌打算前往丁家讨要玉佩。

就在这时，丁兰出现在张家门口。没等丁兰开口，张术一帮人仗着人多势众，已挥舞着刀棍向丁兰扑去。眼见自己就要死在乱刀之下，惊恐之中，丁兰挥手甩出了手上的那把小斧头。不偏不倚，小斧头深深地嵌进了张术的脑门，横行乡里多年的无赖张术当场毙命。

丁兰杀了无赖，犯下命案。

他惊恐万分，深一脚浅一脚地来到县衙门前，艰难地举起了鼓槌。

咚……咚……咚咚咚咚咚……

钱唐县令泉善坤听闻如此沉重而急促的击鼓声,便立即升堂问案。

丁兰面如土色,跟跄着走进衙门,"扑通"一声跪伏在堂前,语无伦次:"大……大人……草民……杀……杀人了……"

说着便晕厥了过去,瘫软在地。

"快……快把他弄醒。"泉善坤对衙役说。

两衙役赶紧上前,一个用尽全力扶起烂泥一般的丁兰,另一个则使劲地掐住他的人中。不一会儿工夫,丁兰睁开了眼睛,他颤抖着把事情的前前后后道了一遍。

泉善坤惊诧不已,他听说过桃花女木像显灵的事儿,但也只是听说,从未亲眼见过。他愣了片刻,决定立马前去高亭山,看看桃花女的木像究竟是何等灵验。

泉善坤带着衙役风风火火地来到高亭山下的柳畈村,先去案发的张家勘察了现场,随后便来到丁家。

此时,叶柔也已得知丁兰怒杀了无赖,惊恐不已,正号啕大哭。

见县令泉善坤带着衙役前来,她立马跪伏在地,声泪俱下地哭诉张术侮辱桃花女木像之事……

对于张术,泉善坤自然了解,他虽算不上横行乡里的恶霸,却也是一个闻名乡里的无赖,其家族势力相当庞大。

听罢叶柔的诉说,对张术的死,泉善坤不足惜。但对丁兰因杀无赖而犯下死罪,泉善坤反倒感觉不值。这些年,丁兰的孝行已经传遍钱唐,从感情上他不想用一个孝子的命去抵一个无赖的命。

但是，杀人偿命乃大汉铁律！

泉善坤来到桃花女木像前，毕恭毕敬地站在那儿。他端详着木像，内心默念，希望桃花女再次显灵，救下丁兰。

他站了一会儿，见木像并无异象，便对叶柔道："这木像与普通木像没什么两样，又何来灵验？"

叶柔止住抽泣，回泉善坤说："大人……何不请我君姑于白日之下，令我家良人与之对话？"

泉善坤立刻差人搭起了高高的彩棚，并亲自请出桃花女木像，又差人把原本已经被打入大牢的丁兰押了过来。

丁兰瞬间从一个孝子变成了一名重犯。当他戴着手械、足械出现在叶柔面前时，叶柔当即昏死了过去。

好一会儿工夫，叶柔才苏醒过来。她紧紧拥抱丁兰，哭诉道："你……你怎么就把那无赖杀了……杀人是要偿命的呀……你这叫我以后怎么过……"

众人看了不禁落泪。

"该死……早就该死……那无赖早该死了……"围观人群中有人窃窃私语。

见了叶柔，丁兰无法自控，顿时泣不成声……他怎么也不敢相信，短短半天时间，自己竟然已经成了阶下囚。更加令他后悔的是，母亲已经提醒他近日或有血光之灾！

面对叶柔断肠般的哭诉，丁兰哽咽着："我……我也不知道怎么回事就把他给杀了……我也知道杀人要偿命……但是那无赖人多势众……如果他不死……你现在抱着的就是我的尸体……"

泉善坤看着心酸，便说："丁兰，本县知晓你是一名孝子，所以给你最后一次机会，你有什么话就赶快对你阿母说吧。"

丁兰慢慢转过身去,跪伏在母亲木像前。

"阿母……"丁兰话刚出口,泪已成行。

"兰儿……为……为您老人家讨回了公道……杀了无赖……邻里……无不叫好。"丁兰痛哭不已,语不成句,"但……杀人偿命,死罪难免,今后兰儿……恐怕再……再也不能孝敬您老人家了……"

说着,丁兰起身扭过头去,嘱咐叶柔:"我死后……你要……好好侍奉阿母……"

说罢,丁兰号啕大哭……

此情此景,在场的人无不感动,县令泉善坤也不免落下了眼泪。

泉善坤举起衣袖拭去挂在眼角的泪水。就在此时,一衙役指着木像大喊:"大人……您看……桃花女显灵了!"

奇迹果然出现,木像眼里缓缓流出泪水,神情痛苦。人们无不为之震惊。

……

25 情法难断

项一伯和李报紧随县令泉善坤身后,步履匆匆地前往监狱探视丁兰。

昨天傍晚,丁兰斧劈无赖之事震惊整个钱唐,消息如风一般传遍每个角落。项一伯自然也得到了丁兰犯案的消息。一大早,他便叫上李报来到县衙,请求探视丁兰。因为是同门关系,泉善坤便亲自带他们前往。

县衙离监狱不算远,但得拐上几个弯。一路上,三人都沉默不语,就连平日心直口快的李报也默不作声,因为事情来得实在太突然,太出乎意料。

对于张术,几乎整个钱唐的人都认为他该死,但也几乎整个钱唐的人都想不到,他竟然会死在一个手无缚鸡之力的书生手中。

大概是第一次探监的缘故,到了监狱门口,项一伯突然停下了脚步,悄悄地做了一个深呼吸。

显然,此时的项一伯有些紧张。他是个读书人,之前对监狱的认知多是从书上来的。此时,他的脑子里满是书中描写监狱的各种场景。

他不由自主地抬头看了看监狱大门,刻画在门楣上方的那只猛兽,此时正对着他张开血盆大口。

项一伯禁不住又吸了一口冷气……

"项兄怎么啦?"泉善坤顺着项一伯的视线望去,哈哈一笑,"原来是这野兽吓着项兄了,这猛兽就是传说中的'狴犴'。春秋战国时,'狴犴'就是监狱的别称。"

"我知道。"项一伯有些尴尬地笑了笑,轻声说。

李报多年前曾任野王县县尉,对监狱这种地方并不陌生,他粗声粗气地对项一伯说:"这个不可怕,可怕的是监狱里面。"

项一伯愣了愣,又轻声问道:"不会是丛棘吧?"

"那倒不至于。"李报说,"你那竹简上写的已经是两千年前的事了。"

项一伯博览群书,当然清楚监狱是怎么来的。

早在夏朝时,监狱不叫监狱,而叫"丛棘"。棘是酸枣树的别名,这种树茎上长着很多的尖刺,奴隶主为了惩罚战俘和奴隶,就用酸枣树编成围墙,把囚犯关在其中,这就是最早的监狱。到了商朝,监狱称为"牢",周朝称"圜土",春秋战国称"狴犴",秦朝称"囹圄",大汉朝称之为"狱"。

看见项一伯对监狱很是惧怕,县令泉善坤把话接了过来:"当今皇上爱民如子,制定了诸多的监狱管理法规。如今的监狱已大有改善,比如'优礼长吏',狱卒不得辱骂、殴打有罪的官员;又如'颂系',对老年犯人和犯罪坐监的孕妇不得上刑;再如'病给医药''听妻入狱''纵囚归家''孕妇缓刑''呼囚录囚'……"

"何谓'呼囚录囚'？"李报打断了泉善坤的话。

泉善坤笑了笑："简而言之，就是允许含冤的囚犯上诉！"

项一伯淡淡一笑，他对泉善坤说的并不认同。

现实中，不用说男犯，对女犯施以极刑的也大有人在。不用说百姓，皇亲国戚也同样遭受非人折磨。不用说地方监狱，京师诏狱也同样冤魂无数。别的不说，就说高祖刘邦的宠姬戚氏，吕后断其手足，挖其眼睛，药熏其耳，药逼其哑，将戚氏做成"人彘"，迫害之手段令人发指。最后，堂堂高祖宠姬竟被关押在终日不见阳光的地下室折磨至死，就连吕后自己的儿子汉惠帝都认为这实在不是人做的事。

不过，刚才泉善坤的话倒像是提醒了项一伯什么……

"项兄，百闻不如一见，进去看看便知。"泉善坤打断了项一伯的思索。

狱小吏已经打开监狱大门。

眼前的情景大出项一伯和李报所料。

说这里是监狱，还不如说是一处风景别致的院子。院子依山而建，四周虽然石壁高垒，里面的房子却是青砖碧瓦，通风光照也非常好。

狱吏领着泉善坤一行来到一间牢狱门前，项一伯一眼就看见了丁兰，此时他正闭目躺在榻上，榻前还有一张不大不小的案几。

项一伯和李报都瞪圆了双眼，这岂是监狱？丁兰又哪像是犯人？

泉善坤自信地笑了笑，说："不是你们想象的那样吧！"

听闻有人前来，丁兰慢慢睁开眼睛。

此时的他显得十分冷静，已经没有了昨日犯案时的惊慌和恐惧。

昨夜,他想了一宿,反倒觉得自己做了一件好事,做了一件利国利民的好事。

对张术这个无赖,钱唐百姓多数恨之入骨,就连县令泉善坤也是如鲠在喉。张家在钱唐很有势力,其渊源可以追溯到京师,好在泉善坤尤其是夫人金汉恩的家族在朝廷颇具分量,张家才不敢过于嚣张。

看见泉善坤一行,丁兰起身快步朝牢狱门口走来。李报有些激动,伸手紧紧握住丁兰的双手,似有很多的话要说,但又什么都没说,毕竟丁兰真的杀了人。杀人偿命乃大汉铁律,李报比谁都清楚。当年他担任野王县县尉时,不少的犯人于情于理都不该死,但依法就只能杀头。

丁兰似乎想对项一伯说点什么,项一伯摆了摆手:"县令大人已经详细了解过案情。我也知道了。"

项一伯觉得,这个时候他的冷静对丁兰是一种安慰,而对泉善坤则是一种信任。

见项一伯盯着牢狱内的床榻和案几若有所思,泉善坤解释说:"这是我家夫人的主意,她说对丁兰这样的孝子,犯了法也要给他格外优待。"

项一伯和李报满腔的感激,连声道谢。

其实,当年泉善坤建造这所监狱时就有这方面的考虑,因为他发现钱唐的老百姓比较和善,哪怕起了争执也是动口不动手,不像中原汉子动辄刀棍相向,所以就建了这么一个堪称文明的监狱。

李报当过兵,还当过县尉,从来没有见过这样的监狱,便直截了当地问："如此优厚的监狱,县令大人又如何惩治恶人,他们会惧怕吗? 那些饥饿的人还不如入狱,这里至少可以果腹?"

泉善坤微微一笑,看了一眼狱吏。狱吏似乎心领神会,领着众人来到监狱紧挨山体的一边。

狱吏在一排石板前停了下来。

"虎穴?"项一伯的话音不高,却难掩内心的惊诧。

连老百姓都知道,汉朝发明了一种很特别的监狱,用来关押和惩治地痞无赖。这种监狱筑于地下,深达数丈,出口以石板覆盖,其形如虎口,又名"虎穴"。凡在"虎穴"关押和接受惩罚的罪犯,大多站着进来躺着出去,人们谈之色变。

李报见过"虎穴",但没见过如此隐蔽的"虎穴",同样惊讶地瞪着大眼。

几名狱吏奋力移开石板,一个虎口状的洞穴立马呈现在众人眼前,随之而来的是一阵一阵的喊冤声。

"大人——我冤枉哪——我冤枉哪——"

……

项一伯正纳闷,泉善坤告诉他:"昨日张术纠集的几十个地痞都关在这里,正好来个一锅端……"

项一伯伸长脖子,发现地穴入口处立着一排粗大的木栅栏,栅栏里边是深不见底的黑洞。此时,不少犯人拥挤着来到栅栏前喊冤。

"大人……你不公正,为何丁兰同为案犯,且是重犯,却没有关进地牢?"一小地痞大声叫嚣。

泉善坤倒也不觉得难堪,他不紧不慢地问:"你与丁兰可以相提并论吗? 行! 这样吧,本县就问你一个你应该知道的问题。如果你答得出来，我就放你上来，答不出来你就给我乖乖待在下面。如果你胡乱回答，那就罪加一等。有胆吗？"

"行，大人，你问吧！"小地痞回答道。

泉善坤慢条斯理地问："令尊贵庚？"

小地痞涨红着脸，半晌无语……

"你连这样的问题都答不出来，你还有脸跟我叫板？"

"我来，大人你问！"又一地痞叫嚣。

泉善坤哼了一声，说："本县看你已是年届不惑，我问你，令祖父墓地何处？"

这地痞也哼哼了两声，理直气壮道："我祖父墓地何处……你问我阿翁去！"

"你这不肖子孙，你还有何脸面在此叫嚣？"泉善坤拉下脸厉声道。

接着又问："你们还有谁要喊冤的？"

顷刻间，地牢里一片沉默。

李报看出泉善坤内心非常同情丁兰，便说："大人，丁兰一案震惊钱唐，张术之死百姓称快，桃花女显灵感动上苍，丁兰这案子还请您……"

泉善坤朝李报摇了摇头，示意他不用多说。沉思片刻之后，又道："谁都同情丁兰的遭遇，谁都痛恨张术的无赖行径，但作为父母官，在情、理、法之间，我必须守住法的底线。杀人偿命是铁律，不然我将无法治理偌大一个钱唐，别人不说，张家岂能罢休？"

对丁兰一案，其实泉善坤心里已经有了底线，丁兰死罪无疑，但对那些地痞无赖也必须治以重罪，趁此端掉盘踞在钱唐、以张家为首的恶势力集团。

泉善坤最为担心的是来自郡太守乃至京师方面的压力。在钱唐任职大半辈子,张家势力给他的治理带来了不少麻烦,致使钱唐难以成为一片祥和之地。泉善坤也曾几度重拳出击,最终都迫于上方的压力而不得不放弃。

今日一早,泉善坤得到消息,张家已经派人前往长安。

他心里非常清楚,张家前往长安绝非替张术喊冤,其真正目的是要借此扳倒他这个县令,甚至是钱唐的整个泉氏家族。因为他的存在,张家无法实现他们的利益,而且随时受到倾覆的威胁。

对于丁兰,泉善坤何尝不想搭救。先不说他是一个远近闻名的孝子,也可以不念项一伯的同门之情,就说他一斧劈死无赖张术,客观上替钱唐百姓铲除了一害。作为父母官,于情于理都应该出手相救。

但是,出任钱唐县令这么多年,几乎整个钱唐的老百姓都知道他有一条底线,那就是杀人偿命。在钱唐只要是杀了人,无人能幸免于死罪。就在几年前,张家三个无赖奸杀了高亭山的一名女子,结果被泉善坤全部处死。

泉善坤心里明白,这么多年,正是因为他始终坚守杀人偿命的铁律,才压住了张家势力,使他们不敢为所欲为,也使钱唐命案甚少。

刚才李报要他出手搭救丁兰,不是他没有办法,而是不敢打破自己坚守多年的底线。这条底线一旦打破,张家势力将无法收拾。

泉善坤已经拿定主意:丁兰死罪难免,张家恶势力亦将就此消失。

时值腊月,寒气逼人。

泉善坤一进家门,夫人金汉恩便给他端来了一碗姜汤。

金汉恩出身相门,心智过人,昨日听闻丁兰犯案,张术毙命,她立马意识到丁兰死罪难免。今日整一个上午,金汉恩都在思谋对策,虽然她与丁兰非亲非故,但她还是想救下丁兰的性命。

泉善坤端起热气腾腾的姜汤,小心翼翼地呷了一口,他明白金汉恩的这碗姜汤里包含了什么。

"善坤……"金汉恩时常这样直呼丈夫之名,"丁兰依法该杀,但孝义可嘉。他对阿母事死如事生的孝举,为'慎终追远,民德归厚'的民风树立了一个很好的榜样。树欲静而风不止,子欲孝而亲不待,丁兰的孝行能唤醒世人及时行孝。"

金汉恩顿了顿,又道:"善坤,尽可能留他性命吧,这也告诉世人,孝心能使人遇难成祥,何况……"

"何况项先生还是我的同门是不是?"泉善坤打断了夫人金汉恩的话,"我何尝不想救下丁兰!别的不说,就说这姜汤,项先生就帮了我的大忙。"

泉善坤说的这姜汤,确实还有些渊源。

几年前,项一伯在高亭山上发现了一种"仙草",酷似神农尝百草幸得的生姜,但又不完全一样。

生姜在钱唐一带也有种植,因为具有醒脑、祛寒等功效,被当地百姓广为食用。而项一伯发现的这种"仙草"似姜非姜,虽然味道相近,但其根果只有指头大小,枝叶也不像生姜有那样多的旁枝。关键是,这"仙草"不仅能清肺泻火,还能排脓消肿。

钱唐泉氏家族三代置义田救济贫苦乡民。这些年,泉善坤发动乡民种植这种"仙草",除让乡民自己食用、强身健体外,也给京师的亲友捎带一些过去,结果反映功效极好,堪称养生上品,连汉宣帝都用上了。为此大臣们便给这"仙草"命名为"皇姜",将其列为贡品。

钱唐高亭山出了贡品"皇姜",泉善坤有功,项一伯有劳。

但是,如果要泉善坤因此在丁兰的案子上放弃他向来坚持的原则,泉善坤还是过不了自己心里的这一关。

泉善坤也承认,夫人金汉恩讲得确实很有道理,但那毕竟是理。情、理、法,法为底线,岂能因为理而破了法?

见泉善坤沉默着,金汉恩又劝说道:"善坤,法不可过度!"

"杀人偿命,此乃铁律!又何来过度?"泉善坤丝毫不肯松口。

……

26 万民书

一大早，泉善坤便来到家族祠堂前。

再过几天，就是岁旦，届时泉氏家族子孙都将集聚于此，祭拜祖先。

岁旦祭祖，是泉氏家族一年当中最重要的一件事。

今日泉善坤来到这里，当然不是提前来祭祖的，而是因为今日正是腊月二十四。按钱唐习俗，这一天家家户户大扫除。

大扫除这一习俗始于尧舜时代，这是过年前的一个重要仪式，希望新的一年能除旧布新。因此，大扫除扫出去的不只是尘土，更重要的是扫去即将过去一年里所有的不好和不顺。

泉善坤是经馆的授业弟子，自然懂得阴阳。他明白，在我们老祖宗眼里，岁旦本身就不是一个吉利的日子。正月初一、二月初二、三月初三、四月初四、五月初五、六月初六、七月初七、八月初八、九月初九，这些都是阳中之阳的日子，是带有灾难性的日子。这就好比"竹节"，日子遇"节"故称"节日"。老祖宗为了度过"节日"，便想出各种办法，驱鬼辟邪，祈福迎祥。

泉氏家族是钱唐望族，子孙后代繁茂，每年的祠堂大扫除自然由泉氏子孙按户轮值。全家人一起动手，用不了半个时辰，整座祠堂便被打扫得干干净净，一尘不染。

今年，泉善坤特意向族人请求，让他一人完成大扫除。因为，他想单独跟祖先说说话。

这几天，泉善坤承受着从未有过的压力，他自感内心有愧——丁兰最终还是被他判了死刑。

从情理上讲，泉善坤有一万个不愿意，也有一万个不愿意的理由，但是……

泉善坤把随行衙役撇在山脚下，独自一人默默地站立在祠堂门前，望着"源自泉府，望出钱唐"的匾额，内心默问列祖列宗，自己对丁兰的审判可有过错？

一番默问之后，泉善坤开始了祠堂的除旧布新，期望扫去即将过去一年里所有的不顺，也期望能为丁兰赢得生机。

泉氏祠堂就建在泉氏先人的墓地前，其实就是墓地的一座附属石祠。祠堂坐北朝南，以青石砌成，墙体石板厚度近尺。祠堂形制仿照民居，东西长约二十尺，南北宽约十尺，高有丈余。区间结构简单，前为享堂，是族人举行祭祀仪式和聚会之所。享堂后面为寝堂，也就是祖先的墓葬。祠堂正后方有一座大墓，封土高度足有一丈，此乃主墓，是泉氏在钱唐的第一代先人之墓，主墓两边是泉氏历代先人的墓群。

与诸侯、王公的宗庙相比，钱唐泉氏祠堂显得有些狭小，更不显气派。尽管如此，泉氏祠堂在钱唐也已经是最大的祠堂了。

《周礼》规定，最大的家庙当数皇家，其次就是各诸侯、王公的宗庙，一级一级下来，到了士大夫，还有资格建家庙，普通百姓就只能路祭。

泉善坤手持一把崭新的毛刷，小心翼翼地为墙上的壁画清理尘埃。

泉氏祠堂的三面墙壁都刻有细细浅浅的画像，多是神话和故事题材，从创世神话中的伏羲和女娲开始，之后是祝融、神农，然后是周公辅成王、孔子见老子的故事。

或因泉氏家族源于周朝之故，在所有的画像中，关于周公的故事篇幅最长，详细记录了周公一年救乱、二年克殷、三年践奄、四年建侯卫、五年营成周、六年制礼乐、七年致政成王的一生功绩。

泉善坤是钱唐泉氏第五代。当年，泉氏的那一支祖先逃离政坛落脚钱唐，原本是想让子孙后代过上平民生活，可到了泉善坤祖父这一代，又回到了仕途，当上了钱唐县令，从此三代连任，成为钱唐望族。如今的钱唐泉氏，既有在朝廷为官的文臣，也有为国家戍边的武将；既有行医济世的名医，也有精通经书的博士，还有乡邻公认的孝子。其家族威望在钱唐无可替代。

但是，泉氏家族在钱唐树立起来的威望，并非因其三代为官，而是因其三代行善。从泉善坤的祖父开始，家有积蓄，三代人置义田救济贫苦乡民。

当然，泉氏行善之风并非起于钱唐。

泉氏老祖出自周朝泉府，掌管天下钱币。泉氏祖先为此立下家训："理而不敛，散而不聚。"其用意十分明了，就是说泉氏虽为国家理财，但不得贪、不得敛，哪怕有了私财，那也一定用在为百姓办事上。

由俭入奢易，由奢入俭难。钱唐泉氏谨遵老祖宗立下的家训，一向生活节俭。身为县令的泉善坤，平日生活与钱唐百姓并无两样。

就说今日的出行吧，按规矩本该有属吏导行，骑吏作为前驱，但泉善坤没管那么多，只带了几名衙役，身着便装徒步前来。

清扫完祠堂，泉善坤匆匆下山，打算前去看望叶柔。

丁兰和叶柔尚无子嗣，如今丁兰被判死刑，对叶柔来说无异于天塌地崩。眼下岁旦将至，她一个妇人该如何是好？

泉善坤平时就是这么将心比心地对待百姓。

在离丁家尚有百步的地方，泉善坤收住了脚步，他远远地站着，一脸无奈地望着那个无比孤单和凄凉的家，内心满是愧疚……

一番挣扎之后，泉善坤慢慢走了过去。此时，丁家院门已经挂上了门神。左边的神荼身披斑斓战甲，手执金色战戟。右边的郁垒手执苇索，目光如剑。传说度朔山上的这两位神灵，他们统领万鬼，能消灾免祸，趋吉避凶。

钱唐百姓一般在除夕才会上门神，今日才腊月二十四……泉善坤一开始有几分不解，但很快便又理解了个中原因。面对天灾人祸，一个弱女子能有什么办法呢，也只能请出门神了。

"嘣"的一声，屋内传出一声巨响，泉善坤和几名衙役下意识地往后退了几步。

这是在燃放爆竹，本来也是除夕夜的事，为了丁兰，叶柔都提前做了。传说那个叫"年"的凶恶怪兽，见到红色就恐惧，看到火光就止步，听到炸响就远遁。

泉善坤伸手轻轻地推了推院门，虽然院门上了门闩，但还是露出了一条筷子般大小的门缝。

泉善坤把脸贴在缝上往里看,院子里正燃烧着松枝和竹子。他抬起手来正欲叩门,立马又犹豫了。见了叶柔能说什么呢?毕竟是他自己判了丁兰的死刑。

泉善坤缩回手,不再打扰叶柔。回到府上,太阳已渐西斜。

按习俗,今天要举行腊祭,除了祭祖先,还要祭灶神、门神、行神、户神和土神。金汉恩和家仆们已经准备好了丰盛的祭品,有牛肉、羊肉、猪肉、鸡肉、鱼肉、野兔肉,还有芋头、韭菜、萝卜、葫芦、柿子、橙子、柚子,以及"百菜之首"冬葵。

泉善坤像是察看什么似的,看了菜肴又看主食。主食有米饭和饼。

汉高祖做汉饼,金日磾做胡饼。因为金汉恩的缘故,泉善坤家里每年都有汉、胡两种饼。汉饼就是烧饼,至于胡饼,是金日磾入汉时传入的,其实就是撒了芝麻的烧饼。

在这么多的祭品中,泉善坤对那碗牛肉最感兴趣,这可是难得的佳肴。因为牛是耕田犁地的重要劳动力,大汉法律禁止百姓私自屠杀,哪怕年节祭祀,也只能用老死的牛。

看着那碗香喷喷的牛肉,泉善坤脑子里闪过一个念头——救下丁兰!大汉法律对耕牛尚且如此尊重,那为何不能给一个孝子活命的机会呢?泉善坤陷入了深思……

突然,衙门鼓声骤起……

"今天不是腊祭吗?"泉善坤皱着眉头自语道。

钟鼓一响,官必上堂。这是汉高祖刘邦定下的规矩,泉善坤不敢怠慢,更衣戴帽,立马升堂。

一抬头,几十个人已至堂前,带头的那个肩扛一捆白布。这人也不先来个禀告,放下布匹便在公堂上展开来。

"万民书!"泉善坤顿时骇然。

公堂两边的衙役个个面露惊诧。

"大人,这是钱唐百姓为丁兰联名请愿的万民书!"

"这是民意,望大人明察!"

堂下你一言我一语。

"肃静!"泉善坤一拍惊堂木。

虽然他心里已经明白是怎么回事,但还是问道:"何来万民书? 所请何事?"

堂下几十人七手八脚地将布匹展开,万民书几乎覆盖了偌大的一个公堂。

"大人,丁兰杀人不假,但他杀的是无赖,钱唐百姓无不拍手称快。"带头的那位乡民边说边掀开布匹,万民书居然有五层,"大人,您看,这就是民意!"

一衙役补充似的说道:"大人,衙门外面都是人,都是为丁兰请愿来的。"

泉善坤伸长脖子往大门口看去,果真围满了人。

他起身来到堂前,一层一层地掀开万民书,上面尽是签名和指印,歪歪斜斜,密不透风。

为了丁兰,竟有如此多的百姓呈来万民书,泉善坤震惊不已。公堂两边的衙役也神色激动。

突然,两名衙役"扑通"一声跪在堂前,说道:"大人,在下斗胆,不妨将此万民书呈给圣上,让圣上定夺吧!"

泉善坤怔在那里。

这辈子,他从没想过要干什么惊天动地的大事,只求延续祖辈在钱唐的声望,对得起百姓,留个好名声。

"大人……"公堂上所有人都跪伏在地，齐声请愿。

泉善坤看着万民书上密密麻麻的签名，动容道："快快快，都快起来说话！"

见众人都起来了，泉善坤回到案前，像是突然想起什么，他睁大双眼，两束目光在堂前的人群中搜寻着。

他在寻找项一伯和李报，可项李两人偏偏不在，泉善坤感到很是意外。

这时，一名读书人模样的乡民不紧不慢道："大人，就将此万民书呈递上去吧！天日昭昭，圣上一定会给钱唐百姓一个公道，草民在此恳请大人了！"

说着，读书人跪伏在堂前。

面对万民书，泉善坤一时不知说什么好。

不想读书人又道："大人，万民书就是民意，若您把这万民书压下来，使得民情不能上传，万一……皇上怪罪下来……"

泉善坤心头一震……

"好！既然是万民书，那就上呈朝廷，请皇上圣断！"泉善坤打断了读书人的话，拿定了主意。

堂下一片欢呼……

"大人，我等也附名在末！"一名衙役说着便上前取笔蘸墨。

正当众人欢呼之时，县衙门口突然传来喊话声："哎哟……衙门都站到死囚那边去了，这钱唐县衙哪还有公道可言？"

众人循声望去，见十几个人嚷嚷着从门口挤了进来，领头的是一个彪形大汉。

来人自然是张术家族的人，他们虽然口气强硬，但还是清楚公堂之上的礼节。

彪形大汉作揖说:"大人,丁兰杀人一案,事实清楚,证据确凿,且丁家对判决亦无异议,已明确表示放弃乞鞫的权利,何不立即执行死刑?"

泉善坤看了一眼万民书,对彪形大汉说:"你也看到了,如今钱唐的老百姓已经为丁兰呈上万民书,本县不能视而不见!"

"大人,那您对我们张家又如何交代?"彪形大汉很是激动,"丁兰杀了我家主人,衙门又抓了我张家十几个人,难不成大人您还想放过杀人犯,免其死罪?好,既然这样,那请大人您先放了我们张家的人,不然……"

彪形大汉的话,明显带有威胁。

但泉善坤心里明白,张家口出狂言,绝非吓唬人。

他清楚张家的势力,更清楚张家的人现在已经到了郡治,甚至去了京师。

就在泉善坤犹豫之际,彪形大汉伸手从怀里掏出一块白布,顺势一甩,盖在了万民书上。

"大人,丁家有万民书,我张家有血书。"

泉善坤定睛一看,白布上歪歪斜斜写着一行字:"践踏法律,何来望族?杀人偿命,天经地义。"

张家的血书彻底击中了泉善坤的软肋。

泉善坤心里很清楚,他祖上两代县令之所以能把钱唐治理得井井有条,不外乎善良与公正。他本人虽没想过要做什么流芳千古的事,但也绝不允许"钱唐望族"的声誉断送在自己手里。

27 押赴刑场

丁兰被押在一部露车上，身戴项械、手械、足械，外加壶手，手械上写着他的姓名和罪名，这就是所谓"明梏"。

前往刑场的路边早已围满了人，站在后边的人个个举目相望。

人群中有掩面而泣的，有红着眼伫立的，也有蹙眉不语的，他们都认识丁兰，或是同情丁兰，或是丁兰的左邻右舍。

囚车缓缓前行……

汉律的死刑有斩、枭首和弃市。丁兰被判的是弃市，说白了就是在闹市处死。《礼记·王制》所谓"刑人于市，与众弃之"，大概就是这个意思。

汉律还规定，处决死刑犯必须在十月至腊月间进行，一到立春就不能再执行死刑了。理由是，春天万物生长，秋冬草木凋零，秋冬执行死刑，顺应时节，敬顺天时。另外，秋冬断狱行刑，有利于农业生产，耽误不了农时。

刑场就设在北街的闹市，这是高亭山一带最为繁华的街市，东起高亭白鹤岗,西至高亭龙虎山,蜿蜒数里。街市两边商店林立,铺位连绵。

自从汉武帝下《轮台罪己诏》以来,历经昭宣中兴,大汉朝与民休息,经济社会得到了快速发展。钱唐本来就是富庶之地,百姓生活充裕,这些年北街两边的茅草屋不少都已经变成了青瓦房。

此时,囚车上的丁兰久久地盯着前方不远处的一栋青瓦房,目光一动不动,脑子里似乎在强烈地翻滚着什么,两行眼泪禁不住落了下来。他曾经对妻子叶柔许诺,将来一定让她住上青瓦房,可如今……

囚车突然间停了下来,颠簸着停在一个铺位前,厚重的车轮扬起了一阵尘土,如一股白烟随风而去。

丁兰望着飘然远去的扬尘,禁不住抽泣起来。或许他意识到自己的生命已经到了终点,将很快变为尘土。

"到了……"刽子手不轻不重地朝丁兰吼了一声。

丁兰收回视线,猛然发现行刑之处正是妻子和母亲卖布的铺位前,顿时痛哭流涕。

这倒不是衙役残酷,而是为了避免在他人店铺前行刑给人带去晦气。

刽子手把丁兰押下囚车,解开手械。

这时,一妇女从人群中踉跄着走出来,她手里拎着一只篮子,篮子上盖着一块白布。

妇人正是丁兰的妻子叶柔,她早早就等候在这里了。她为丁兰送来了最后一顿酒饭,与夫君作生死诀别。

刽子手又给丁兰卸去壶手。

"夫君……"叶柔迎了上去,刚开口便哽咽了。

或是不想让叶柔太伤心,丁兰故作轻松地笑了笑,但笑中难掩内心的苦涩。

"别哭……"丁兰似乎用尽了全身的力气,才含糊地吐出了两个字。

虽说就两个字,却是此时他对妻子所有的安慰。

丁兰越是安慰,叶柔越是伤心,她突然间号啕痛哭,哭声充满了无助。

丁兰顿时热泪盈眶,他颤抖着伸过双手,轻轻地拍了拍叶柔的肩膀,然后帮她理了理有些蓬乱的头发。

"都让你不要哭了,你还……"丁兰哽咽道。

叶柔强忍悲痛,止住了哭声,说:"都说君姑能显灵,怎么……"

丁兰转头看了看身后的铺位,顿了顿,说:"我杀了人,犯了死罪,阿母她帮不了……"

这时,一刽子手走过来,打断了丁兰和叶柔的对话,说:"快点……别过了时辰,那样可不好!"

午时三刻,一天中阳气最旺的时刻。过了这时辰,阳气减弱,死者阴魂不散,那样对活人和死者都不好。钱唐人都笃信这一说法。

叶柔自然听懂了刽子手的提醒,转身拎过篮子,掀开白布,篮子里都是丁兰平日喜欢吃的饭食,还有一大壶酒。

丁兰跪坐在地上,叶柔一口一口地给他喂食。

丁兰手捧酒壶,大口大口地喝着黍酒。

喝了这酒,阴间路上能壮胆。

"夫君……还有什么牵挂……"叶柔清楚行刑的时辰快到了，忍痛问出了最后一个问题。

丁兰心里自然明白，他深深地喝了一口酒，说："牵挂的事很多，但最牵挂的一件事，就是不能为阿翁雪洗燕然山之耻……"

说着丁兰似乎想起了什么，转而又道："也好，留到下辈子去做吧。几年前我做的那个梦，燕然山下还有许多英魂等着复仇呢，算我一个！"

此时，丁兰似乎彻底释怀，高声喊道："小孝事亲，中孝惠民，大孝报国。我这一去，不是赴死，而是尽孝，尽大孝！替我阿翁雪耻燕然山！！"

这时人群中有人高喊："丁兰——你放心去吧——你因孝杀人，为民除害，不可耻！钱唐人会永远记住你的孝义！"

人群沸腾了……

"放心去吧——放心去吧——钱唐百姓感谢你为大家除掉了无赖……"

"孝子啊——孝子——钱唐人永远记得你——"

……

丁兰对着围观人群环视一周，像是在寻找什么人。如此反复搜寻了几遍，表情显得有些失望。

"怎不见一伯叔叔和李报伯伯？"丁兰问叶柔。

叶柔也一样失望，说："已经好些天没见他们了……大概是不忍心看你……"

丁兰低下头，激动地说："我们丁家要感谢他们哪……我对不起他们……但愿来世报答他们。"

说到这里，丁兰又哽咽起来："细君……要说今生还有对不起的……就是你，我没能让你过上好日子……"

"唉……"丁兰长叹一口气，望着前方，"你看，那青瓦房多好。原本打算过几年……也把我们的茅草屋换成青瓦房……"

丁兰再也说不下去了。

今天行刑的监斩官就是县令泉善坤。此时，他正在仔细观察丁兰与叶柔会见的情形，细细地听着他们的对话。这是执行死刑的一道程序，从犯人与家属的对话，判断犯人的真假，以"验明正身"，避免出现差错。

其实，泉善坤眼睛盯着叶柔和丁兰，脑子里却在不停地思考一个问题，这就是丁兰为何放弃乞鞫的权利！

汉律规定，官吏判决以后，当事人如若不服，可以在三个月内乞鞫，请求复审。如果丁兰请求复审，哪怕维持原判，那也得等到来年秋后行刑，如此即可争取近一年的时间。

可让泉善坤想不到的是，判决之后，丁兰很快表示服判。难道丁兰真的是为了尽早投胎，好在来世为父雪耻？泉善坤思来想去……

泉善坤不得不承认，在丁兰的案子上，他确实有迫于张家的势力。他本想尽可能拖过春节，这样就可以放到来年秋后执行。

泉善坤内心是想救下丁兰的。此时，他多想死刑复核制度扩大到普通百姓，那样他就可以不受张家势力的胁迫，名正言顺地为丁兰争取时间。只可惜，汉律的死刑复核制度尚处萌芽状态，只在极小的范围内使用，主要还是为了皇帝慎重决定高官的生死而制定的，只有俸禄在两千石以上的官吏被处死刑时，才需经过皇帝复核。官员的品级决定了其死刑案件有没有得到皇帝复核的可能。

午时三刻已到。泉善坤坐在监斩台上看了看日头,然后伸手沉重地抽出亡命牌,往台下扔去……

刽子手高高举起鬼头刀……

围观人群都捂上了双眼……

叶柔掩面痛哭:"夫君——来世再见——"

监斩台下哭声一片……

眼看丁兰就要人头落地,一阵急促的马蹄声,伴随着一个歇斯底里的喊声:"刀——下——留——人——"

泉善坤弹跳似的站了起来。

众人循声望去,一名官兵策马飞奔而来,转眼间便到了刑场。

官兵冻得耳鼻发紫,不等下马便对泉善坤大声道:"御史大人马上就到!"

刽子手本来就同情丁兰的遭遇,见此立马放下已经高高举在头顶的鬼头刀。

泉善坤立即下令停止行刑。

围观人群一片欢呼……

叶柔喜极而泣……

就在一刻钟前,御史到达钱唐。

其实,泉善坤早在一个月前就听说汉宣帝遣丞相、御史等朝廷重臣二十四人巡行天下,举冤狱、察官吏、除残暴,只是没想到会来得这么快。

就在泉善坤疑惑之时,又有两骑飞驰而来。

泉善坤定睛一看,来人不是别人,正是项一伯和李报。泉善坤似乎突然明白了什么。

项一伯对泉善坤拱手作揖:"大人,请原谅……丁兰一案实在难为大人了。前些天，在下得知朝廷御史巡行天下，而且已经到了郡治，我们就……"

"你们就申告去了？"泉善坤问。

项一伯笑了笑，答道："这还得感谢大人的提点！"

项一伯所说的提点，就是指当初探监时泉善坤提到的汉律录囚制度。

大汉朝建立以后，鉴于秦朝法峻刑残、囹圄成市而激起百姓反抗的历史教训，吸取了儒家的慎罚思想，改革司法制度，建立录囚制度。每年秋冬季节，朝廷都会派重臣到各地开展录囚活动，以平反冤狱。

丁兰被判死刑后，大概是不想为难泉善坤，便立马表示服判。

项一伯知晓汉律有乞鞫程序，但他并没有反对丁兰的意见。因为他清楚，普通百姓要启动复审程序并非一件容易的事，经常被无限期地拖延时日，以至"有罪者久而不论，无罪者久系不决"，这对丁兰来说是一种精神和肉体的双重折磨，项一伯不想让他承受这样的痛苦。何况，复审制度很大程度上流于形式，改判的可能性微乎其微。

项一伯支持丁兰服判的另一个理由是，丁兰服判往往会麻痹张家，甚至会使张家停止活动。恰逢此时，御史到了郡治，项一伯很快想到了泉善坤提到的录囚制度，便立马前往郡治求见御史。

"不简单哪……你们居然能见到御史！"泉善坤一脸的高兴。

李报一直站在一边憨笑。这一次能见到御史，他的功劳不小。

三十多年前的那场蝗灾，李报在追寻丁兰母子时路遇的那位军候，如今已是御史掾，想不到这次竟然又在郡治相遇。因为曾经是一同打过匈奴的袍泽,在他的引荐下,李报和项一伯的申告很快引起了御史的关注,他们立马赶到钱唐。

御史重新审理了丁兰杀人案。他认为,丁兰乃钱唐远近闻名的孝子,为母雪耻,其孝可嘉。在自身性命受到严重威胁之下,出于本能自卫,"甩"斧劈人致死,并非故意,判无罪。

对此颠覆性改判,作为本案主审官的泉善坤,不仅没有丝毫的不悦,反而感到十分欣慰。御史不但救下了丁兰,还一举剪除了钱唐张家恶势力团伙。

对项一伯的缜密心思,泉善坤深感佩服。张术家族指控丁兰"用斧劈人",而在项一伯的申告书上却变成了"甩斧劈人",一笔颠覆案情,可谓妙笔神功。

上天似乎对丁兰特别眷顾,让所有人都没想到的是,大难之后,丁兰迎来了他人生的重大转折。

28 出使西域

在钱唐县令泉善坤和御史的联手举荐下，丁兰被举为孝廉。

孝廉，就是察举孝子廉吏，是大汉朝选拔人才和官员的重要科目，其对象是地方六百石以下官吏和通晓儒家经书的儒生。

但是，孝廉举至中央后，并不立即授以实职，而是入郎署为郎官，承担宫廷宿卫，使之"观大臣之能"。等他们熟悉朝廷行政事务后，再经选拔，迁为尚书、侍御史、侍中、中郎将等官；在地方的则为令、长、丞，再迁为太守、刺史。

当然，并非孝廉者人人前途光明，丁兰在郎官的位子上一待就是二十年。议郎、中郎、侍郎、郎中四个等级的郎官他都干过，其间以执戟宿卫殿门、出充车骑为主要职事，偶尔也得到皇上的顾问和差遣，可就是得不到提携。

个中原因丁兰自然心知肚明——那是他一辈子的伤痛，他虽起于孝廉，却有不孝的过去。

二十年的郎官生涯，丁兰不仅感觉空度时光，而且深困宫中，若非出钱送礼取得文书，几乎不能外出。富家之郎常常出宫游戏,像丁兰这样的穷人子弟则终年难得休假。

丁兰曾经几度请求从军戍边,但均未得到允许,由此他感到十分郁闷,有时甚至心生恐慌,担心此生不能完成父亲的重托——雪耻燕然山兵败。

每每郁闷的时候,丁兰就会找好友陈汤聊天,因为陈汤与他有着相似的过去,可谓同病相怜。

陈汤也喜欢读书,学识渊博,原为太官献食丞,掌皇帝膳食及燕飨之事。初元二年,陇西发生地裂,城郭、被毁房屋,死者众多。汉元帝下诏,令公侯大臣推荐年轻人才,陈汤得到推荐。但就在等待分配期间,其父去世,陈汤闻讯并未回家奔丧,因此被人检举缺乏孝道,拘捕下狱。之后又得贵人举荐,终被任为郎官。

汉朝郎官不定员额,数以千计。陈汤与丁兰同样出身寒门,同样有着不孝的过去,也同样仕途惨淡……

这天,丁兰和陈汤趁着难得的休息日,两人便又一道聊天解闷。

与往常不同的是,今天的陈汤脸上挂着这些年少有的笑容。

"兰兄,我的出头之日到了!"一见面,陈汤便难掩内心的喜悦。

"怎么啦? 难不成贤弟要往郡县任令长去了? 或是……"

"兰兄您说对了。"陈汤说,"皇上已恩准我出使西域,出任西域都护府副校尉。"

"真的?"丁兰兴奋不已。

片刻,丁兰又归于沉默,往日的愁容又回到了脸上。

陈汤走近丁兰,双手轻抚着他的双肩,安慰道:"兰兄,你我同病相怜,这些年,我早已把你当作亲兄弟……其实,我已经奏请皇上让你随我出使西域,只是……"

"只是什么？贤弟快讲!"丁兰心存希望。

"只是……皇上没有恩准。"陈汤很是无奈。

"为什么?"丁兰有些愤怒,"哪怕只是一名士兵我也愿意,只要能让我上战场,杀匈奴,为父雪耻,报效朝廷,此生足矣!"

陈汤长叹说:"这么多年,你我都被晾在一边,那是因为你我都有相似的过去,说白了,就是皇上对我们的忠心持有怀疑。"

"那皇上又为何恩准贤弟的请求呢?"

"我对皇上说,自古成大事者,忠孝难两全。当年我没有为父奔丧,那是因为忠于我追求的事业——为国效忠! 我还说,孝有不同层次、不同方式的孝,并非一定要守在父母身边才算是孝,报效国家是更高层次的孝……皇上总算听进去了。"

"那为何我……"

"皇上说,兰兄您的情况不一样……"因为担心触及丁兰内心的伤痛,陈汤没再往下说。

其实丁兰自己心里很清楚,就因为他有那段过去。

……

汉元帝建昭三年,汉朝廷委任甘延寿为西域都护府都护,陈汤为副校尉,奉命出使西域,正常换防。

西域都护府设在乌垒城。

乌垒国原为轮台国,"轮台"的维吾尔语为"雕鹰"之意。该国于汉武帝太初三年被李广利所灭,次年置使者校尉屯田。汉宣帝本始二年复国为乌垒国。神爵二年,为了管理统一后的西域,汉朝廷在乌垒城建立西域都护府,正式在西域设官、驻军、推行政令,行使国家主权,统领西域诸国。

甘延寿和陈汤到达乌垒之后，很快得知北匈奴郅支单于已经在康居站稳脚跟，而且因驱逐乌孙之功，日渐骄横，气焰愈发嚣张，寻茬怒杀康居国王的女儿及贵臣、百姓几百人，强迫康居国人为他修筑单于城，每日征发五百余名苦工，历时两年完成。不仅如此，郅支单于还勒索大宛等国，令其每岁纳贡，其势力范围有千里之阔，正逐渐坐大。

得此消息，甘、陈两位主官都意识到了形势的严峻，尤其是副校尉陈汤，他强烈感受到了潜在的危机。

这天夜里，陈汤独自站在都护府的城墙上，思绪万千。

西域都护府规模宏大，占地数百亩，其形制大体成正方形，威严肃穆，倍显大汉天威。

府衙核心楼群由一主四副五栋楼组成，呈"开"字状。护城河环绕核心楼群，正面有渡桥通往外场。外场的东西南北各分布十一栋附楼，排列整齐，犹如士兵布阵，紧紧保护着核心楼群。附楼外围就是高达数丈的土城墙。

护城河的出口设在侧面，缓缓水流通向城外，犹如一条蓝色的飘带，蜿蜒着伸向远方。

府衙的后边有一座山坡，是方圆十里之内的制高点，四周一览无余，尽收眼底。

陈汤立于城郭之上，放眼府衙之外，发现行人稀少，内心顿感凄凉。但他明白，乌垒国人口虽少，地理位置却极其重要，处于西域中心。

不通地理者不为将才。

这些天，陈汤初步研究了这里的水源和气候。乌垒境内有迪那尔河等九条山溪性河流，塔里木河流经境内长达二百余里，沿岸长满了天然胡杨林……

一阵微风吹过,陈汤感到有几分凉意,这才意识到已经是夏末。此时,他的内心突然冒出了一种莫名的恐慌。因为,他将历经一个从未经历的严冬。

不知何时,都护府司马来到了陈汤身边。

"大人,来,尝尝塔里木河的香梨。"

陈汤正感觉有些干渴,笑着说:"司马大人真乃及时雨哪。"

司马也笑了笑:"我在这里已经整整待了六个年头。这里虽然气候干燥,但塔里木河的水果却是远近闻名,除了香梨之外,还有白杏、葡萄、石榴、核桃、苹果、桃和李……"

司马如数家珍地给陈汤介绍着,但眉宇间却挂着几分淡淡的忧愁。

"司马大人有事?"陈汤谦逊地问道。

司马确有心事,或许考虑到陈汤刚刚到任,不便直言,便说:"没事没事……"

司马远眺旷野,很是感慨:"这片土地来之不易哪……在我们的脚下,几乎每一寸土地都掩埋着我大汉将士的英灵……当年,汉武帝对西域发动了几次军事行动,最大的一次出动了十几万兵力、十几万头牲口和十几万民工,总算征服了大宛。但是由于交通线太长,补给困难,我大汉朝虽然控制了天山南路,但对天山以北还是不能有效控制,那里的国家常常受到匈奴的威胁,不敢完全服我大汉……后又经过多次战争,到了宣帝神爵二年,我大汉朝终于取得决定性胜利,完全控制了天山北路,设置了西域都护府,任命郑吉将军为第一任西域都护,您和甘将军是第六任。"

陈汤是个直率之人,他听出司马话中有话,便说:"司马大人,您究竟想说什么,不妨痛快一些。"

司马想了想,像是鼓足了勇气,说:"如今,我大汉朝虽然统管着这片土地,但……但依然身负耻辱……"

陈汤面露愧色,他明白司马说的耻辱指的是什么。

那是近十年前的事了。

汉元帝即位不久,在内无叛乱、外无边患的一片四海升平中,突然响起一声惊雷,朝廷派往西域护送匈奴质子驹于利受的卫司马谷吉等人,在完成任务后,被质子的父亲郅支单于杀害,消息传来,震动朝野!

大汉朝廷三次派使者到康居索要使臣谷吉等人的尸体,郅支单于不但不给,还出言不逊。他之所以敢如此叫板,是因为他有恃无恐:第一,康居与汉朝远隔万里,汉朝不一定有远征西域的勇气;第二,匈奴游牧民族在战斗中的机动优势和勇猛,远非中原农耕文明下的西汉将士可比。在北匈奴郅支单于心目中,康居与汉廷天各一方,汉朝在军事上无法对他构成实质性威胁。

确实如此,十年来,汉王朝在对待谷吉之死的问题上,除了通过外交手段交涉,始终没有表现出任何战争的决心。

"打过去,灭掉他!"陈汤一脸愤怒,言语近乎怒吼。

司马一脸无奈地说:"我也想过无数次。难哪……我大汉朝军队鞭长莫及!"

陈汤的脑子里似乎在强烈地翻滚着什么,突然说:"都护府统辖西域诸国,虽然一般不干预他们的内部事务,但代表朝廷掌管这些国家的外交和军事权,我们可以调动他们的军队。"

司马叹了口气:"西域诸国语言不一,互不统属,每国人口最少的只有几百人,最多的也就两三万人。"

陈汤看了一眼司马，坚定地说："我们缺少的不是军队，而是决心和勇气！"

司马一边显得很无奈，一边又似乎在动员陈汤："郅支单于远遁康居，我大汉边境虽无烽火之灾，但从宣帝以来确立的西域秩序已经面临挑战……无力抵抗郅支暴行的西域诸国，也已经把眼睛瞄向我大汉朝廷。如果谷吉之死没有任何说法，如果听任北匈奴在西部继续坐大，西域诸国必然产生动摇，到底是跟随大汉朝走，还是臣服于郅支？这样一来，大汉王朝在西域用铁血刀兵辛辛苦苦打造出来的威望，恐怕就要打上一个问号了！"

听了司马的一番话，陈汤面露杀气："对郅支单于之战宜早不宜迟，与其养虎为患，不如先发制敌。"

"如若出兵，夏末初秋正当时。不然，等到冬季到来，这里将是大雪封山，冰天雪地。"司马硬着头皮说。

陈汤沉默着，他觉得，司马的建议虽有道理，但仓促用兵恐有不妥。

陈汤满腹心思地回到府衙。

一名士兵迎了上来："将军回府了！"

陈汤也不回应一声，张口便问："如果出兵讨伐郅支单于，你认为何时出兵才是最佳时机？"

士兵想了想，答道："冬日。"

"冬日？冬日这里可是冰天雪地！"陈汤有些惊讶。

士兵解释说："《孙子兵法·计篇》有云，'攻其无备，出其不意'。此兵家之胜，不可先传也。康居在地理上远离我大汉朝，这是郅支单于引以为恃的天然优势，而我们远程突袭的最大胜算也就在这里。因为郅支单于认为我大汉朝不可能万里迢迢派军前去打他,更不相信我们会在冬日出兵攻打,所以只要我们把握时机,趁着郅支单于心理上的猝不及防,兵锋直指其城下,北匈奴游牧民族的机动性优势就丧失了发挥的机会。"

陈汤深深地点了点头,说:"我们必须发动属国合兵,如此不仅形成兵力的数量优势,还有利于形成汉领诸国讨伐郅支不义的政治优势,师出有名,义正词严。"

士兵不停地点头称赞。他正是丁兰。

原来,就在陈汤赴任前夕,丁兰恰巧受到汉元帝的召见。于是他借机陈明决心,表示只要能上战场杀敌,他愿意只做一名普通士兵。元帝有感于丁兰的决心,便准许他随陈汤出使西域。

陈汤和丁兰经过一番推敲和商议,一道向都护甘延寿进言,建议出兵攻打郅支单于。

作为一名关西行伍老兵,甘延寿自然比陈汤要老成持重。

他听了陈汤的建议,只是淡淡地说:"副校尉言之有理,但是,西域都护府的主要职责在于守境安土,协调西域各国间的矛盾和纠纷,维护西域地方的社会秩序,确保丝绸之路的畅通……"

甘延寿的言下之意很明了,打仗并非他这个都护的职责。

陈汤又道:"都护府有制止外来势力侵扰的职责!"

"不错,我们是有制止外来势力侵扰的职责,但什么叫'制止'? 没有'侵扰',何来'制止'?"

陈汤有些激动:"也就是说,我们只能被动挨打了?"

"可以这么说!"甘延寿加重了语气,"本都护要提醒你,你我只是朝廷放在西域的一线官员,没有决定对外作战的权利。要作战,那也必须奏请朝廷!"

陈汤认为战机万变,不容错过,又道:"中央官吏远离一线,敌情不明,其公议事必不从,必须果断行事,先斩后奏!"

甘延寿坚持己见,陈汤无可奈何。

不觉冬日到来,甘延寿突然病倒,且病得不轻。

正职主官久病卧床,陈汤这个副校尉自然就要代职理事,他决定抓住这个机会调集军队。但是,都护府所带领的仅仅是一支护卫队,并非汉王朝的西征大军。于是陈汤便以都护名义假传汉廷圣旨,调集朝廷在车师的驻军,集合西域各属国兵力,发出征召令。

大军云集,陈汤决定出兵。

就在此时,卧病在床的甘延寿得知消息,从病榻上惊起,阻止这次作战行动。

陈汤怒发冲冠,手按剑柄,厉声警告甘延寿:"大军已集合,你想让众军泄气吗?"

开弓没有回头箭,甘延寿迫于无奈,就这样搭上了陈汤的战车。

甘、陈二将通力合作,一面派人前往长安向汉元帝上表"自劾"矫诏之罪,同时"陈言兵状",一面率领大军西进发。

大汉王朝多年不动的军事机器,竟然在陈汤这个默默无闻的小人物手中再次发动。

汉军日夜兼程,很快进入康居国境东部。陈汤下令严守纪律,不准烧杀抢掠,并与地方首领饮酒为盟,谕以威信。康居人怨恨郅支单于的残暴,就把城内匈奴人的实情告知陈汤。在康居向导的指引下,大军势如破竹,在距单于城三十里外扎营。

汉朝军队从天而降,郅支单于先是一脸茫然,然后就是慌乱和无措,先前的狡诈、强硬和傲慢一扫而空。

郅支单于立即向汉军派出使者。

使者问陈汤:"汉兵来这里干什么?"

陈汤沉默着……

此时,他想起了当年朝廷三次派使者到康居索要使臣谷吉等人的尸体时,郅支单于调戏汉朝使臣的那番话,便也调侃起匈奴使者:"单于曾上书言居困厄,愿归顺强汉,身入朝觐。天子可怜他放弃大国,屈居康居,故使都护将军来迎!"

使者立马回去禀报。

郅支单于一头雾水,但很快明白过来,这是汉军在回应他当年的那番话。

汉军继续强势推进,在距单于城三里处扎阵。

郅支单于摆开阵势迎战。只见城上旗帜迎风飘扬,数百人披甲戒备,城下百余骑来往驰骋,城门口还有百余步兵摆成鱼鳞阵,操练演习,以耀兵威。

单于城上不时传来对汉军的挑战声:"有种的过来……有种的过来!"

伴随着阵阵喊声,百余名匈奴骑兵直冲汉军营垒而来。

汉军拉满弓弩,直指匈奴兵,敌骑迅速引退。

随后,汉军强弓部队出营,对着在城门外操练的匈奴步、骑兵射击,匈奴兵撤回城内,紧闭城门。

见敌胆怯,甘延寿和陈汤下达了总攻命令。在阵阵战鼓声中,汉军的利箭如瓢泼大雨射向单于城楼。

单于城内外分三层,核心是一座土城,土城外又有两层坚固的木城。郅支单于全身披甲亲自在一线的木城上指挥作战,展开了顽固的反击,连他数十位妻妾也一同上阵……

然而，在矢发如雨中，郅支单于被一箭射中鼻子，其妻妾多人中箭死亡，匈奴守军开始溃败，被迫撤回土城内。

甘、陈两位主官都长长地舒了一口气，他们不约而同地看了看所属的强弓部队。

"果真是百不失一啊！"陈汤有生以来第一回打仗，见所属弓弩部队如此强悍，禁不住发出感叹。

"这就叫强弓硬弩！"甘延寿十分自豪，"我们的祖先早在两万多年前就已经开始使用弓箭。"

甘延寿此时说的强弓硬弩，更多的是指弩。到了汉朝，制弓技术已十分成熟，军队装备普遍使用复合弓。复合弓除了两端的弓梢，弓臂由筋、角、木三层构成，中间层是木材制作的弓胎，弓胎内侧是牛羊角做成的角层，外侧是动物筋铺成的筋层，由此弓臂的弹力更强，箭射更疾，中物更深。

得益于复合弓和铜弩机的发明，汉军在秦代弩的基础上，增大望山，又添刻度，使弩拥有了稳定的弹道参照，而且随着铜弩廓取代木弩廓，弩身对拉力的承受力也大大增强，出现了数箭齐发的齐发弩和连续发射的连弩，由此步兵弩阵也就成了汉军步兵之精锐。若非千里奔袭，像眼前这样的攻城战役，必定配备大型重武器床弩，这种安装在架子上发射的大型强弩，能够发射状似标枪的巨箭，而且一次可发射多支箭。因弩弓极为强劲，常需多人或用牛才能转动绞车，引绳张弓。六十多年前，李陵以五千兵力对阵八万匈奴骑兵主力，就曾使用床弩，发连弩射单于。

郅支单于闭城不出，汉军趁机纵火焚烧外围的木城，单于城顿时火光冲天。直至午夜，木城全毁，汉军破城在望。

就在此夜黑风高之时，战事发生逆转，一万多名康居骑兵突然出现在战场上,他们兵分十队,每队千余人,奔驰号叫,与单于城上的匈奴守军互相呼应,对汉军形成反包围态势。

"'切瓜阵'!"甘延寿惊呼,"他们一旦冲杀过来,十个阵队就会像十把锋利的砍刀,很快会把我们的围城部队分成十段,然后像切瓜一样砍成粉碎。"

陈汤说:"这种阵法也叫'剥皮阵'。他们一旦切不成'瓜',便会立即改变阵形,对我汉军实施围剿。他们利用骑兵的机动优势,一层一层地'剥'去我们的部队。"

"那怎么办?"司马有些着急,"我们得快想办法,一旦他们扑过来,我们将腹背受敌。"

司马的话音刚落,一队康居骑兵扑向了处于城角的汉军。

不到一刻钟,围城的汉军很快被挖开一个大缺口,数百名士兵顷刻间倒在了血泊之中。

边上的汉军立即围了过去,可这一阵队的康居骑兵很快消失在夜色当中。汉军迅速拉开弓弩射杀,但对夜色中快如闪电的康居骑兵,汉军的弓弩基本起不了作用。更可怕的是,就在这时,第二个阵队的康居骑兵,又从背后扑向刚刚对他们实施反包围的汉军弓弩兵,又是数百名汉军毙命。

"将军,全部压上去! 我就不信四万汉军还打不过他一万骑兵。"司马喊道。

"不要轻举妄动!"陈汤大声说。

甘延寿解释说:"刚才那叫'切瓜'战术。如果我们全军反扑,他们很快会实施'剥皮'战术。何况城上还有单于的部队,他们会从背后射杀我们。如果那样的话,我们就彻底被动了。"

"我们拉开战线他们就'切瓜',我们集中兵力他们就'剥皮',

这该如何是好！难道我堂堂大汉军队就这样被他们蚕食不成？"一汉军头目急得大喊。

康居骑兵的突然出现是甘延寿和陈汤万万没想到的，他们或是惧怕郅支单于的残忍，抑或是质疑大汉王朝的能力……

对眼前的"切瓜阵"，甘、陈两位主官也都只是听说，而未曾有过实战的经历。

两位主官出奇地冷静，倒不是因为他们有了破阵之策，而是从踏上征程的那一刻起，他们早已把生死置之度外——"矫诏"出兵，输是死，赢也是死！

又一队康居骑兵冲杀过来。相对于前两次正面冲杀，这一次他们变换了队形，从侧面冲杀过来……又是数以百计的汉兵倒下。

与前两次一样，一阵冲杀之后，康居骑兵很快消失在夜幕当中。

汉军惊魂未定，夜幕中突然飞来一阵箭雨，又是上百名汉兵中箭……这是匈奴骑兵迂回战术中的"奔射法"，刚才那一队康居骑兵一面撤退，一面向后射箭。

甘延寿仍然命令部队不要动。他心里很清楚，骑兵的优势在于机动力，侧面冲击是他们的惯用战术，而更多使用的是突袭、追击、迂回等战术。

骑兵的克星就是步兵长戟阵，这是常识，无论甘延寿还是陈汤都不会不清楚。但是，经过三千里奔袭，许多士兵为了加快行军速度，都放弃了笨重的长戟，只保留了弓弩和刀剑。所剩为数不多的戟兵器，主要用在四个城门的把守，以防城内匈奴骑兵突围。一旦郅支单于突围，再想消灭他几乎不可能。

此时的单于城，反而成了一个具有巨大引力的吸体，牢牢地吸住了四万汉军,使之进退不得。

"都护大人,得赶快想办法。"陈汤对甘延寿谏言道,"康居骑兵的三次冲杀是在试探,试探我们的兵器。如若在下没有错判的话,他们已经清楚我们的戟兵主要部署在四个城门,他们很快会十个阵队一起上,要是那样……"

甘延寿一脸严肃。毫无疑问,汉军已经陷入了两面作战。面对康居骑兵的多次冲击,原先高昂的士气已经受到了极大的打击。

"我们的目标不能变!"甘延寿深思片刻说,"我们此战的唯一目标就是消灭郅支单于,永绝后患,哪怕拼上四万将士!"

作为侍卫,丁兰此时身佩三尺剑,默默地站立在两位军事主官边上,脑子里像是在不停地思考着什么……

"都护大人,在下有一计。"丁兰突然报告。

甘延寿看了看丁兰,语气温和:"快说!"

把丁兰放在身边当侍卫是他和陈汤商定的。丁兰和陈汤原本同为郎官,如今陈汤已是副校尉,而丁兰却只是一名士兵,两位军事主官对此都感到有些惋惜,但又圣意难违。

丁兰单腿下跪,向两位主官献计:"在下认为,我军得赶紧摆脱腹背受敌之危……"他顿了顿,像是深思熟虑,"经过前面一战,匈奴部队已元气大伤,郅支单于亦快成为瓮中之鳖,但他们很快就会休整部队,卷土重来,殊死反扑。我们务必在郅支单于反扑之前解除康居骑兵的包围……"

"何策?快快说来!"此时的甘延寿显得有几分着急。

"要做战马的文章。"丁兰说,"刚才康居骑兵发起了三次冲杀,我仔细观察,发现康居骑兵之所以快如闪电,关键在战马。五十多年前的燕然山之战,我七万汉军将士就是被只有一万骑兵的匈奴部队消灭……"

丁兰又顿了顿,说:"当年在杏花邨的时候,我养过马,对马的习性有些了解。马这种动物虽然身形魁梧,却非常胆小。马胆小的一个原因,就是它的听觉非常发达,它的耳朵对声音有着异常敏锐的反应,初生不久的幼驹就能辨认母马轻微的呼叫信息,成年马甚至能听到远处天敌发出微弱的声音……但是,优点就是弱点,强烈的音响、陌生的声音,都会导致马的惊恐。当然,康居骑兵的这些战马经过长时间的训练和调教,它们对战场上的刀剑声、呼喊声已经习以为常……"

"丁兄,您就赶快说出您的计策吧。"陈汤打断了丁兰的话。

丁兰还是不紧不慢。他小心翼翼地从怀里掏出一支排箫,看上去足有两只手掌那样大小。

甘延寿和陈汤正为此感到惊讶,又见一队康居骑兵出动。大概是急于打开一个缺口,帮助郅支单于突围,他们直接扑向了土城的南门。

这一次,康居骑兵没有占到任何便宜,坚守在南门的汉军挥戟上阵,敌骑顷刻间人仰马翻,四散逃窜……

正如陈汤所料,康居骑兵确实是在探摸汉军戟兵部队的位置。他们遭受克星戟兵的重挫后,立马开始调整阵形,打算转向守门戟兵以外的汉军部队,实施他们凶残的"切瓜术"。

汉军面临重蹈燕然山覆辙之危。

29 雪耻报国

康居骑兵的每个阵队都在调整阵形,借着月色,依稀可见敌骑犹如一条巨蟒在蠕动,还不时传来战马的嘶鸣。

单于城上空,空气近乎凝固。四万汉军严阵以待,将士们甚至可以听到自己的心跳声。

甘延寿和陈汤双眼紧紧盯着前方,脑子里都在思考着同样一个问题,如何应对康居骑兵的"切瓜术"!

"报——"

随着一声急促的喊声,前方探子风一般来到甘延寿面前:"都护大人,康居骑兵一分为二,正将原来的十个阵队变成二十个阵队。"

"大人,敌人想用闪电战术。他们首先会对我们实施封闭式反包围,然后'切瓜',不给我们任何互援的机会。"陈汤很快反应过来,"如果我们守在四个城门的戟兵部队出动支援,城内单于部队立马就会实施突围。"

果然,陈汤的话音刚落,单于城内数百骑匈奴兵趁着黑夜从南门突围，遭到了汉军戟兵的迎头围杀，大部被歼。

甘延寿对陈汤做了一个胜利的手势。

之前，他听说过陈汤学识渊博，通达事理，写得一手好文章，想不到还是一位军事天才。

当初，是陈汤主张把戟兵集中部署在四个城门，不然刚才很可能已经被郅支单于突围。

戟兵的威力如此之大是甘延寿未曾想到的。其实这些年在汉军中，铁矛已经成为士兵常用的重要装备，戈基本被淘汰，戟也已日渐衰落。在来康居的千里奔袭中，为了加快行军速度，甘延寿命令属国部队放弃戈、矛、戟这些重武器，是陈汤执意留下部分戟兵器。他认为，面对凶悍的匈奴骑兵，戟虽然笨重，却更加实用。戟是戈、矛合体的长柄兵器，它的柲前安置直刃，旁边枝生横刃，可钩、可啄、可刺、可割，一身兼四用，杀伤力比戈和矛都要强。而且甘延寿注意到，陈汤当初扔弃的都是卜戟，留下的都是雄戟和鸡鸣戟。雄戟在胡末作出一个倒钩，类似于鸡足之距；鸡鸣戟的援部略为弧曲，类似于雄鸡啼鸣时的拥颈之状。现在看来，这两种戟确实更加适合用来对付匈奴骑兵，其杀伤力更强。

甘延寿羽林军出身，擅长骑射。让他感到纳闷的是，刚才郅支单于从城内突围，城外的康居骑兵为何不以弓箭配合？

正郁闷着，陈汤建议道："都护大人，如若敌骑全线出击，我军可以火攻抵挡。"

陈汤说着，看了看还在燃烧的木城。

面对康居骑兵拉长战线，其实甘延寿自己也有了计策。鉴于汉军缺少戟兵，他打算把刀盾手调至外围，把弓弩手放在内侧，一旦康居骑兵全线出击，先由刀盾手砍马脚，再由弓箭手射杀。他在御林军的时候,就曾经用过这一战术,尽管效果不如长戟,但还是能给敌人痛击。

作为一名战将,甘延寿此时真心感激大汉朝冶铁和铸造技术的发展,从而使制刀工艺达到了高水平,出现了三十炼、五十炼乃至百炼钢刀。眼前甘延寿所率部队配备的战刀主要为环首刀和马刀。环首刀窄身、直刃、环柄,简洁明了,纤长挺直,结实锋利,剽悍实用,是眼下最先进的近身冷兵器。马刀是骑战轻短兵器,用在步兵上虽不如环首刀,但因为刀柄长,可双手同时握把,加上其形略带弯曲,锋利无比,同样非常适合砍杀。

"都护大人,副校尉的火攻之计可用。"丁兰打断了甘延寿的思绪,"马在夜间视觉好,对光线敏感。当从暗处进入明处,或从明处进入暗处,马都会停下片刻,让眼睛调整过来。如果光的强度变化太大,马甚至会抗拒。火攻可以打乱敌人的阵营,消耗敌人的士气和战马的体力。"

甘延寿点点头,正想命令部队做火攻准备,突然发现康居骑兵已经快速向单于城四周包围。

显然,战势已经不允许甘延寿有更多的备战时间。为了防止单于部队和康居骑兵前后夹击,甘延寿立即命令部队调整阵形:除了把守四个城门的戟兵部队保持原来的阵形不变,其余部队沿着城墙排成四排,前后两排为刀盾手,中间两排为弓弩手。

"嗷——呜——"

突然,战场上传来一阵凄厉的声音,这分明是狼在深夜的嚎叫,瘆人,凄凉,悲怆。狼群只有在准备捕猎之前,头狼才会发出如此悠长平顺的嚎叫声。这是头狼在召集狼群。

"狼群!"有人惊呼。

士兵出现惊恐,部队出现一阵骚乱。

"嗷——呜——"又是一声狼嚎。

顷刻,康居骑兵部队传来了战马的嘶鸣……

"莫惊慌!"陈汤命令道。

所有的汉军将士几乎屏住了呼吸。

甘延寿往远处望去,发现康居骑兵停止了他们的反包围行动。随着战马嘶鸣不断传来,他们原本有序的阵形开始变样。

狼来了,康居骑兵的战马遭到了狼袭。这是甘延寿脑子里冒出的第一个判断。

月亮钻进了云层,旷野一片漆黑。

"呦呦——呦——"

一阵凄厉的嗥叫声划破夜空,令人血脉翻腾。

"这是什么叫声?"士兵们七嘴八舌,都感觉很邪门。

陈汤和甘延寿也在纳闷,他们都未曾听过这种声音。他们喊来当地的向导,方知这是豺的叫声。

"咔嗒咔嗒——呦呦——呦——"

这一次的叫声怪异、尖厉、刺耳,夹带着野性的韵味,弥散开血腥的气流,令人毛骨悚然。

向导告诉甘延寿和陈汤,这是豺群的嚣叫。豺群通过一系列的咔嗒声和尖叫声进行交流,这是其他犬科动物没有的。

狼群? 豺群? 甘延寿和陈汤都蒙了,士兵们不由自主地纷纷往后退,出现了惊恐。

月亮钻出云层,狼声又起。

"嗷——呜——"

康居骑兵因战马受惊,四散奔走。

有十余骑朝单于城这边奔来,陈汤也不管甘延寿如何想,果断命令几十名刀盾手围了上去。

战马失控,骑兵的冲击力就大大削弱。十几个康居骑兵在数十名汉军刀盾手的围攻下,不出几个回合就摔下马来,哇哇乱叫。

汉军士兵操刀持盾,正想对这十几名康居骑兵实施围歼。

"住手——住手——他们是自己人!"突然,有人从不远处呼喊着飞奔而来。

来人正是丁兰。

甘延寿和陈汤恍然大悟……刚才的狼嚎豺嚣竟是丁兰排箫的杰作,两人对视而笑。

"都护大人,他们是汉人,不是康居人,也不是匈奴人。"丁兰拱手报告。

"康居骑兵怎么会是自己人呢?"甘延寿一脸茫然地反问道。

"是的,在下确定。"丁兰非常肯定地回答。

原来,从刚才康居骑兵的哇哇乱叫中,丁兰听出了他们讲的是吴语。少年时,丁兰曾在会稽郡无锡县生活过一段日子,能听懂一些吴语。

甘延寿一问,方知这些康居骑兵都是虞姬的族人。

项羽和虞姬同是会稽郡吴县人。当年垓下之战,楚霸王乌江自刎,虞姬香消玉殒。因为担心遭到灭族,虞姬的族人四处奔逃,其中有数百人历尽艰辛逃到了康居。

时至八年前郅支单于逃到康居,虞姬族人在此已经发展到几万人。郅支单于便利用他们的复仇之心,训练出万人虞氏骑兵部队,以备有朝一日用来对付汉军,想不到还真的用上了。

陈汤看着眼前这十几名被团团围住的康居骑兵，心情异常复杂。他沉思良久，说："我等同为华夏子孙，理应共同对付匈奴，可你们却助纣为虐，心以何安？"

陈汤话语间掺杂着几分痛惜，十几名康居骑兵低下了头。

一位年纪稍长者见陈汤并无敌意，便说："我们身在康居，但心在故土。我们的家乡在吴县，那里有我们的祖先，有我们的西楚霸王，有我们的虞姬，我们的根在那里……"

稍顿，这名康居骑兵又道："这些年，我们受尽了郅支单于的欺辱。我们日夜为他筑城，他却以皮鞭相向。他把我们训练成骑兵，目的是为他所用……你看，我们虞氏骑兵大部分只配战刀，少有配备弓弩，因为郅支单于对我们并不放心，大部分弓弩都掌握在单于城里的匈奴兵手上。"

"不过……"这位康居骑兵又说，"好在我们弓弩少，不然你们……"

陈汤点点头，没说什么。他不得不承认，这位康居骑兵并非妄语，要是他们手上有足够的弓箭，汉军很可能要重蹈燕然山覆辙。要是那样，他陈汤可就成了第二个李广利，而丁兰也将重复他父亲丁汉的命运。

"我可以带你们回去。"陈汤说，"大汉朝一定有你们的用武之地。"

这时，一名年轻的康居骑兵大声喊道："兄弟们……汉军太狡猾，不能相信！当年鸿沟和议之后，我们大王引兵东归，刘老三却趁此突然撕毁盟约，追击我们大王。如果我们贸然跟他们回去，说不定被剁成肉酱！"

"住口！再胡说八道，我现在就把你剁成肉酱。"甘延寿吼道。

大概是甘延寿的强硬态度激怒了对方,十几名康居骑兵高喊:"为大王报仇,为虞姬报仇!"

喊声惊动了不远处的康居骑兵部队。这时他们已经逐渐恢复了秩序,听到喊声便慢慢围了过来。

甘延寿望着前方,二十个阵队犹如洪水一般漫向单于城。他心里很清楚,康居骑兵之所以放慢了速度,是为了最大限度保持战马的体力。刚才,丁兰的"狼嚎豺嚣"使战马受惊,消耗了它们不少的体力。

"都护大人,您看……单于!"就在此时,忽闻身后有士兵惊叫。

甘延寿转身望去,单于城上已布满了士兵,他们举着火炬,哇啦哇啦地叫喊着。

毫无疑问,刚才康居骑兵对汉军的牵制,给了郅支单于休整的时机,他们已经卷土重来。

一面是康居骑兵渐渐逼近,一面是郅支单于严阵以待,汉军真正陷入了腹背受敌,一场生与死的对决即将拉开。

"丁兰,快,用你的排箫!"甘延寿命令道。

"都护大人,马的记忆力非常强,排箫模拟的狼嚎豺嚣已经起不了作用。"丁兰回答说。

甘延寿看了看陈汤。

陈汤望着蜂拥而来的康居骑兵,内心强烈地翻滚着:"我陈汤奔袭三千里,欲灭匈奴雪我国耻,扬我国威,不想……到头来还是华夏子孙自相残杀!"

丁兰看着被紧紧包围的十几名康居骑兵,似乎突然想到了什么。

　　他快步向前,用吴语对那位年长的康居骑兵说:"有没有办法让你们的骑兵退去,不然最后活下来的是匈奴人,拼死的是我们自家兄弟……"丁兰说着指了指单于城:"……你看,郅支单于为何不自己杀出城来,目的就是要让我们骨肉相残,他坐得渔翁之利!"

　　丁兰简短的几句话切中了要害。

　　十几名康居骑兵都低头沉默着……

　　"快,没时间了!"丁兰催促道。

　　那位年长的骑兵犹豫片刻,突然抬起头来,说:"《垓下歌》《和垓下歌》,你们会唱吗? 我们把会唱此歌的人视为同族。"

　　甘延寿和陈汤都长叹了一口气。因为他们很清楚,汉军不可能会唱这两首歌。

　　"都护大人,我会,我会吹奏!"丁兰说。

　　当年丁兰在鼓吹山上遇见的那位老者,正是虞姬氏族的后人,老者传授给丁兰雕刻技艺,还教会了他吹奏排箫。

　　此时,康居骑兵部队距离汉军仅有数百步之遥,很快就要发起冲锋。

　　丁兰急速跑到军前,他从怀里再一次掏出排箫。

　　这支跟了他几十年的排箫形似凤凰一翼,由十三根长短不同的细竹管依次排列,用三道细竹丝缠缚而成。因为年代久远,在清冷的月光下,排箫反射出古铜般的颜色。

　　悠扬的箫声划破夜空,飘向旷野——

　　力拔山兮气盖世,

　　时不利兮骓不逝;

　　骓不逝兮可奈何,

虞兮虞兮奈若何？

……

箫声苍凉悲壮，情思缱绻悱恻……

康居骑兵部队闻得箫声，在离汉军百步之处，齐刷刷下马跪地……

"你们究竟是何人？"康居骑兵首领用吴语向汉军喊话。

"我们是吴县子弟！"汉军阵营中有数百人来自吴县，他们用久违的家乡话齐声回话。

自从得知康居骑兵乃虞姬族人之后，陈汤做了一件事。他排摸了军中来自会稽郡吴县和无锡县的士兵人数，统计上来居然有数百人，于是便把他们集中到了一起。

康居骑兵头目怔在哪儿，久久说不上话来……

此时，丁兰的箫声又起，吹奏的正是《和垓下歌》——

汉兵已略地，

四方楚歌声；

大王意气尽，

贱妾何聊生。

……

箫声轻柔细腻，空灵飘逸，超凡脱俗，如同天上流云，堪称天籁之声，令人陶醉，回味无穷。

康居骑兵首领闭上双眼，仰天长叹，脑子里似乎浮现当年虞姬怆然拔剑起舞的一幕。

突然，他拔剑而起，仰天大哭："大王——虞姬——"

康居骑兵部队瞬即陷入了悲痛的追忆之中……

丁兰趁势高喊："弟兄们，我手上的这支排箫乃丹阳县鼓吹山上的一位老者所赠。据他说，虞姬生前酷爱鼓吹山竹制作的排箫……"

"我听祖上说过！"一名康居骑兵激动地打断了丁兰的话，"虞姬生前不仅喜欢跳舞，还喜欢吹奏排箫！"

此时，康居骑兵部队立马发出一阵嗡嗡声……显然，他们已经开始信任眼前这支千里奔袭的汉军部队。

丁兰又高声道："弟兄们，我还要告诉你们一件事，虞姬没有死！"

康居骑兵齐刷刷抬起头来，个个惊愕不已……

接着，丁兰给他们讲述了一件关于虞姬的奇事。

垓下之战以后，刘邦以礼埋葬了虞姬。不知何时，在虞姬的墓地上长出了一种草。此草形似鸡冠花，叶子对生，茎软叶长，无风自动，似美人翩翩起舞，娇媚可爱。民间传说，此草乃虞姬精诚所化，于是就把它称为"虞美人草"，其花即称"虞美人"。虞美人花朵上鲜艳的红色，传说就是虞姬飞溅的鲜血染成……虞姬死后仍在，她变成了虞美人草，年年在春末夏初开花，即使转为草胎木质，依然执着的是那份对霸王的坚贞与守候，还是像从前一样终年不停地为霸王展颜巧笑、翩跹起舞。更为神奇的是，此花习性酷似虞姬——虞姬生前最后一刻心情苦涩悲凉，虞美人花亦呈苦、涩、凉性，还有镇痛、镇咳之效；虞姬对霸王的爱情坚贞不渝，其花亦不耐移栽。

"跟我们回去吧，大汉朝欢迎你们，欢迎你们加入我们的部队，也欢迎你们回家乡去看看。"丁兰动情地说道，"为了纪念虞姬，大汉朝在你们的家乡设置了虞乡，仍属吴县。等你们回到家乡的时候，虞美人已经盛开！"

片刻的沉默之后，康居骑兵部队突然沸腾，喊声冲破黑夜，响彻云霄。"回家了——回家了——回家了——"

甘延寿、陈汤、丁兰都长长地舒了一口气。

紧接着，汉军部队也沸腾了。数万将士高呼："山河统一，天下太平！"

呼声震天，气撼山河……

解除了康居骑兵的包围，郅支单于便成了笼中之虎。

甘延寿用兵向来谨慎，他率领陈汤和丁兰等人，近距离骑马绕城一圈，仔细观察地形。

单于城城郭分内外三层，外围两层木城，核心为土城。整座城堡呈长方形，环绕一圈大约万步。土城用"三合土"版筑而成，城墙高达五六丈，因使用白黏土，墙体呈灰白色。土城四隅有突出城外的正方形墩台，高达十余丈。

单于城四周虽然都是平地，但整座城堡处在一个地势相对偏高的山坡上，视野十分开阔。大概是因为城堡周边地表水系并不发达，单于城并没有护城河。但据虞氏骑兵介绍，郅支单于之所以选择在此筑城，是因为这里地下水丰富。城内有数十口井，用水并不成问题。

甘延寿和陈汤正计划着如何攻城，不想到了黎明时分，一阵大风让木城死灰复燃，单于城四面起火……汉军士气大振，锣声、鼓声、喊杀声惊天动地。

汉军举盾堆土，破城而入。

郅支单于本已受伤，见汉军排山倒海之势，便率百余人且战且退，固守王宫负隅顽抗。他做梦都没想到，在他杀害汉使、远遁康居八年后，竟然被区区西域都护府一举捣毁了老巢。

单于王宫被汉军围得水泄不通……

"哈哈哈哈……"此时王宫里传来了郅支单于的一阵狂笑,然后又是一阵叽里呱啦的狂叫。

懂得匈奴语的士兵告诉甘延寿和陈汤,郅支单于是在嘲笑我们汉军以多胜少,以强欺弱,胜之不武。他请求单兵对决,一决胜负。如若他赢了,就放他走。

对郅支单于提出的请求,甘延寿和陈汤都感到有些突兀,正沉默着,王宫里闪出一人。

此人光着膀子,满身膘肉,一看就是一个摔手。

甘延寿像是想起什么,对着王宫大声吼道:"你们匈奴人会守信用吗? 五十多年前的燕然山之战,我们最后剩下的两千勇士也曾与你们公平对决,我们的'飞轮阵'把你们打得落花流水,可最后……"

甘延寿不愿再说下去,因为燕然山之战对大汉朝军人来说是一个耻辱……在李广利投降匈奴后不久,汉廷便从匈奴那边得知了燕然山之战汉军全军覆没的整个过程。因为是耻辱,所以朝廷并未将详情公之于天下。

"都护大人,让我来对决!"此时都护司马站了出来。

不想这名匈奴摔手竟懂得雅言,他看了看司马,说:"要说五十多年前的燕然山之战,在你们汉军中有一位真正的英雄,他虽然只是一个伙夫,却勇敢地与我们的千长对决,直到生命的最后一刻……"

"他……姓甚名谁?!"突然有人打断了匈奴摔手的话,话语间充满了激动。

众人一看正是丁兰。此时他已冲到匈奴摔手跟前,眼睛里冒着烈火。

匈奴摔手一脸敬佩之情,说:"他叫丁汉……在我们胡人眼里,像他那样的勇士才是真正的英雄,他就好比草原之鹰,无畏无惧……"

甘延寿感到极度震惊,他听说过燕然山之战是有这么一位勇士,但他绝对没有想到,一个汉军伙头兵在匈奴的部队里竟有如此大的影响力!

丁兰怔在那儿……许久才说出两个字:"我来!"

"丁兰! 你行吗?!"陈汤惊问。

丁兰抬头看了看天,天空已经露出鱼肚白。淡淡的半月挂在天边,那分明是父亲的眼睛。

他清晰记得,二十多年前的那个梦,当父亲表示不洗耻辱绝不归的时候,就是用如此淡淡的眼神看着母亲,淡定中深藏着无怨无悔。

他慢慢卸去佩剑,心里默念着:"阿翁……今晨,兰儿要用自己的生命替国雪耻,完成您老人家的托付!"

丁兰从容淡定的眼神反而让匈奴摔手感到恐惧,他一阵叽里呱啦之后,便如同一头壮牛扑向了丁兰。

"丁兰……"众将士惊呼。

说时迟那时快,只见丁兰奋力向前腾空而起,双膝如铁锤,重重地顶向匈奴兵的上腹,双肘狠狠地砸向匈奴兵的脖子两侧。

匈奴兵瞬即被弹出两丈多远,仰天摔在地上,口吐鲜血,动弹不得。

前些年在钱唐的时候,李报给丁兰传授了一些手搏术。李报告诉他:"当赤手空拳对决的时候,双膝和双肘就是你最好的杀器。"

"杀死他……杀死他……"汉军将士齐声高呼。

丁兰持剑慢慢走近匈奴兵……

"杀死他……杀死他……杀死他……"

就在众人血脉偾张之时,丁兰突然转身归队……他想起了金汉恩。当年在他落难之时,金汉恩这位匈奴女子却是倾力相助。

可就在此时,匈奴兵拔出短刀翻身而起扑向丁兰,丁兰本能转身,短刀深深刺进了他的侧腰,鲜血喷涌而出。

郅支单于一阵狂笑:"哈哈哈哈……孙子兵法有云:实之虚之,虚之实之……"

丁兰双手死死抓住刀柄。显然,他不想让匈奴兵拔出短刀。

突然,他腾出一只手,闪电般地朝匈奴兵的颈侧划去。匈奴兵瞬间倒地,血流如注,一命呜呼。

丁兰慢慢倒下,手中紧握一件器物。这是当年他和母亲桃花女离开官亭山时,恩师项一伯的赠物——半截戒尺。这么多年来,母子俩一直珍藏。

"丁兰——丁兰——"将士们大声呼喊。

丁兰慢慢睁开双眼,无力地看着挂在天边淡淡的月亮。

愤怒的汉军呼喊着冲进王宫,杀了郅支单于。斩单于阏氏、太子、王公以下一千五百一十八人,生俘一百四十五人,投降者千余人。

朝霞喷薄而出……

甘延寿、陈汤给汉元帝发去疏奏——

郅支单于惨毒行于民,大恶通于天。臣延寿、臣汤,将义兵,行天诛,赖陛下神灵,阴阳并应,天气精明,陷阵克敌,斩郅支首及名王以下。宜悬头槀街蛮夷邸间,以示万里,明犯强汉者,虽远必诛!

后 记

　　郅支单于伏诛的消息传至长安，举国沸腾，朝野震惊。

　　汉廷百官怎么也想不到，区区西域都护府竟然解除了长达百年的汉匈之战。

　　正如汉朝宗室刘向所言：此战扬威昆山之西，扫谷吉之耻，立昭明之功，万夷慑伏，莫不惧震。以一次战役而收战略之功。

　　汉元帝刘奭喜出望外，诏令公卿大臣对参与此战的将士论功行赏，可朝廷众臣却持两种截然不同的观点：一种观点认为，甘延寿、陈汤擅自兴师，假托君命，不宜赐爵封侯，得治其罪；另一种观点认为，甘、陈二将的行为虽然超出规范，触犯法律，但替国家除去残贼，铲除了战争的根源，使边境终得安宁，应赦免其罪，并论功行赏。

　　柔仁好儒的汉元帝经过一番权衡，封甘延寿为义成侯，封陈汤为关内侯，食邑各三百户，加赐黄金百斤。祭告天地宗庙、大赦天下后，授任甘延寿为长水校尉，陈汤为射声校尉。

　　丁兰在与匈奴的单兵决斗中身负重伤，几近死亡。幸运的是,虞家骑兵的创药救了他。汉元帝深感于这位"回头浪子""刻木事亲",从不孝到孝顺,从小孝到大孝,从事亲到报国,封丁兰为光禄大夫,秩比二千石,掌顾问应对。

然而,丁兰并没有立马赴任,而是奏请皇上准许他回乡为父丁忧。

得到皇上恩准,丁兰悄然回到钱唐。

此时,项一伯和李报一个年逾古稀,一个已是耄耋老人。他们俩相依为命,信守诺言,都未曾娶妻生子。两老根据桃花女生前零零碎碎的叙说,画出了桃花女和丁兰当年流浪的路线图,并各自记下与桃花女之间的点点滴滴。

出乎所有人的意料,已过知命之年的丁兰,毅然决定重走当年流浪路。他把母亲桃花女在姥山之东的墓地交给项一伯和李报照看。

临行前,丁兰把那半截戒尺回赠给了书师项一伯。

见到丁兰回赠的半截戒尺,项一伯似乎突然释怀。他取出自己珍藏了几十年的另外半截,重新拼接在一起,并把它埋在了桃花女的墓前,以告慰她的在天之灵。

丁兰由钱唐北上,寻找当年一路流浪遇到的那些好人,并最终回到祖地野王县,为父守墓尽孝。让他倍感欣慰的是,荒芜几十年的父亲墓地,居然开满了石蒜花,其形酷似人们传说中的彼岸花。

汉元帝竟宁元年,昭君出塞。南匈奴的命运从此彻底与大汉王朝绑在了一起,自秦汉以来的北方边患从此一举解除。据传,昭君临行前,特地托人向丁兰要走了那支曾经在战场上呼风唤雨的排箫。

······

丁兰的孝道故事传遍大江南北。

后人为了纪念丁兰，纷纷为他设立纪念地：河南有丁兰墓、丁兰巷、丁兰祠、丁兰故里碑；陕西有丁兰寺；湖北有刻木谷、丁兰故居；湖南有刻木山；安徽有慈母山；江苏有丁兰集、丁公祠；浙江有丁桥、兰桥、丁母墓、丁兰学校、丁兰街道。云南、福建、广东、四川、台湾等地也流传着许许多多关于丁兰孝道的民间故事，经千年沧桑而不息。

或许因为丁兰的孝道故事充满传奇色彩，刊印本《二十四孝》把丁兰《刻木事亲》的故事列为榜首，并曾在学舍中同"四书""五经"并驾。朝廷也下诏将丁兰的孝行画成图画，以彰显他的孝道德行，立匾旌表。

值得一提的是，张术的后人为丁兰的孝行所动，不计前仇，带头捐资在祖籍地为丁兰立祠，名曰"丁公祠"，并在祠堂大门刻了一副流传千古的对联："刻木以相亲须作乎孝子；杀人不偿命庆幸哉大夫。"

> 2018 年 01 月 27 日起笔
> 2020 年 06 月 20 日完成一稿
> 2020 年 10 月 05 日完成二稿
> 2020 年 12 月 17 日完成三稿
> 2021 年 01 月 11 日完成四稿
> 2021 年 01 月 25 日完成五稿
> 2021 年 03 月 21 日完成六稿
> 2021 年 04 月 28 日七稿改定